coordenação editorial
Sálvio Nienkötter

editor executivo
Claudecir de Oliveira Rocha

editor-adjunto
Daniel Osiecki

capa | projeto gráfico
Paula Villa Nova

Ilustração capa
Juvenal Payayá

produção
Cristiane Nienkötter

Dados Internacionais de Catalogação na Publicação (CIP)
Angélica Llacqua CRB-8/7057

Payayá, Juvenal Teodoro
Roda de prosa na periferia | Juvenal Teodoro Payayá
Curitiba: Kotter Editorial, 2022.
280 p.

ISBN 978-65-5361-096-5

1. Contos brasileiros 2. Violência contra as mulheres 1.
3. literatura indígena. Título "Roda de prosa na periferia"

22-2936 CDD B869.3

1ª edição

Kotter Editorial
Rua das Cerejeiras, 194 | Curitiba | PR | 82700-510
+55 41 3585-5161 | www.kotter.com.br | contato@kotter.com.br

roda de prosa na periferia

roda de prosa na periferia

Juvenal Teodoro Payayá

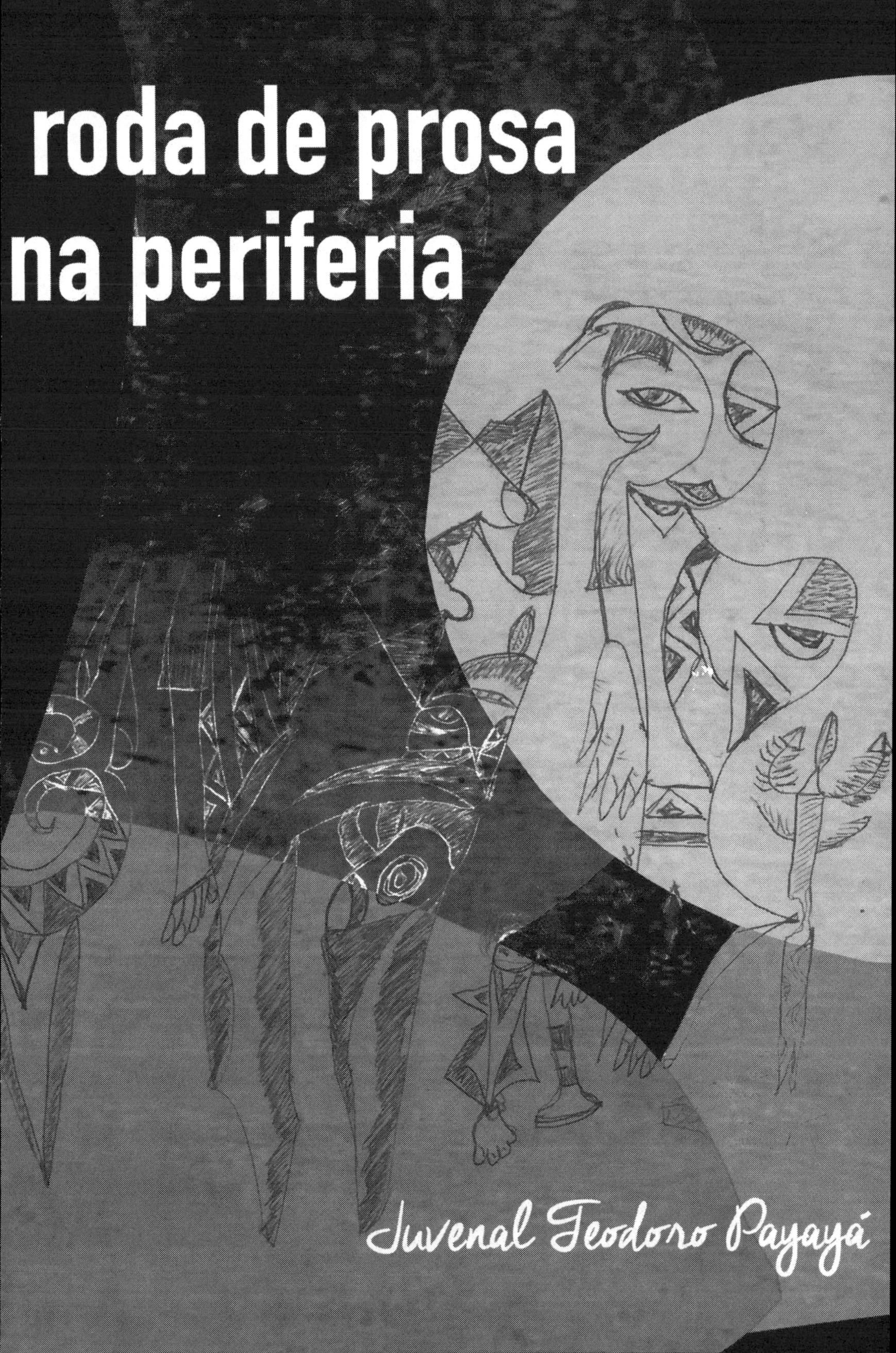

Respeitosamente dedico este livro a todas as fêmeas da Terra, inclusive a própria Mamã Terra que, como fêmea, tantos abusos tem sofrido.
Dedico ainda, a todas as leitoras e amigas que colaboraram com a ideia do prefácio/manifesto;
Para Edilene, minha esposa querida, a Jumara, a única fêmea entre os três filho; Ywara, minha doce netinha, a única fêmea entre os sete netos, que cresça e gozando de respeito e liberdade.
A dona Naninha, em memória.

Prefácio Coletivo

O livro "Roda de Prosa na Periferia – Anti-história", de Juvenal Teodoro Payayá, trata de um tema delicado, considerado tabu - o ESTUPRO.

Este PREFÁCIO, ou MANIFESTO, vem assinado por 25 mulheres de diversos lugares do mundo, todas com histórico de luta por justiça social, pela preservação do papel da fêmea na natureza.

Em cada capítulo deste livro, há pelo menos um corajoso depoimento de uma pessoa oprimida. Através da busca histórica, o autor mostra que o estuprador não considera cultura, idade, ideologia, cor, raça classe social. Fruto de vivência e imaginação, o texto surpreende pela diversidade de pessoas em um exíguo espaço/tempo, pela liberdade com que elas tratam diversos temas: influência do poder, vulnerabilidade das vítimas, elemento surpresa, coragem, as armas, e por fim, a inteligência imaginativa da mulher diante da força bruta.

Sem apelação para a lascívia, o autor desmonta os fundamentos intoleráveis do "sexo frágil" perante a superioridade masculina.

As mulheres que assinam este manifesto estão conscientes disso. Elas são as mães da sociedade humana, juntas ao autor, pai, avô, professor, cacique indígena, ampliarão sua fala, prudente e astuciosa, para um discurso universal, certos que, de outra forma não lhe ouviriam. Através da persuasão poética e da narrativa envolvente é possível dizer que o corpo da mulher é seu território sagrado, e lhe pertence, que ela tem amplo direito de decidir seu destino, que, doravante fica proibido qualquer violência contra a mulher, seja pela força bruta do macho, seja pelo estado que se diz de "direito"!

Honrosamente assinam este prefácio-manifesto de RODA DE PROSA NA PERIFERIA – Anti-história:

- Aline Alves, escritora, professora, doutora em teoria literária-R.J
- Ana Cleide Payayá, técnica da Uneb, mestra-Ba
- Ana Maria Placidino, Ekedji Okademin do ilé Aséiafabalé Já Kolé-Cachoeira-Ba.
- Brigida Salgado, especialista em informação-UFMG, produtora agroecológica, feminista da segunda geração-Ba.

- Cacique Maria Valdelice Tupinambá de Olivença-Ba.
- Dinorah Poletto-Yá-, bióloga, escritora, amiga, madrinha - *Im memória.*
- Edilene Carvalho Payayá, escritora, cineasta, ativista, liderança Indígena-Ba.
- Emma Estrada Martinez, professora investigadora de la *Universidad Autónoma Chapingo, da coordenacion de la Red Latinoamericana por la Defensa del Patrimonio Biocultural*-México.
- Gleisi Hoffman, deputada federal-Paraná.
- Jamille Lima Payayá, educadora, geógrafa, liderança indígena, doutora-Ba.
- Joana Crivelente Horta, Jornalista, produtora audiovisual, mestra em mudanças sociais-Ba.
- Jullie Dorrico, poetisa, escritora indígena Macuxi, doutora em Teoria da literatura-Rondônia.
- Jumara Teodoro Payayá, professora-mestra-Bahia.
- Lourdes Gonzaga -Tia Lu - bióloga, Tuxawá povo Payayá-Ba.
- Marcia Gonçalves, professora, gestora educacional, mestra-Ba.
- Marcia Mura, indígena, escritora, educadora, doutora, liderança indígena-Rondônia.
- Maria Hilda Baqueiro Paraíso, historiadora, antropóloga, escritora, doutora coordenadora do dep. de história, UFBA.
- Marjorie Cisekö Nolasco, geóloga, doutora, coordenadora do núcleo do campus avançado da UEFS, Chapada Diamantina-Ba.
- Neide Souza Payayá, costureira, liderança indígena, Aldeya Payayá-Ba.
- Nelma Aronia, professora, doutora-Ba.
- Neusa Cadore, deputada estadual-Ba.
- Solange Brito Santos, educadora popular, conselheira da Teia dos Povos, agricultura-Ba.
- Tatiana Scalco, Jornalista, produtora, coordenação da Frente Nacional contra a fome e sede-Ba.
- Tracy Devine Gusmán, professora, doutora - Miami-USA.
- Vanda Mendes Bonfim, professora de epidemiologia-Ba.

Sumário

Parte 1

Pré História

Após a perda do território, a identidade familiar nativa se desfez, já não sabíamos quem éramos; mudanças de um para outro lugar, por não ter terra onde plantar, meu pai foi trabalhar no arenoso; durante a infância exerci algumas atividades nestes rudes empreendimentos, cavávamos o chão cessávamos os seixos, amontoávamos o produto do arenoso, cada um tinha seu quinhão.

A areia era classificada pela cor, textura e a impureza. Juntos, com uma pá, enchíamos a caçamba da construtora; nos baixios, se extraia areia, nas serras, pedra; nos capões de mata, troncos para fazer escoras; na Serra do Tombador, vivia-se de quebrar pedras e também de retirar areia; os arbustos tratados como empecilhos; dos rochedos, eram extraídos com marretas pesadas, meninos de 8 anos recebiam um lote demarcado, uma lata e uma marreta do tamanho que pudessem marretar a pedra, nem um deixou de ter pelo menos um acidente, alguns, com todos os dedos dilacerados, outros, apenas sequelas que deixavam os dedos tortos, em cada pé havia sempre marca bem visível de acidentes. Muitas mulheres também quebravam pedras.

No arenoso, a pá, para quem tinha força, era enfiada na areia usando o calcanhar. A pá penetrava mais suave, mesmo assim, os pés ficavam feridos com cortes, alguns tão profundos que deixavam outras sequelas, como dificuldades para andar.

Na construção da ponte do Rio Mocambo, somente Nadinho era empregado da construtora, todos os demais, peões. Era ele quem fazia os pagamentos pela areia tirada, tijolos, pedregulhos, além de escolher os trabalhadores que desejava; se a construtora precisava de serventes, pedreiros, carpinteiros, vigias para outros canteiros de obras, ele apontava os melhores quebradores, os mais fortes, os que chegavam cedo ao trabalho, os que não reclamavam, os que lhe chamavam de "seu"; algumas obras eram longe, muitos trabalhadores precisavam sair da periferia para morar, por algum tempo, lá mesmo, dentro da obra, nas estradas, no mato ou no centro das cidades.

Nadinho tirava a gente da areia, da pedreira, a qualquer hora, ia buscar onde tivesse, deixava em brenhas e barracões. Por lá, ficávamos um, dois, três meses sem ver a família, depois o chefe dizia: "acabou a obra" e a gente voltava para juntar areia, quebrar pedra, fazer tijolo e outras atividades mais brutas. Fome não, ninguém passava. Uma mulher, que só se conhecia a fama, mandava roupas usadas, porções de farinha, feijão, café, sal, rapadura e ferramentas: pá, picaretas, marretas, espingarda só para quem ia para as serras matar mocós, cutias e veados para completar a comida.

Nadinho tinha seus intermediários, e, por algum tempo, pensei ser ele o dono da construtora, acreditava ser sua esposa, a caridosa que mandava os presentes. E a gente gostava.

Quando cheguei no arenoso, me deram uma pá novinha, era minha, mas eu não aguentava com ela para jogar areia dentro da caçamba do velho caminhão FORD F8. Meus pés se feriram, então me deram uma marreta e uma lata, ordenando que fosse quebrar pedras para misturar com areia e cimento, para fazer concreto. Cada lata cheia precisava ser despejada na pilha que se chamava de *ruma de areia* e um rapaz de cabelos pretos, parecendo com meu avô, media o tamanho da pedra em uma peneira, rejeitava se fosse muito miúda ou se muito graúda, somente na medida exata, aceitava. Depois, entregava uma ficha que poderia ser trocada por bolinho de feijão ou picolé de limão ou tamarindo.

Alguns guardavam a ficha e, no fim da semana, recebiam peixe seco, carne de sol, toucinho, sal e cachaça, até um pouco de dinheiro. A troca era ali mesmo na pedreira ou no areal.

Demorei um dia para quebrar uma lata de pedras e o rapaz que tinha os cabelos parecidos com os do meu avô Gameleira, sorriu, rejeitou a metade da lata, mas não me devolveu o rejeito, mesmo assim, acho que ficou com pena, me entregou uma ficha e dei para a mulher que trocava por bolinhos de feijão. Ela guardou a ficha, pegando na minha bochecha e disse: ô *indinho bunitinho, como tu chama? Zomé!* Depois me deu dois bolinhos.

Meu pai tinha os cabelos pretos e longos, mas não tinha barba. Andou pela chapada, matou muito mocó, zabelê, caititu e jacu, andou pelos rios e pelas serras até chegar à periferia. Depois, foi trabalhar numa obra que ficava longe e quando voltou, cuidou de meus dedos e dos pés, minhas mãos feridas. Todos nós saímos da periferia e fomos morar com ele na construção localizada no centro da cidade. Minha mãe gostava de tomar banho numa torneira que os rapazes, *os operários* usavam para molhar cimento, e ficavam olhando para minha irmã que andava sempre pintada de urucum, de tanga expondo os peitos sem entender que aquilo incomodava aos homens.

Meu pai se chamava Pery. Aprendeu fazer massa com cimento e areia, depois enchia um balde e eu subia a escada para abastecer o pedreiro. Não dava conta, se o balde estivesse muito cheio, ficava pesado e eu não aguentava, se meio balde, também não dava conta e o pedreiro gritava, *cafangava*, xingava, me chamava de mass*a mole, e eu disse que meu nome era Pery* e eles riam de mim.

Deixei a massa e fui abastecer ao pedreiro com tijolos, até que meu pai, injuriado, brigou com o chefe da obra e disse que a família dele estava sendo explorada, que não queria esmola, mas precisava dinheiro para voltar para a chapada, para a serra do Tombador. Dias depois, meu pai caiu do andaime.

Pobre mamãe, retornar para a aldeia, mas qual aldeia se já não existia mais? Uma mulher no subúrbio deu abrigo a ela e os filhos, mesmo porque, o território sagrado da chapada já não era mais sagrado, nem nos pertencia. Um medidor de terras havia ocupado com seu gado e por isso não tínhamos onde morar.

Eu voltei sem dizer para minha mãe e tinha ido trabalhar na obra, me obrigaram a usar um coturno, pois num dia de chuva, ao subir a escada quase solta na parede, com uma pilha de tijolos nos ombros, desequilibrei e escorreguei do andaime de madeiras rústicas. Era o final do dia, meus pés molhados já haviam escorregado enquanto abastecia outros pedreiros. Caído, molhado, ferido, espumando, o pedreiro, segurando o prumo e a colher, me olhava, havia advertido que *este trabalho é muito perigoso para um menino desta idade,* mas o rapaz que se chamava C*ontra Mestre* disse que não tinha outro servente para por tijolos, *a menos que você mesmo desça do andaime e vá pegar tijolo na pilha.*

Tendero Jefe

O grande edifício ainda estava em construção quando o construtor exigiu que um dos apartamentos do Crisol fosse preparado com o melhor dos acabamentos. Produziram um duplo espaço com bom conforto e o que seria o apartamento decorado, virou dormitório, casa de encontros e almoxarifado. Como eu estava ferido, fui ali recolhido. Era um ambiente diferenciado, apesar de estar dentro de um macro espaço em construção, passei a gozar de desconhecido conforto. Os outros operários não me viam com bons olhos Diversos cômodos, amplos, uma cozinha de piso cerâmico e azulejo, no pátio, guardavam material para a construção e nos diversos cômodos, muitas ferramentas que atendiam as obras; inexplicáveis para mim eram as camas, algumas com colchões, outras com saco de cimento. Ali, um espanhol, que mancava de uma perna, morava sozinho e, vez ou outra, os mestres de obra apareciam por lá, quase sempre dizendo que iam mostrar o apartamento para alguma senhorinha.

Quando cheguei com o braço numa tipoia feita de saco de cal, o solitário habitante do espaço cuidou dos meus ferimentos, limpando a areia, cal e cimento, trocou a tipoia por um fatia do lençol. Ofereceu-me um líquido amargo e uma cama com forro no quarto ao lado do seu. Tudo bem cuidado, apesar de ferramentas diversas.

Em outro quarto iluminado, haviam prateleiras com muitos livros, pacotes e caixas por abrir; quadros com molduras amontoados, alguns já pendurados nas paredes. Logo cedo, ele acordou preparou café e me ofereceu, mal provou o café e os operários já batiam no portão, ele mancando desceu as escadas para abrir, iniciando o atendimento do dia, tudo segundo as necessidades de cada profissional.

Mas tarde ele voltou cansado para cuidar das suas mazelas e dos meus ferimentos e assim fui me acostumando, até já entendia a rotina; certo dia, um homem chamado *Enfermeiro*. vestido de roupas brancas e uma maleta preta chegou, primeiro tratou do meu amigo depois perguntou meu nome, disse que meus ferimentos careciam de atenção de médico, despedindo-se de nós, o médico apareceu quando eu já não sentia muitas dores.

Dois dias após a minha chegada, era eu quem fazia o seu café, mesmo mancando, passei a cuidar da cozinha, mantendo limpo o espaço, onde cozinhava batata, arroz e peixe com abóbora. Com o passar do tempo, ele dizia gostar de minha comida, especialmente do peixe e da macaxeira e cuscuz que o ensinei comer em vez de *pan com mantequilla.*

Pela manhã, os operários aglomeravam-se afim de apanhar ferramentas: carrinho de mão, colher, prumos, enxadas, pás, cimento, cal, fios elétricos, madeira e outras coisas que ele controlava sozinho. Percebi as dificuldades para andar e subir escadas, se pela manhã ele apanhava ferramentas, a tarde as recebia de volta, conferia e repunha cada uma no seu devido lugar, em diversas alturas das paredes; assim procedia com os quadros e livros.

Eu sentia sua dor e impaciência com tantas exigências e as formas grosseiras de trato dos operários. Lentamente, comecei a ajudá-lo sem que me mandasse, apesar de também machucado: braços, costelas, dedo mindinho e os calcanhares; o enfermeiro disse que o médico mandou aplicar por uma agulha um líquido amarelo, eu rejeitei.

Assim que os operários levavam as ferramentas, ele limpava as estantes ajeitando os quadros; depois de alguns dias recuperando deu-me a primeira ordem, indicando uma estante com livros para limpar, peguei o primeiro livro e olhei o título, e ele:

– *Poedes leer?*

– Eu: sim, sei ler, sim...!

– Ele: *¡lee lo que está escrito!*

– Eu: V-i-c-to-ri-o me-a-te-chu mea-ma-chu...

– Ele: *Vitôrio Matchu!*

Mesmo assim, passei a ser auxiliar de almoxarifado, ajudante deste espanhol que me disse ser o Senhor Francesco, vasculhando tudo, encontrei um documento com sua foto e lá estava: Francesco de Pizarro Carrascoza – *Tendero jefe.*

Quando acabavam aquelas tarefas, iniciavam outras, era hora da limpeza e ordenar as ferramentas; ele era cuidadoso e dizia: as colheres ali, aqui as pás, ali os prumos, baldes, serrotes, martelos. Finalmente se deitava e eu lhe levava um prato de sopa quente, enquanto ele foliava livros. Lia uma página, sempre em voz alta, e não ficava perto da porta. Foi quando ele começou a ler mais alto para eu ouvir e ouvia e cada vez mais. Para isso, lhe ajudava mais para sobrar tempo de ouvir leituras e histórias de reis e rainhas, de cavaleiros e mercadores, de poetas e pintores, toureiros e touradas, de palácios, canções e guerras, conquistas e vitórias.

Inicialmente pouco entendia depois ficou fácil. Por três anos convivemos dentro do Crisol, presos em um edifício em construção, sem colocar os pés na rua, a menos quando um veículo exigia que nós mesmos exercêssemos uma atividade, levássemos as ferramentas para outra construção; devido seus ferimentos eu acompanhava o carregamento e voltava para o mesmo luxuoso ambiente no mesmo regimento. Recebíamos peixe, arroz, batata, açúcar, café, chá e vinho. Eu encomendei complemento do meu gosto e nunca faltava. Dinheiros não recebíamos, pois se nada nos faltavam.

Nossas atividades eram permanentes, no dia seguinte começava a trabalhar na hora que o primeiro operário chegasse e pedisse ferramentas ou material, vezes saíamos para estar em outro lugar determinado na hora em que a sirene apitasse e os operários pedissem as ferramentas.

Fosse onde fosse, entre as conversas o que mais ouvíamos dos chefes e subchefes, dos bem vestidos ou não, era: "lá no subúrbio tem mulher? Me arranja uma menina, uma morena, uma mulherzinha, uma moreninha, uma indiazinha, uma virgem..." o chefe perguntava "você tem irmã", olhavam para meus cabelos longos e diziam, você parece uma mocinha. Os pedreiros nos chamavam de cunhados, aos mais velhos chamavam de sogros. Perguntavam em surdina, quanto queríamos para "trazer uma mulher para mim... de preferência virgem", "tua mãe tá viúva? Ela fala em se casar...? Pergunta se ela quer um homem macho como eu" – e exibiam de forma grotesca o físico.

Pizarro Carrascoza era um sujeito amável. A cada dia, ele tinha uma façanha, contou-me durante diversas noites histórias diversas, havia um outro Francisco Pizarro, dizia ele ser o pior dos diabos habitante dos infernos. Em uma tarde, ao findar uma história, ele iniciou uma forte crise emocional sendo socorrido pelo enfermeiro. Fiquei muito triste quando um sujeito vestindo uma capa de chuva e os cabelos molhados trouxe a notícia de seu falecimento em um hospital espanhol.

– Você vai ficar respondendo pelo almoxarifado!

– Sim senhor – disse olhando para o céu.

– Antes dele morrer me disse que você aprendeu guardar as ferramentas tão bem como ele mesmo, e também cuidar dos livros e os quadros do patrão, isso vale uma fortuna – disse–, por isso você será o substituto de Francesco, quem sabe não será promovido novo chefe almoxarife, ou *tendero Chefe*? – e sorriu.

O sujeito ficou parado algum tempo me olhando, enxugando os cabelos, com as mãos abertas procurou alisar meu rosto, depois acrescentou: "qualquer noite eu passo aqui para a gente acertar detalhes, inclusive você vai ter um salário...!"

Antes da inauguração do Crisol, o almoxarifado foi transferido, com todas as suas ferramentas para um velho barracão, ficando os livros em um salão junto com luxuosos móveis recém chegados; ainda permaneci alguns dias colaborando com as moças que faziam a ordenação. Convivi nestes poucos dias com a mulher que dava as cestas pra todos, ela andava bem devagar admirando o luxo interno do Crisol e dizia: é meu dinheiro, o dinheiro é de Ingrácia, tudo é meu: estantes, livros, joias, empresas, o prédio foi dinheiro de Ingrácia. Tão gorda era, que se cansava só em falar, até parecia com a mulher que Francesco Pizarro contava na sua história: uma mulher muito má, foi até capaz de mandar matar o toureiro.

Enquanto isso, no barracão, as ferramentas se perdiam sem o devido controle. Tanto tempo se passou e nenhum outro homem branco apareceu para tratar do meu salário e a promoção para ser *Tendero jefe.*

Do método

Francisco Pizarro narrava as histórias imaginando contando elas para uma criança, mas as criança crescem e aprendem. As leituras diversificadas dificultavam sua compreensão, ele principalmente. Uma das minhas funções era anotar a página no momento em que ele dormisse. Quem foram Dom Quixote, Dom Sebastião, Dom Afonso, papa pio isso pio aquilo; as casas ou Las Casas? Incas, índios e perus, intrigas; reis, esposas, filhos, amantes, crimes; vitórias e fracassos; mapas, navegantes, armas, nobrezas, palácios.

Felipe e sua Invencível armada; seria ele, o Francesco Pizarro que havia conquistado império e muito ouro, depois lhe mataram? Foi nesta completa falta de estrutura que três anos se passaram, três anos de aulas e prosas. Método: voz alta, atenção, diária, permanente, contínua. Detalhava sua viagem de navio mostrando para eu vê o interior e o oceano, não esclarecia bem quando o fato referia a viagem de outro Francisco Pizarro; apenas que *el gran torero, el más grande de todos, era el patron,* o grande toureiro era o chefe, *até que su muje disparou em mi pierna.* A mulher de um dos Felipes atirou na perna de Francesco Pizarro Carrascoza e o confinou.

Pena que a Jornalista não conhecia as histórias de Francisco Pizarro Carrascoza, assim responderia a pergunta: como este casal adquirira fortuna incalculável?

Em uma só noite, contava histórias das ações de diversos Felipes, o II e o III, de Gonçalo Pizarro, Montezuma, e de Clotilde, coitadinha, sendo deserdada pela marroquina *más tarde el culpable y el matador de toros; todo se quedó em el alma* de *el matador de toro!* As touradas em Madrid, sobre o mais genial dos toreadores, o mais completo, o mais velho a deixar a arena *sim perder com neguno toro*; contava como conteve a briga entre Dilma e Zilda a mulher e a amante de *el torero*. Contou-me pormenores do massacre de Badajós onde seus pais foram vitimados.

Dizia que vivia prisioneiro em um quarto de construção pois ele, apesar de ferido, era perigoso para o comandante Felippe Suarez e *su muje* perversa, sua rainha gorduchinha, a mais miserável que conheci; *Ingrácia, no tiene grácia.*

Todos os dias o tempo passava, somente as histórias não; suas vistas não correspondiam ao exigido e a perna não lhe sustentava, eu apanhava qualquer livro e lia para ele, a ferida tomando outras proporções, reclamei com o enfermeiro e ele disse obedecer às ordens, *somente com autorização da patroa ele pode sair daqui*. Francesco Pizarro Carrascoza era prisioneiro da família Suarez, por ordem do Generalíssimo Franco.

O último homem

Havia saído do barracão para o canteiro da obra e de lá, por volta das 10 da manhã, fomos acompanhados, eu e dois companheiros para resgatar uma carga de tijolos; a fiscalização prendera a carga alegando falta de licença da olaria localizado na periferia de São Cristovam, o escriturário havia nos fornecido uma nota fiscal, caso houvesse problema apresentasse ela ao fiscal, caso contrário trouxesse a nota de volta pra ser cancelada, mas o fiscal não aceitou a nota nem tão pouco a devolveu por considerá-la suspeita de fraude.

Apesar de o dia amanhecer claro, repentinamente a chuva caiu como borrasca, os barreiros da olaria e do arenoso rapidamente cheios de água, os tijolos se desmanchando e o córrego transbordou atrapalhando a passagem de veículos e gente, o barranco desabou sucumbindo o galpão da olaria, para desespero das famílias que sobreviviam dos tijolos que fabricavam ou da areia que *cavocavam*.

Os Córrego Xanto, Escamandro e Simóis transbordavam e unidos provocando a devastação pela periferia.

Retornamos por volta das 23 horas molhados e sem a carga de tijolos. Além de tijolos, areia e pedra quebrada a periferia fornecia muito mais para as empresas de construção civil.

Por aqueles dias a obra de prioridade máxima andava lenta, faltavam tijolos e areia, no pátio suficiente para um ou dois dias de trabalho; apesar de estar a anos substituindo meu amigo Francisco Pizarro, o *tendero chef*, continuava na função de substituto de almoxarife; me sentindo culpado pela escassez de material, apesar de sempre relatar no livro as faltas, como aprendera com Pizarro, na ausência de Nadinho eu arregimentava trabalhadores para cavar areia e encomendava fornadas de tijolos, os oleiros nem sempre me atendiam, somente obedeciam a Nadinho, ele chamava e todos iam correndo pois no fim da semana Nadinho dava dinheiro a cada um que ele dizia serem seus colaboradores, eu não tinha acesso ao setor financeiro da empresa, aliás nem sabia o nome de quem pagava aos trabalhadores.

Mesmo faltando material, alguns setores da obra funcionavam diuturno e o grupo de rapazes trabalhadores do terceiro turno estavam saindo para dar lugar ao quarto turno, fomos surpreendidos, naquela hora, o portão estava fechado, via-se gente aglomerada abrigando-se em baixo de marquises, outros nas calçadas. Uma caminhoneta Chevrolet Brasil com o motorista, eu e mais dois funcionários carregadores na carroçaria, molhados pela chuva chegamos, a caminhoneta com pouco combustível por isso deveria ser recolhida no pátio, e eu seguiria a pé depois do portão para o barracão de onde nunca saia senão por extrema necessidade, como aquela; esperava-se que outra caminhoneta levasse os operários, cada um para sua zona da periferia, o roteiro era extenso, as vezes chegavam altas horas em seus barracões para serem apanhados no outro dia pouco antes das seis.

O portão bem iluminado tinha destacado um cartaz em fundo branco em letras pretas: **Fechado por motivo de luto.**

Tomados por instantânea comoção, antes de saber quem falecera notou-se a visível insegurança do vigilante: *parece que o patrão que chamam de "o espanhol" morrera, parece que estava passeando por um bairro de periferia, parece que tava com uma mulher, parece que morreu bem morrido, nos braços de uma cabrocha, mas eu não sei, por isso acho que é mentira, a pinhãozada tá falando...sei lá, mais se for, até que foi bom, quem manda veio se meter com menina nova* – e o salafrário sorriu provocando ira ao Rodrigo Triana, motorista merecedor da confiança do empresário e da falecida, o que guiava o seu carro, o mesmo que até levara Daguimá para os encontros, para a casa de Clotilde na Avenida Peixe.

Triana ficou transtornado diante da fatídica notícia acrescida com a ironia do vigia e desferiu-lhe golpes e pontapés, desabando em prantos; Triana demonstrava pesar, comovido exigiu mais informações como se tomado pela mais infame das calúnias, ameaçou o vigia com muitos sopapos até que se recolheu temeroso ao seu cubículo e por lá permaneceu.

Após a morte do construtor uma nuvem de fumaça pairava sobre o ambiente de tralho, obras paralisadas, veículos sucateados por faltar combustíveis e manutenção, não havia gestão, ninguém se responsabilizava pelas ações mais ou menos complexas, invertia-se as prioridades, cada profissional desempenhava tarefas do seu modo e domínio, os locadores de serviços exigindo pagamentos, tudo sem direção; aos poucos fomos sendo despedidos pelo próprio mestre de obras sem a devida remuneração de direito.

Os escritórios poucos sabiam sua localização, os que tiveram acesso ao principal endereço da empresa disseram que estava fechado, falavam que o patrão não tinha herdeiros, que o banco responderia por tudo, outros diziam que o governo assumiria a empresa, falou-se na mulher de Nadinho, que tinham outras mulheres reivindicando direitos, que a mãe de uma Jornalista era a herdeira.

Por não ter mais onde morar os trabalhadores invadiam galpões e prédios inacabados da construtora.

Fim da história: encontro dos banqueiros

– Senhores, quero ser objetivo e direto, nosso tempo é curto e nos interessa esgotar ainda hoje esta pauta; considerando que a família Arnez acabou-se ingloriamente sem deixar herdeiros e de forma não bem incompreendida, a família Suarez herdou sua fortuna de forma ilegal e injusta; por incerto destino agora os Suarez se acabam sem deixar um único herdeiro, sem ter para quem deixar a herança que, diga-se de passagem, tem mais deveres que haveres.

Estas foram as palavras iniciais do advogado que se auto proclamou tutor do espólio.

O gerente do banco ameaçou pronunciar algumas palavras, mas foi interrompido por um dos presentes que disse em palavras brandas frase inesperadas para o momento: "... a neta do Suarez é sua herdeira?"

– Neta? Você quer dizer a neta de Arnez, não é? Ora, està está morta, ela morreu em acidente no litoral sul da Bahia – *gerente*!

– Verdade, isso causou a morte repentina de sua avó – *advogado*.

– Pois entendam, com a morte da senhora Arnez os bens dos familiares ficaram para as obras de caridade que dona Dilma dirigia com muito amor, seu marido passou de forma irrevogável para a senhora Ingrácia Suarez, sua fiel governanta – *gerente*.

O escrivão tomou a palavra:

– Não foi bem assim!

– Como assim..., foi assim, sim senhor! A menina morre e a velha também morreu ao receber a notícia, sofreu enfarto fulminante. É o que está no laudo pericial e no atestado de óbito – *delegado*.

– Delegado, quem morre de um 'enfarto fulminante' teria tempo para assinar um testamento irrevogável? – *Pescara*

– Ela havia assinado este atestado... digo, o recibo, ou ali*ás* o...– *escrivão*

– A neta de Santiago Munhoz Arnez Romero não morreu – disse Sebastião Pescara, ex-soldado, guarda-costas, parceiro de jogo de malha e caseiro, este sim, companheiro fiel da família Arnez.

– Sim, mas é como se tivesse morrido, nem se sabe onde anda, forjou a própria morte e, depois da morte da velha, foi dada como morta pelo avô, aliás, foi ela mesma quem rascunhou as circunstâncias da morte e isso está escrito no atestado de óbito, como os senhores podem ver nessa folha de papel timbrado que foi assinado pelo escrivão da época, o qual tive a honra em substituí-lo! *escrivão*

Pescara tão sagaz como um toureiro e conhecedor em detalhes dos bens dos Arnez, olhou para o atestado e disse:

– A fortuna desta menina em depósito, ações, joias e barras de ouro, supera a fortuna que o Felipe Suarez surrupiou dos Arnez.

Isso soou como um abalo sísmico, inesperado, e tumultuou o ambiente. Não que se falasse alguma novidade, mas as raposas não esperavam que algum dos interessados se preocupasse com outra coisa senão dividir a fortuna do espólio mal adquirido e, pior, mal administrado, como eram os bens dos Suarez. Isso seria caminhar de costa na corda bamba. O esquema ali presente já havia sido testado no momento da morte do Velho Arnez, na eleição da RESIAM, no resgate do seguro; bastava um escrivão, um advogado e mais algumas testemunhas bem pagas para dar fé e um juiz corrupto para validar tudo.

De fato, poucos dominavam o labirinto escuro desta história e quem dominava, estava sobre perigo.

– A história é assim – fala Pescara – Suarez não tinha neta, e sim o Santiago Arnez, *el matador*. A menina não morreu e sua declaração de morta foi revogada pela juíza de Porto Seguro – mostrou para todos, o atestado – aí sim, era algo desconhecido. Houve susto no grupo, ódio, rancor – posso garantir – prosseguiu Pescara -, agora vamos em frente: Clotilde Gonzales Munhoz Romero Arnez, como está no seu registro de nascimento, ou Clotildes Gonzales Sarmiento, como está na cópia apócrifa deste escrivão? E apontou para o escrivão substituto de Porto Seguro sentado com os punhos serrados –, foi este erro que deu margem para toda a confusão; esta Clotildes, no plural, era uma das integrantes do barco que naufragou, apesar de ser identificada através de um broche de ouro que roubara de Clotilde Arnez, ela foi enterrada com o nome da neta, herdeira dos Arnez; a verdadeira Clotilde, no singular, desapareceu da história como em passo de mágica. É certo que sabiam o que estavam fazendo, ela também não só sabia, como queria. Aventureira que era, viajaria pelo mundo sem ser mais perseguida pela dona Ingrácia e seu marido perverso, o senhor Suarez – *Pescara.*

– Peraí velho, você veio aqui para tumultuar este encontro? *gerente*

– Completando, toda esta infame e macabra história foi ocultada pelos homens presentes aqui, esperando o momento para botar a mão na fortuna da menina, porém, a minha patroa não era boba, a documentação foi tão bem amarrada ao ponto que ninguém poderá assaltar os cofres, nem antes nem agora com a morte do Sr. Felipe Suarez – P*escara*

– Cuidado galego, com suas acusações baratas, aqui ninguém quer botar as mãos em fortuna de ninguém, não somos Pizzaro nem Almagro e nem Odisseu pra roubar tesouros na caverna de *Ninguém*! – *delegado*

– Haja vista que uma das apólices de seguro que ela não conhecia foi indevidamente paga para um indígena, coroado de detetive, que mora num barraco e único bem que possui é uma bicicleta, vivendo hoje quase nu pelas praias de Trancoso. O mais estranho é que mesmo identificado o erro, o processo foi arquivado – *Pescara*

– Você é um canalha, tumultuador, velho degredado – *escrivão*

– O contrato seria para ele matar a menina, porém, ao prender a garota, o velho Kicé não entregou a menina nas mãos dos algozes, eis a razão por não receber a apólice da seguradora. Seus gritos atraíram o olhar da multidão e o plano furou – P*escara*

– Você fala o que não sabe, viu, velho filho da puta, fala o que não sabe! Olha aqui, tô mostrando a prova: a neta dos Arnez foi deserdada, como os senhores podem ver nesse documento – *escrivão*

– Realmente, a Clotilde Gonzales Munhoz Romero Arnez foi deserdada pelo velho Santiago Munhoz Romero Arnez, mas não por dona Dilma Gonzales Arnez Pedrozza – como poderá ser confirmado por estes documentos – *estagiário.*

– Todas as joias, ouro e herança que ela herdou da avó materna, que era uma ricaça espanhola, ficou guardada em cofres bancários. Ou seja, ela não sabe que é milionária, mais do que o próprio Suarez, aliás eu acredito que ela não saiba quase nada de sua fortuna – *Pescara.*

– É verdade! Se soubesse, não moraria na casinha de cômodo na periferia – *estagiário.*

– E você a conhece, garoto?

– Sim, delegado, aliás não, não conheço...!

O delegado franziu a testa:

– *Ordeno que você me leve nesse lugar que falou para sanar esta dúvida!*

– Mas como você aí, meu velho, sabe de tudo disso? *gerente.*

– Ora, ora, fui eu quem transferiu toda esta fortuna para seu banco, antes de você assumir a gerência! *Pescara.*

A reunião terminou entre zangas e sem cumprir o objetivo que era forjar um destino jurídico para os bens de Ingrácia e Felipe Suarez, para alguns dos presentes, preferencialmente, a fortuna escondida em cofres em nome da neta dos Arnez;

Na volta para a casa, o veículo que estava o garoto teve dois pneus perfurados. O delegado ofereceu ajuda, mas o rapaz recusou, alegando haver acionado o mecânico, que já fazia a manobra. De fato, havia um caminhão velho com alguns rapazes barulhentos circulando perto, mesmo assim, insistiram apesar da recusa.

– Não se meta com esta história, já sabemos quem você é, ouviu? Não se meta! E assegurando no braço do rapaz, olhando nos seus olhos, completou: – *você pretende se formar? Ser advogado? Pretende...?*

Foi um instante cruel e delicado.

No dia seguinte, souberam que o velho Pescara havia sofrido um atentado. Pelas primeiras notícias, uma tentativa de latrocínio com onze tiros, do qual ele escapou com graves sequelas, graças ao velho colete de areia, herança da revolução espanhola.

Dele, roubaram apenas uma bolsa com cópias de documentos.

As reuniões seriam cada vez mais seletivas, porém, as mulheres foram mais sagazes, seus olhares enxergavam longe, enquanto isso, para eles, havia usura provocando desencontros. Algumas sutilezas desarticulavam os pagamentos milionários para os credores, mesmo assim, eles não davam trégua, queriam tomar as obras de arte, exigiam devassa nas contas, e que os mais influentes assumissem as empresas e os bens, sem ordens judiciais.

A próxima reunião foi marcada para a praia de Arembepe, sede provisória da *roldig*. Apesar de vigiada, o cônsul da Espanha foi acompanhado por dois caciques indígenas e um grupo considerado de mulheres.

– Sua excelência? abaixando a arma, surpreso, o delegado ficou sem ação.

Entre essas mulheres estavam Clotilde, Daguimá, YãkôaAnã, a Jornalista e outras mais.

Os caciques sacudiam seu maraká em bom compasso.

– O gerente do banco disse: "Que palhaçada é essa?!"

Houve um instante de completa desarmonia. Alguns, dos presentes, estavam notoriamente armados. Clotilde tomou a palavra e proclamou:

– Espero que não se finjam de santos. Somos todos, ou quase todos, contraventores, ladrões ou pretensos!

E entregou a ordem judicial nas mãos do gerente contendo os números das contas e os valores corrigidos.

A fortuna de Clotilde já era conhecida, o velho Pescara havia contabilizado. O cônsul declaradamente tinha aversão a negociatas. O garoto estagiário que não conhecia o pai e fora criado como filho de Adail, assumiu o papel de defensor da causa.

O cônsul pediu a vigilância reforçada para o grupo.

A velha Tuxawá, ou YãkôaAnã, se responsabilizou produzir a união das mulheres oprimidas. Convenceu a todas e todos que a melhor proteção era a Ooka de Pery. Clotilde, apesar da fortuna, ficou escondida em uma tenda de piaçava, não saía de lá para nada, desejava apenas curar seu espírito do ódio de vingança, perdoar Daguimá, curar a depressão.

Assim termina a história mais famosa do Centro, agora vamos para a Periferia, para a Oka de Pery, ouvir delas, nas rodas de prosa, como tudo aconteceu.

Depois da história

Logo após o juiz decretar a liberação das primeiras verbas, construiu-se uma grande oka no subúrbio, chamada de OKA DE PERY PARA AS CONFIDÊNCIAS. As frequentadoras entravam descalças, deixando suas "reservas" depositadas em um gamela escavada nos restos da sagrada gameleira. Eram flores, folhas, raízes, areia, chás de ervas frescas e água limpa. O recipiente preparado para receber tantas mágoas ali coubesse e eram tantas mágoas, lágrimas e dissabores.

O objetivo da *Oka de Pery* não é ser um confessionário e nem uma casa de repouso, mas acolher e reparar os danos sofridos. Ninguém seria obrigada a absolutamente nada, nem era para estar presente ali, mas uma vez lá, deveriam abrir seus corações estimulando o despejo da *inutilidade dos segredos*, como dizia a velha Tixauá: *mágoa é como o sal, serve para aumentar a pressão e em grande quantidade, pode matar!* Nosso desejo é viver, e viver bem, sem matar ninguém, sem deixar que nos matem.

Não era proibida para homens, porém, se entrassem sem permissão, elas se calavam e eles não permaneciam.

No dia do festim da inauguração, o Cônsul da Espanha esteve por lá, mas não quis entrar. Ofereceu ajuda, entretanto elas não aceitaram. Depois do festejo, tudo ficou perfumado com estranhos aromas e nenhuma delas arredou o pé. As reuniões se dividiam entre ordinárias e as rodas de prosa, somente as quartas-feiras tinham pauta definida, em qualquer outro instante, os cantos e temas eram livres e a prosa solta. Estimulava-se a convivência em clima cordial, como completa liberdade, não é para isso que servem as rodas de prosa!? As histórias se cruzavam, contadas por diferentes vivências e olhares.

Não se questionavam fontes, nem origem, com total liberdade para outras versões. Cada uma contava o mesmo fato do seu próprio jeito, e mesmo havendo contradições marcantes, não se desmentiam. As histórias limitavam-se à participação de cada uma, e nem sempre tinham um fim.

Os encontros não tinham uma sequência lógica, mas eram contínuos. A pauta pouco rígida e menos objetiva, as leituras extraídas de atas, algumas de surpreendentes encantos. As folhas de alguns cadernos esclareciam a história de toda uma vida. A primeira reunião relatada, com precisão, teve o ponto de pauta definido, e nele, o conselho de mulheres procurava o melhor investimento para o capital da sua nova organização.

Discurso de Yâkoa Anã – A Tuxauá

– Irmãs queridas, este espaço nos pertence. É pequeno, mas é o nosso novo território e quem pisa neste chão, tem necessidade de sentir-se nativa dele, nativa da terra, irmã em espírito de todas, pois somos filhas da Mamã Terra, da Pachamama, somos chão e Terra, Lua Sol e Céu!

Assim como nossos corpos, nosso território é sagrado e, doravante, fica decretado: "Ninguém poderá penetrar neste território sem nosso consentimento, ninguém ousará entrar sem que desejemos, ninguém mais nos violará!" – *palmas.* Assim como nossos territórios originários são sagrados porque abrigaram umbigos e os corpos dos nossos ancestrais, nossos corpos são territórios que produziram umbigos das nossas kunhã e kurumim; nossos corpos precisam, como um território, ser bem perfumados, bem zelados para produzir e reproduzir; nossos corpos querem afagos; contanto obedeçam os limites da tolerância; uma mão macia deixa de ser afeto se ela é invasora de nossas privacidades; que nenhuma força invada nossos corpos sem nosso chamado; sem nosso aceno Não estamos preocupadas somente com quem olha e deseja, mas com quem cobiça e invade nosso espaço e depois sente-se no direito de invadir nossos corpos, e invadir nossos corpos é como invadir nosso território à força.

Então, sejamos livres aqui, pois aqui ninguém será silenciada! não se produzirá provas contra ninguém! todas são mulheres libertas para dizer e fazer o que desejam e com quem desejarem!

Precisamos, sim, preocupar-nos com as coisas estáticas e as que se movem, dentro do nosso território e dentro de nosso corpo. Precisamos cuidar da terra que é a única esfera celeste conhecida e capaz de reproduzir a vida.

Neste território, ninguém terá mais do que a outra, todas cuidarão da alimentação para uma mente e corpo sadios! todas cuidarão do chá que é a saúde de todas para ter alegrias! controlaremos nossas emoções para não sermos agressivas, nossas determinações serão consideradas, ninguém reprimirá nossas libidos! o nosso corpo nos pertence, não precisamos ficar no *caritó*, dentro dele, as coisas se movem assim como no território físico, o sangue menstrual, o suor, a saliva, locomovendo como os animais, as aves, os rios, as lagoas! alguns seres são inquietos, outros parecem que não se movem, assim são as plantas, mas elas se movem para cima, para baixo, para um lado e para ao outro, com o vento, se sacodem, acasalam e se reproduzem, permanecendo juntas, dependendo da fertilidade da terra.

Irmãs, são tantas coisas que precisam das águas para respirar, fora das águas, ao redor, as folhas e galhos, flores e frutos, tudo depende do lago, do rio, da fonte. É certo que alguns seres nos iludem, não podem se mover para ir em busca de outra fonte, fugir para outro território mais fértil, mas elas mandam suas sementes, seu pólen, por isso que digo a vocês que nossa preocupação é com todas nós, juntas no território, com suas atitudes, seus pensamentos, seus olhares enxergando longe! assim, unidas, abraçadas, proseando do centro do território, preocupadas com a terra inteira, poderemos resistir a qualquer demônio.

Vamos fazer nossa roda de prosa! ela precisa ser contínua, não vamos nos acostumar em ouvir coisas que desagradam! depois da discussão, um abraço. Então vamos prosseguir proseando até que se esgotem todas as coisas desagradáveis e aí sim, vamos acolher a melhor maneira para viver o Bem Viver, pois já aprendemos a forma que não queremos viver: ser oprimidas, viver o viver alheio, que é o mal viver.

Primeira roda de prosa
Histórias cruzadas – Clotilde

Tio Pescara acordava com a cara feia, vovô o chamava de monstrinho. Eles se entreolhavam e faziam caretas, um sacudia o pé, o outro, um pano vermelho; um como se fosse o touro e o outro, seu carrasco. Vovó e eu nunca poupamos gargalhadas, eram palhaçadas dos dois, pareciam que, em qualquer momento, iriam se enfrentar. Segundo vovó, Monstrinho foi o touro mais violento que vovô enfrentou na arena, e por pouco não o matou. Ele foi o mais velho toureiro a abandonar as corridas. Sujeito amável e de alma limpa como tio Pescara não há, ele protegia a família, gostava de jogar bocha com o guarda, seu Francisco Carrascoza. Eu andei me insinuando na bocha com ele, até derrubei alguns pinos. Meu *abuelo* parecia um artista, aliás, é o que ele sempre foi na vida: artista das arenas. Gostava de pessoas, confiava em todos sem pedir reciprocidade. Andava pelado pela casa, e aporrinhava minha *abuela* passando a mão na bunda dela, e minha avó com a vassoura tentava acertá-lo, e como um velho toureiro, ninguém se metia, pois ele se esquivava de todas, nunca o golpeava.

A casa do Politeama era grande. O maior contraste era a lareira sem uso, uma piscina maravilhosa e um salão de festas que vivia sempre ocupado por não mais que quatro ou cinco pessoas. Tinha hora para tudo, sarau poético, leitura dos clássicos e dos modernos, religião, literatura de cordel, histórias das conquistas e dos conquistadores; o maior tempo era sobre a revolução espanhola; os ensaios de teatro eram constantes, além dos cantos e magia. Eu me destacava na magia, porém era obrigada a participar de tudo. Um dia, fiz minha vovó desaparecer no meio do jantar e reaparecer nua na piscina. Tio Pescara fez muitos elogios para o quadro de magia, meu *abuelo* disse que não gostou de vê-la nua dentro da piscina, sem ele. O resto era só alegria.

Tio Pescara nascera em um picadeiro, e até ser convocado pelo exército, foi palhaço. Ensinava-me desenho, pintura e artes dramáticas, ensaiava comigo as peças de Boccacio e de Shakespeare, Lope Vega, poemas de Lorca, e Cervantes, Calderón de La Barca, e muito do teatro grego. Para dar conta dos textos que me obrigavam a decorar, eu ficava acordada até madrugada, gostava de ir para o quarto de tio Pescara a qualquer hora do dia ou da noite e, muitas vezes, dormia em uma cama ao seu lado ou até na sua própria cama. Ele me acolhia com seus braços peludos e eu me sentia tão bem. Um dia entrei no quarto e ele conversava com um homem e uma mulher gorda que estavam deitados na cama onde eu gostava de dormir. O homem olhou-me de forma diferente e eu tive medo. Tio Pescara me abraçou enquanto minhas lágrimas escorriam pela mão dele, chorei em vê-los quase nus me olhando daquele modo. Parecia uma premonição, porque fugi pelo corredor aos gritos e tio Pescara me acompanhou, também quase nu, e eu disse: tio fica comigo, fica, tio, fica! Ele ficou sentado ao lado da minha cama até eu adormecer. Noutro dia, soube que ele e meus *abuelos* viajaram e não me levaram. Eu fiquei com aquele casal, seriam os novos cuidadores de tudo que meu *abuelo* tinha. Pelo espelho da cama, vi o homem entrando no meu quarto, tive medo e, antes de correr, ele fechou a porta e tampou a minha boca para que não gritasse, dizendo que deveria dormir com ele como dormia com tio Pescara. Iniciou tirando a minha roupinha e a dele também, eu sabia o que era o membro do homem, mas não sabia os efeitos devastadores, como funcionava, como penetrava. Obrigou-me a deitar e deitou em cima me mim, doeu muito. Mesmo sufocada, queria gritar, mas ele me fazia sofrer mais, até que parou e ficou babando em mim. Disse que meu *abuelo* dera tudo aquilo para ele, eu e a casa de Arembepe, agora, eram tudo dele. Ameaçou que contaria para meu avô que eu dormia com tio Pescara e que se eu desobedecesse, a mulher má mataria eu e tio Pescara. Olha que palavra forte para uma menina. Apontou para uma janela de onde se via a mulher alta e gorda na rede de meu *abuelo* afiando uma navalha.

– Diante dessa primeira roda de prosa, posso prever o que vem por aí – *Jornalista*

– Concordo, veja, todas as mulheres que estão na sala estão se retorcendo, olha, Daguimá está ficando roxa, Júlia, coitada, de cabecinha baixa. Não tenham medo não, vamos ouvir tudo, tudo é coisa do passado! – *Tuxawa*

– Inicialmente estava alegre, depois ficou triste. Levei as mãos ao rosto, amedrontada, olhando para a naturalidade de tia Clô, enquanto chorava... olha...! *Daguimá*

– Calma irmãs, parece que despertou em cada uma, a força do seu agressor no dia de cada martírio. É certo, aqui não tem somente mulheres santas, nem somente corrompidas, mas mulheres acima de tudo, pois dentro de cada espírito há uma história de corruptos e aliciadores. Eu vim para cá a convite de dona Naninha, esta mãe de amor e coração, de paz, uma guerreira sábia. Já estou velha, mas confesso que, neste dia, passei a odiar os homens e as mulheres do mundo, as pessoas em geral, esses seres, esses demônios vestidos de humanos. Propus-me que iria vingar-me de todos, a qualquer custo, a qualquer preço, principalmente daquele sujeito e sua mulher que, no dia seguinte, andavam pelados livremente pelas salas, piscinas e pelo teatro da casa do Politeama. – *Clotilde*

– Minhas meninas, vamos permanecer cautelosas, não se amedrontem, nem se deprimam. As histórias que estão caladas dentro dos seus peitos devem e podem ser narradas, pois elas ensinarão como enfrentaremos juntas as agressões contra as mulheres, e assim encerramos por hoje esta primeira roda de prosa! – *Tuxawa*

As andorinhas

Acabaram-se os devaneios. Amanhecia a Quarta-Feira de Cinzas. A cristandade da cidade se preparando para renovar a fé com o arrependimento das ofensas e dos pecados. Esta penitência duraria até Sexta-Feira da Paixão. Passava da meia-noite e ainda se ouviam os últimos acordes do carnaval, a lua em vermelho-retumbante contornava a Baía de Todos os Santos. Grupos de devotos, pertencentes as classes sociais mais afortunadas, voltavam apressados para casa, andando a pé e seminus pelas avenidas quase desertas. Esta prática durou o tempo em que dona Ingrácia gerenciou a fortuna da RESIAM, agora sem ela, tudo parecia esquecido.

Cada um em seu próprio lar. Mal se livraram das poucas vestes, foram convidados para integrar-se a outro grupo, chamado ABNEGAÇÃO. Obedientes, despojavam-se do cilício etílico para envolverem na penitência das Cinzas. Cobriram a cabeça com o véu, das *des-culpas*, como no tempo de Ingrácia, e oraram perante o altar dos crucifixos.

Apesar de foliões, eram discípulos da fé. Estenderam as mãos em agradecimento pela multiplicação dos pães e iniciaram o ato de penitência pelas ruas principais do bairro nobre da Barra em busca dos necessitados. Conduziam sacolas de alimentos, caldeirões de sopa, fardos de roupas desusadas contendo cobertores e sapatos de pares incertos, mas os necessitados não estavam na Barra.

Fariam o melhor se pudessem, o bem daqueles para quem a sorte não sorriu. Levavam maços de flores e água de cheiro, humildemente varreriam as escadas do templo onde o cheiro de ácido úrico era forte, o vômito aparente e o suor dissipado. Fitas com a imagem do Senhor Morto foram estendidas nas esquinas e nas janelas dos edifícios. Muitas faixas foram distribuídas em pontos que poucos podiam ver, faziam o chamamento aos mais generosos cristãos para o sacrifício das Cinzas. "Quem reparte com os pobres, não sofre escassez", dizia a advertência singela, mas não sabiam onde estavam os pobres.

Nos tempos de Dona Ingrácia, nenhum fiel precisava dispor um níquel de suas riquezas, pois todas as ações deveriam ser graciosas e voluntárias. A festa de caridade e os enfeites da capela da Barra foram inteiramente custeadas pelos cofres da Real Sociedad de Los Inválidos de Além Mar (RESIAM). Sociedade afortunada, de objetivo incerto, para isto, nunca se poupou recursos. Sabia-se que os pobres e os necessitados estavam na periferia, na construção civil.

Na quarta-feira, apesar do sinal da lua, o dia reapareceu dentro da mais completa normalidade. Parecia um convite à penitência, numa manhã morna, abafada, mas calma. Já se via a lua fina e pálida desaparecendo do lado oposto, próximo à Ponta do Humaitá. Aqui ou acolá, um folião bêbado. Fragrâncias de algas mortas sopradas do oceano; em ondas costumeiras, vagavam remos em mãos de pescadores vindos do arrastão; no cais, um grupo impaciente aguardava desejoso que os barcos em retorno trouxessem a fartura de peixes, primeiro os cozinheiros de luxuosas tabernas, depois os garçons dos hotéis sofisticados; donas de casa e governantas credenciadas vinham a seguir. O povo, sempre fazendo barulho, acreditando no milagre da multiplicação dos peixes, almejava arrematar o pescado que sobrasse ainda fresco. Enquanto esperavam, as donas de casa discutiam a experiência de fazer a melhor moqueca – cebola roxa, tomate e óleo de dendê – para algumas, importava apenas o peixe, para outras, a compaixão.

Não fosse a multidão da beira mar, alguns bêbados perambulando e as beatas enfadadas subindo a rampa da capela de Santo Antônio da Barra, as ruas estariam vazias naquela manhã. No alto, as poucas nuvens não impediam ver que o céu azul-ciano sobre a Baía de Todos os Santos.

Para fugir do mau cheiro de latrina nas escadarias, a pedido de uma beata, as portas da igreja foram abertas mais cedo e o sineiro do campanário fez soar efervescentemente parelhas de badalos no bronze; um ar quente foi expelido do interior da capela, batidas repetitivas do carrilhão interferiram na amplidão do todo ao seu redor. Para as beatas, os sons dos sinos são os gemidos de Deus, as ondas do som incomodaram aos pássaros que povoavam as mangueiras, ficus, acácias e buritis, ensombrando o caminho das beatas de Santo Antônio. O carrilhão consolidava advertências aos pecadores. Assustadas, um bando de andorinhas-coleiras voou no alto, coesas, formando uma coluna espiralada em ascensão, a seguir, em queda livre, o rumo desejado, cortando o céu em voo rasante na direção noroeste.

– Tomara tenha chegada a hora de seguir caminho para outro hemisfério!

Disseram os mais experientes observadores, incomodados pelo chiado das aves. As mangueiras levantaram os galhos, as samambaias farfalharam parecendo dar adeus aos pássaros nômades.

No caminho escolhido pelas aves entre os prédios, havia um que se destacava, era o edifício Crisol, admirado e belo, um monumento de concreto e vidro. Seu projeto arrojado trazia a assinatura de um dos mais requisitados construtores da Bahia, ali foi seu encanto, sua fantasia sua firula. Da sacada além do mar, por anos, ele contemplou as andorinhas envolvendo o Farol da Barra, palco das caravelas, reino dos tupinambás, memorial histórico que reinara absoluto na paisagem da cidade, símbolo dos tempos coloniais resistindo os séculos, o topo bem iluminado, circundado em cores brancas, vermelhas e azuis como afresco da Renascença, vislumbrava-se nele a glória passada: "Nenhuma sombra lhe tocará os ombros, deve ter resmungado o idealizador" – dizia o construtor.

Quem há de duvidar que aquelas aves, antes de cruzarem o Crisol e contornarem o Farol da Barra, não fizeram um encontro hirundino para o devido planejamento? Ou estavam tão certas do encanto que causa aos humanos o efeito de uma manobra radical? E muitas outras conjecturas.

O bando de aves fugidias, com a andorinha espiã à frente, voava veloz, exíguos espaços entre asas, tudo em combinação perfeita vista do Ceisol. Se fazendo ágil e mais delicado ao contornarem o edifício, o bando foi encantador quando rumou, como flecha voadora, ao encontro do grandioso monumento. Então, caprichosamente, a coluna se partiu ante o imenso farol estático, agora embriagado e preso no centro das nuvens de asas voadoras.

– Ah, se os navegadores tivessem os olhos das andorinhas não haveria acidente no mar! dizia o velho construtor.

Nem uma avezinha sequer sentiu-se traída pela falta de sentido do primeiro voo de regresso, nem uma foi obrigada a chocar-se contra o empecilho, a bifurcação foi perfeita, cheia de saber e graça, do modo que só a natureza pode ensinar as novas aves a fazer, regressavam sem levar nada nem destruir as árvores que lhe acolheram. Em reconhecimento, nenhuma andorinha-coleira morrera na manobra.

Os olhares que acompanhavam o malabarismo no voo das aves contornando o farol viram-no fundir-se logo mais adiante sem uma única baixa, imagem coberta de magia e sedução. Pareceu o capricho divino, o louvor ao feitor maior, certamente Ele estaria olhando lá de cima, do opulento céu pintado de tons azuis. Quem viu de cima, viu tudo com perfeição, inclusive as baleias regressando da festa de acasalamento.

Mundo das Artes

Próximo dali, eu estava sentado sobre um pedaço do casco de um velho navio afundado devido a uma tragédia, pois nele morreu um famoso pescador por nome de Moreia, assim me contou Pizarro. Atracado em uma pedra perfurada pelo castigo inconstante dos agentes físicos e moluscos. Meus olhos vigilantes, cansados de esperar, mantinham a ilusão de o instante em que a minha protetora surgisse por trás da vidraça do Crisol, seria um rosto evasivo de mulher poderosa.

Um rosto envelhecido, abatido pelos anos, desgastado pela idade, ou estaria refeito, nutrido pela vaidade dos afortunados? Binóculo em punho, tomado por empréstimo do velho Sargento. E quanto ele o prezava, recomendou-me cuidados, lembrou-me do valor sentimental, disse ser o mais potente para essa distância, seu valor estava além do sentimento, pois não havia preço que pagasse. Ofereceu-me uma bolsa hermética e ele mesmo me ensinou ajustar o melhor foco e depois como melhor acomodá-lo.

Sentia-me incomodado, sentado naquela pedra rústica, apoiado nas paredes do navio exposto a sol, a posição foi sempre a mesma durante todos os dias de carnaval, o barulho parecendo índios livres, nus a vagar na praia. Dali, focava o ângulo, a visão perfeita da vidraça frontal da cobertura do Crisol. O sol como a águia a fustigar Prometeu.

Quarta-feira pela manhã. Eis que lentamente uma cortina se abriu e atrás da vidraça opaca surgiu uma silhueta feminina magra de olhar viril. O ângulo perfeito e a regulagem do foco adequados, parece que seu rosto estava a apenas um estreito passo de distância. Esperei suas papadas longas vindo amparadas por mãos amigas e então se ajustasse em uma cadeira de rodas e por ali permanecesse aquecendo-se ao sol recém-nascido. Durante alguns instantes, eu pretendia observá-la até que a dona das mãos a conduzisse para seu leito cativo assim como a conhecia. Apesar da distância, o binóculo dando tudo de si, para minha tristeza, certifiquei-me que não era dona Ingrácia acenando para mim. Seria a recompensa pela persistência ou a ira pela minha descoberta?

A visão não poderia ser melhor. Quase não contendo a emoção, me pus de pé, quem sabe eu queria responder a provocação do destino, mas ele foi cruel: eis que, repentinamente, uma imagem escura interrompeu minha visão, baixei a luneta e levantei o olhar, eram as andorinhas-coleiras que passavam em revoada pela frente do Crisol.

Os minutos seguintes duraram tanto quanto a eternidade, até que a última ave passou na direção do velho mundo. O binóculo retardou o foco e se perdeu em outro ângulo, pude, contudo, ver o interior silencioso que julguei ser uma sala-prisão, rodeada de obras de arte. Tudo conhecia, não de ouvir falar, mas presencial, costumeira e cuidadosamente fui com aquele espaço durante anos, que causou tanta interferência e transformação na minha vida.

Afinal, ali aprendi a gostar de ler. Agora, como um investigador, não investigava a vida de uma mulher qualquer, buscava, na ilusão, a confirmação da existência de Clotilde, a mulher de Nadinho, ou de Ingrácia, a mulher de Suarez? Talvez aquela fosse minha última oportunidade para desvendar o enigma. Aquela, que ali estava, não era Ingrácia, então, morrera? Seria Clotilde? Talvez. Trazia no rosto os traços do que foi uma beleza quase plena. Solitária. Sorriso atormentado, gesticulando, ira no olhar.

A mulher, ou as mulheres, que eu tanto procurava, era uma mestra da camuflagem.

Somente Ingrácia saberia o momento exato da revoada das andorinhas e fui seu orientador. Francesco havia me acostumado ver a manobra das andorinhas, era encantador, pois o Crisol era o palco do espetáculo, ali tudo se completava, até a imaginária festa tupinambá.

Cheio de frustração, devassidão no meu peito, cobrando caro pela penitência. Tinha estipulado como meta, buscar provas, ter convicções que as duras relações entre Daguimá, Nadinho e Clotilde, não eram meras fantasias da minha mente, que a vida glamorosa de Suarez e dona Ingrácia a quem conhecia, não era invenção de Pizarro, não se desmentia. E Queixão? Esta figura, parecendo um mito, carecia mais do que uma lupa de longo alcance.

A verdade e a fantasia enganavam a minha mente, tudo, porém, se confirmaria se do alto daquela cobertura, aparecesse a imagem de Ingrácia mesmo que ela fosse Clotilde. Já sabia que as mulheres da cesta de alimentos eram ambas deusas-demônios, herdeiras dos ladrões da herança, elas achavam-se genuínas herdeiras, morando perto das nuvens, armadas de glória e punhal, como malditas divindades. Certamente, seja qual for ela, deve continuar soturna, arrogante, perversa e louca, mas caridosa e isso me interessava. No entanto, estava certo, somente uma delas saberia o instante do voo das andorinhas. Pelo tempo passado, deveria estar velha, enrugada como uma bruxa.

O binóculo já não trazia nenhuma imagem, os passos, agora, limitados pela batida da maré alta. Por minha imprudência, o mar estava prestes a tragar o casco do navio e o meu corpo. O tempo que sobrava deveria ser útil, foi assim que imaginei, sorrateiro, penetrando pela garagem secundária, tomando o elevador de serviço e desviando da serviçal camuflada como terapeuta, para investigar tudo o que pensava conhecer, a partir da sala até a biblioteca. Em cada parede, contemplaria um quadro desbotado, desfigurado pelo desleixo. A biblioteca com seus milhares de livros de histórias instigantes de navegadores, dos quais li muitos, e na sala, a galeria de arte tão admirada pelo meu amigo Pizarro. As lagrimas brotando do íntimo, lá está o belo, o modernismo, mas isto era saudades. Ouvi algumas vezes ela falar da empresa, dos contratos, dos investimentos na caridade, sem olhar para quadro algum.

Se ele odiava Picasso, o que teria ocorrido com seu "A Corrida de Touros"? E então o que fizeram com a coleção de "Dom Quixote", que Ingrácia menosprezava, já que preferia Camus ou Berrada –, e ele idolatrava, especialmente a edição de 1615, um achado; "As meninas", de Velásquez; se eles morreram – pensava – o que sucedeu com todo este acervo? Certamente o que acontecera com os índios tupinambás!

Pizzaro contava sobre as históricas disputas acirradas em leilões, sobre os milhões ele gastou em um desenho *malacabado*, como em um destes leilões havia arrematado um palito de dente, e agora?! Sei lá! Lá dentro verei cores mortas e frias, outras, verdadeiras rebeldias nas pinceladas. Será possível encontrar os jarros gregos, as mantas marroquinas, a coleção de pimentas mexicanas de ardor mortal, a estátua de Montezuma? Os antiquários de pouco valor de dona Ingrácia? As espadas medievais? A pedra do túmulo de El Cid? Esta mistura de gosto quebrou todas as tentativas de classificação do estilo do velho colecionador sem estilo. A melhor classificação estava na imaginação, ou seja, a vaidosa casa da opulência virtuosa.

Por anos vivi solitário sentado no luxuoso sofá, na mesa de puro mogno para comer peixe com maxixe, lendo os mapas de Vespúcio, de Colombo, os poemas de Cervantes até o dia que fui destituído do Crisol para ir morar em um barracão de tábua, empoeirado de uma construção na periferia. Lá, minha cama era uma tábua forrada com sacos de cimento, lendo jornal velho à beira da fogueira.

A maré marinando-me os pés, a imaginação fluindo, temi, porém, ao defasar os compartimentos, encontrar-me com uma senhora de face dolorida, de corpo alquebrado pelos dias, de mãos trêmulas e os braços curvos, imprevisível no seu modo de agir. Poderia oferecer um pacote de alimento, um conjunto de ferramentas ou mover contra mim um infalível punhal. Dizem que a maldade do espírito nunca cessa.

Nisso estacionou um barco ligeiro. Os bombeiros! Pensei.

Não era. Era a polícia.

– Você está sendo preso em flagrante, acusado por uma Jornalista de que você esteve espionando sua casa, planejando o assalto!

– Jornalista...?

Temeroso, deixei escapar o binóculo das mãos, que foi parar no fundo do mar. Até hoje lamento pelo velho Sargento, a quem nunca mais vi. Dei, assim, sumiço na única prova material que tinha do fato histórico. Fui tomado por um misto de frustração e glória, afinal, a história havia se escondido nas minhas convicções, ou seja, uma quase lenda transformada numa história policial; graças ao turbilhão das andorinhas, passei a ter mais uma mulher para investigar: a Jornalista e sua mãe.

Roda de prosa Temikuyê

Gente, minha mãezinha querida, dona Cota, ou dona Clotildes, no plural, para não misturar com Clotilde, a poderosa, chegou em casa ontem apavorada com uma cena macabra de sangue provocada por uma indiazinha daqui. Minha preocupação era que tanto trabalhei para convencer *maínha*, que amo de coração, para se juntar a este grupo de mulheres, a sua primeira impressão foi terrível, parecendo que o lugar é de mulheres tresloucadas. Queria saber se alguém poderia nos esclarecer os detalhes do ocorrido? *Jornalista.*

– Minha filha, tu e tua mãezona podem ficar em paz. Nesta casa não existem tresloucadas, e sim mulheres sofridas que agem contra a opressão, reflexo do passado, que em certos instantes nos torna agressivas, outrossim, eu não sou poderosa como disseste. Para diferenciar Clotildes, do acarajé, de Clotilde, da Av. Peixe, *risos*, vocês vão chamar ela de Cota, pois ela está acostumada, e eu já serei tia Clô, ou Clô, tá bom assim?

– *Sim Clo, tá ótimo!... ótimo tia Clô...tudo bem Clô...!* – vozes.

– Eu não estou procurando conselho, eu quero saber é sobre a cena de sangue, de ontem – *Jornalista*

– Deixe de exagero, filha, eu estou tranquila – *Cota*

– Tá bom, deixa eu contar o que houve! – *Naninha.* Ontem, enquanto nos preparávamos para mais uma tomada de decisão sobre o projeto pedagógico, todas já sentadas em cadeiras, nos seus lugares preferidos, menos a nossa indiazinha Temikuyê que se acomodava numa esteira enquanto trançava taboa para fazer outras tiras para esteiras, que ela mesma havia cortado com uma foice amolada. Repentinamente, uma franguinha nova, fugindo das agressões de um galo pedrês, invadiu a oka, o espaço feminino, inquieta, em gritos de desespero, foi parar sobre o colo de Temikuyê. Isso nos lembra o quê?

– Um ato típico de estupro na história colonial – *Amélia*

– Pois é! A reunião na sala das confissões não havia começado. Todas as mulheres sentadas, desacostumadas com agressão – *risos* – iniciavam a mística e alguém tocou o sagrado maraka. A franguinha foi alcançada e seria seviciada mesmo no colo de Temikuyê. Esta cena revolucionou nossas atitudes, algo mais profundo se passou pela cabeça de nossa indiazinha, pois ela, inesperadamente, fez de sua foice afiada de cortar taboa uma guilhotina, – *risos*. Foi um golpe certeiro de mão canhota, separou o pescoço do galo ainda em seu ato agressivo e inesperado. Todos sabem que esta Oka não é galinheiro, seu objetivo é reunir mulheres que, direta ou indiretamente, tenham relação histórica com este território, na esperança que haja a recuperação desses danos irreparáveis. Diante do cadáver do macho, houve silêncio e a franguinha permaneceu bem acomodada no colo de Temikuyê. Para Dinda, apesar dos prantos, o galo virou canja *–Rita – risos*.

– Pois é! Esta menina indígena sofrida já tem aparência de senhora. Precisamos usar as medidas da sua cultura para entendê-la. Cadê os chás? As ervas, ramos e águas de cheiros? Aspirem sobre seu corpo e também no ambiente! *Tuxawa*

– É para todas ou só para ela, Madrinha? Cota.

– Quando as forças espirituais tocaram no seu espírito, ela, ainda abraçada com a franguinha, retomou a consciência e dela ouvimos uma terrível história. Apesar da pauta definida, preferimos adiar, respeitamos a ação da nossa irmã e lhe demos oportunidade para relatar os segredos de sua alma! *Tuxawa*

– Quero deixar claro que no momento em que Temikuyê iniciava a sua fala, tia Cota pediu licença e se ausentou da reunião – *Rosiclea*

– Exato! Temikuyê passou a narrar que sobre um dia fatídico em que ela e sua irmã mais nova lavavam roupas sobre uma pedra lisa, nas margens do rio Utinga – você mesma poderia contar não, Temi?

– Não madrinha, conte a senhora!

– Então, ela tinha treze aninhos. Era uma tarde de segunda feira, dia de feira, um rapaz a perseguia pelo campo de canaviais, armado de laço como se procurasse uma vaca brava, correndo até ser devidamente alcançada e, ali mesmo, foi abusada, como se fosse uma galinha e ele um galo pedrês, que, por ironia, se chamava Galo.

– Fala minha menina, você quer completar? fala Temi...! – *Naninha*

– Ela tá entalada, com dificuldades. Deixa ela se recuperar – *Cota.*

– Tenha calma minha menina, nós te amamos – *Ruthe*

– Dinda, para de narrar isso, já compreendemos – *Jornalista.*

Não... não... não... conta... prossegue... vozes – nos dê detalhes, estas coisas são vergonhosas para toda mulher, todas sofrem no íntimo essa infâmia e isso dói no peito.

– O pior minha tia, é que, dias depois, o miserável apareceu em casa acompanhado de seus amigos e olhavam todos para mim e minha irmã e me chamavam para ir até a fonte, e sorriam e sorriam mais ainda, e amanhã e depois e mais outro dia ainda me chamavam de prostituta e vagabundinha. Meses depois, a minha barriga crescia e eu não sabia o porquê. Quando meu pai ficou sabendo do episódio, agiu como muita raiva e partiu para cima do cafajeste, do agressor e, com maior habilidade, abateu meu pai sem piedade com uma faca amolada. Sabe madrinha o nome dele?

– Não minha filha!

– Joacy Galo!

– ... nossa senhora... inacreditável... miserável..., ainda não mataram ele...!?

Depois da tortura

Daguimá era bonita e Clotilde fingia gostar dela, pois sua companhia facilitava as coisas. Clotilde aprendeu que, com a presença de Daguimá, era mais fácil conversar com o gerente do banco, e no posto de saúde, o enfermeiro estava sempre disposto, o médico pronto para um atendimento extra. Na feira livre, tudo ficava mais em conta com Daguimá ao lado. O difícil era conviver debaixo do mesmo teto, brincando de esconde-esconde com um filhote de serpente – como a considerava – temendo o momento de ver desperto o instinto venenoso que poderia picar até aquela que lhe criou – assim pensava Clotilde.

– Nem uma cascavel pode ser comparada a uma mulher nova, perfumada, bonita e maldosa – ela disse para Nadinho e pensava: o que fazer com este animalzinho de estimação crescendo dentro de casa a olhos vistos, ameaçadoramente? Isto pode ser a minha desgraça – apelando para a blasfêmia.

Alta Tensão

Pelas tardes de verão, depois de lavar a roupa e guardar a louça do almoço, Clotilde procurava alguma ocupação e, por nada mais haver o que fazer, sentava-se na poltrona da sala para aguardar Nadinho que nunca dava o ar da graça antes das primeiras horas da madrugada. Clotilde era uma criatura impaciente, antes morrer que atingir o ócio absoluto, o nada por fazer. Diante deste jogo de impasse, a superatividade, ela preferia construir, em pensamentos caóticos, castelos monumentais para, em pouco tempo, os demolir sem piedade. Elaborava projetos e sistemas, e na fertilidade de sua mente, os implantava e os controlava, analisava e, em seguida, os expurgava, repudiando-os, traçando novos planos e ideias para destruí-las instantaneamente, antes mesmo da engenhosa conclusão. No seu hábito de pensar, falar para si mesma, às vezes, era tão necessário que não se incomodava com o bairro inteiro ouvindo seus discursos e até gritos espantosos.

No entanto, não era sempre que seus pensamentos se ajustavam no tempo futuro. Clotilde reconhecia que o seu passado foi irônico quando apagou alguns rastros que a vida imprimiu no seu tortuoso caminho. Seguramente foram as ironias do destino que lograram o seu presente. Seu velho *abuelo* dizia: *uns recebem o presente durante a vida, abrem, agradecem e o retém consigo, enquanto outros, o fato de nascerem já constitui em um presente e por isso não reconhecem e não reconhecendo, não atribuem o valor devido ao que tem.*

Clotilde gostava de roupas soltas e frescas, viveu sim, tempos de opulência, mas não foi amante da vaidade. Vivendo agora em casa com pouco espaço e curvada sobre uma mesa de dimensões reduzidas, segurava com os dois dedos uma lâmina de barbear, com ela tencionava vincar um papelão ondulado estendido sobre uma chapa de madeira para não ferir a mesa, a tábua seria a improvisada prancheta de desenho. O ateliê resumia-se na prancheta, uma cadeira rústica, lápis de carpinteiro e régua escolar, pena e tinteiro, e lembranças de sua *abuela* tão querida. Traçava vincos e recortes no papelão, faria uma maquete, contudo a lâmina feriu a sua mão. Clotilde olhou assustada a linha de sangue escorrendo entre os dedos e examinou contra a luz a insignificante incidência que poderia ser mortal. Ascendeu pavor e medo. Em sua mente de rápida ação e ação febril, pensou no punhal, todo o seu corpo tremeu. As infames lembranças lhe trouxeram mais pavor, o corpo de Clotilde tremia de medo. Apesar de irrequieta, apelou para um truque de controle emocional, coisa do *abuelo*, mordeu a língua buscando manter o controle. Trêmula, marchou na direção da cama, inclinou parte do corpo calcando a base do colchão, cuidadosamente tocou um dos dedos na lâmina fria do minúsculo punhal silencioso que traiçoeiramente ali repousava, mas que poderia ferir alguma cabeça que pedia repouso ao travesseiro, e falou para si: *ferimentos que causam paralisia imediata já causaram mortes indolores!*

Aliviada, Clotilde contemplou novamente o riste rubro de sangue que vertia de sua mão. Estava segura de que, *com inteligência na cama, é mais fácil para uma mulher matar um homem que um soldado matar um rei.*

Deu alguns passos pela casa, aspirando o ar pelas narinas, imitando os distúrbios momentâneos de Zilda Canhota, pois sabia que se tivesse ferido a sua mão com o sutil e miserável punhal, já não teria mais fôlego de vida para respirar. Investiu-se do espírito da sua idolatrada cafetina e, num estágio de cólera, atirou a enganadora miserável lâmina de barbear para bem distante, e com o papel fez inúmeros pedaços espalhados pelo chão escovado da sala.

– Minha vida virou *uma zorra*! Aquela putinha também é culpada. É a filha da terra, deste sertão bravio, envenenado e insólito.

Deu outros passos desencontrados pelos cantos sombrios da casa, diferindo dos passos de natureza doméstica. A casa lhe pareceu ainda menor para o tamanho de suas angústias. Bateu-se contra a tábua que despencou sobre seu pé descalço, num som abafado, ela xingou como uma insensata, em alta voz:

– Miserável tábua, lâmina miserável, miserável menina, espanhol miserável, miserável mulher, obesa cadavérica!

Depois, com gestos miúdos, olhar pequeno, a língua travada no alvéolo, escorreu os impropérios pela mente insana:

– Depois do espanhol, é este tal de Queixão, o mais miserável entre todos! Foi ele o estopim, pois na casa de Zilda tudo parecia calmo até que este odiento chegou mandado dos infernos e como diabo nunca perdoa, era capaz de incendiar uma floresta inteira para vingar-se do espinho que lhe arranhara o pé descalço. Um sujeito com essa índole precisa sofrer o calor das labaredas que aquece aos poucos até rostir-se como torresmo. Canalha! Safado nenhum faria aquilo com uma rapariga da casa de Zilda Canhota sem levar uma surra.

Cadáveres e os fantasmas

Nas suas lucubrações, entre a raiva e a doçura de suas lembranças, recorria ao tempo febril passado quando estava sobre a proteção de Zilda Canhota. Uma cafetina de pulso que mantinha o mais luxuoso bordel na ladeira do Santo Antônio. "Zilda era mulher de brios. No seu tempo, no alto do Santo Antônio, homem nenhum falava grosso, botava o canalha para fora, fazia descer a ladeira do Taboão sem se segurar em barranco e ficava em pé na escada olhando e falando grosso: – *se voltar apanha de chicote de bater em cavalo, viu peste?!*"

Estridentes, sussurrando:

– Zilda Canhota era mulher *arretada*, como nenhuma outra vi no mundo ... humhummhumm.

Clotilde cafangava.

Em uma tarde de calor intenso, sem se dar por conta do que fazia, abafada pela solidão, voltou a sentar-se na poltrona deixando a porta entreaberta. Não parava de contemplar o ferimento. Inquieta, na sua insegurança, pensou em retornar ao maligno punhal, porém, antes, duvidosa da própria visão, conferiu se era o seu próprio sangue que jorrava ou se era o sangue de outro corpo deitado sobre o seu. E foram tantos que até a conta perdera, a menos do comandante do navio Coração de Onça. E a sórdida lembrança lhe trouxe um não menos sórdido sorriso.

No percorrer da vida, alguns corpos lhe banharam de suor, outros de sangue. Quantas vezes precisara de força extra a fim de empurrar cadáveres inertes de cima do seu próprio corpo? Assustada, envolta de pressentimentos ruins, voltou até o colchão e não se limitando tocar na fria pérola no cabo do miúdo punhal, mostrando insegurança e cuidados, cheirou o veneno impregnado no gume da fria arma. Carecia de provas necessárias, cabal e suficiente que foi ela, a miserável lâmina de barbear e não o fatídico punhal, que lhe ferira a mão.

Soberba, mais uma vez agitada e pensativa pelo curto espaço, Clotilde, apesar da média estatura, a pouca altura do telhado não a incomodava, a pele branca expunha algumas marcas pelo rosto, os braços, principalmente, a marca da cobra. Vez ou outra ela ainda sentia um forte incômodo na perna direita, pulsava, ardia, coçava, doía, consequência de mordedura de serpente no Acre. Quando estava agitada, ela gritava, fingia sentir enormes dores e culpava o maldito ofídio por tudo, que não tinha feito nada mais do que defender seu território dos invasores humanos, os colonizadores, dos quais ela era filha. Arrependida por não ter ela mesma estrangulado a infame *macatifa* peçonhenta e ofegante, ardendo em ciúmes, meditava atrás de uma ou mais formas para vigiar os passos de Daguimá que, até aquelas horas, não chegara da escola. Suas regras eram duras: depois da escola, Daguimá só podia brincar sozinha, fechada no seu minúsculo quarto. Pela sua beleza, não pela simpatia, a menina recebia muitos brinquedinhos de presente, quase sempre ordinários, até que gostava de alguns, o que não gostava era das pessoas interesseiras que lhe presenteavam. Às vezes, com desprezo, atirava alguns deles para fora e iam cair no quintal da vizinha. A cama onde dormia era seu confessionário. Se não tinha amigas, preferia brincar com o silêncio. Os meninos se arrastavam sobre o muro tentando espiar o corpinho de Daguimá pela frincha da janela. Quando ela trocava a farda da escola pelo *hobby* amarelo que Nadinho lhe dera no dia do seu aniversário, os meninos se exasperavam. Um lugar privilegiado no topo do muro dava *status* ao mais ousado que depois gargalhava contando invenções de tudo que pensava ter visto. Todos sonhavam com a contemplação, o disfarce era ver Daguimá brincando com seu joguinho passatempo; é certo que o objetivo de cada um era ver Daguimá naturalmente natural. Clotilde nunca se deixava iludir, detestava Daguimá, detestava o assédio, as palavras daqueles meninos abusados e mandou aumentar a altura do muro.

– Diabos! Será que existe na natureza outro animal mais cobiçado que a mulher nova, formosa e bonita? Como dizem, *ser ela a filha da cabrocha mais bela dos carnavais!*

Bramia em alta voz. Clotilde tinha experiência de vida e conhecimento de causas.

Sua vida estava de tal forma mudada que agora sobrava tempo para refletir sobre o passado, não com arrependimento, não com saudades, não com desprezo pelos inacreditáveis atos de loucura que praticara, mas com o desejo de vingança. Vingar-se de todos que se aproveitaram da sua ausência, da sua suposta fragilidade feminina e da sua exuberância juvenil. Estava convicta de que não toleraria, por muito tempo, viver aquela vidinha periférica cujo negócio menos atraente, apesar de mais demandado, era o próprio corpo. Ela dizia que aquela gente vive sem esperança e por isso espera pela sorte que não chega, aquilo que teve e não soube guardar.

Clotilde resolveu que seu tempo de "nada-fazer", doravante não seria mais dedicado a demolir projetos, mas para pensar sério sobre novas fórmulas para a cruel vingança e assim reconstruir a vida que perdera. Achava-se inteligente, por tudo o que havia visto, ouvido e feito, considerava-se uma sábia, tanto assim que achou melhor elaborar uma teoria de negócios mais adequada na qual a demanda fosse correspondida por uma oferta, porém que rendesse valores. Talvez, pensava ela, somente assim justificasse a vingança como uma atitude coletiva.

Vagando por todas as épocas imemoriais da sua vida errada, pensava na glória da Espanha para onde não podia voltar, quem sabe lá não precisasse viver sempre demandada, sempre dando, pouco correspondida. Nunca se ofereceu em mercado livre, as trocas sempre injustas, a retribuição com preço ínfimo. Seu desejo era dormir em qualquer lugar, com quem quisesse e não fazer o que não queria ou que não poderia fazer, ou que somente uma pessoa queria, sentia-se perdedora e, em algumas das transações, a vida era a própria moeda – ou dá ou morre. Aprendeu trapacear, apostar a vida e ganhar para viver.

Aliás, vingar-se é coisa que faz parte da cartilha do Deus, o Eterno, por acaso não foi Ele quem prometeu estender sua vingança contra os humanos, sobre aqueles que não guardassem seus duros e inigualáveis mandamentos até a quarta geração...?

Clotilde falava como se ocupasse um púlpito.

– Pois é, guardar quer dizer armazenar, entesourar ou então lembrar sempre d'Ele – ela prosseguia bradando – talvez eu esteja pagando os pecados cometidos pelos meus antepassados. Tá vendo? Se for isso, então que as gerações futuras paguem pelos meus pecados, pois já paguei com juros pelas faltas passadas!

Ora falava, ora murmurava, espumava, dava passos sem direção e rodopiava nos calcanhares, entediada, alterava a voz, alisava a marca da cobra, dizendo:

– Gente burra é quem se vinga de um único sujeito. Franco, por exemplo, se vingou de uma multidão, apesar do horror, o miserável morreu cheio de glória. Claro que a vingança coletiva é coisa difícil de concretizar, por isso que tal tarefa carece de ser calculada, sua divulgação precisa ser restrita e é recomendável que seja feita aos pouquinhos.

Para se ter êxito, um projeto de vingança precisa ser cercado de segurança, e isso é coisa para gente que domina certas habilidades necessárias, além de um bom planejamento, enfim, é preciso ter o dom da vingança.

Clotilde falava com os lábios abertos e a ruga saliente de irritação surgia na sua face. *Vingar-se é uma ciência da mente e exige conhecimentos refinados* – falava sem parar –. *Seu êxito depende de uma boa análise, domínio dos fatos e, finalmente, de um bom projetista, um líder, ou uma líder carismática, persuasiva e determinada que todos obedeçam e sigam com temor; uma pessoa que se mantenha no comando até o fim, com pulsos firmes, capaz de matar para não morrer, isso foi que Franco fez...!*

Clotilde odiava Franco, mas tinha inveja dele. Contemplando a face no espelho depois de alisar as nádegas já deformada: "*Eu sou esta pessoa, sou a líder, pronta para a luta...!*"

A lucubração tomou conta dela: por dedução, fica claro que ninguém executará um plano desta monta, sozinha, sem dar trégua. Clotilde se aprofundava no labirinto dos seus pensamentos e prosseguia com azedume – São tantas e tantas variáveis. "Com quem segredar um plano de vingança sem o risco de ser delatada?" Matar por matar, até aqui estava descartada a ideia, apesar da impunidade reinante, vem se mostrando cada vez mais claro que isso é coisa para gente miúda e estúpida – coisa de soldado raso que não sabe distinguir um criminoso de um contraventor. Dificilmente o vingador matará todos que pensou matar sem antes ser capturado, torturado ou alvejado, tombando sem vida. Além do mais, como diz o ditado, "não existe crime perfeito." Bastam duas testemunhas de acusação e a condenação acontece, poderá ser confundido com um ladrãozinho de galinha, será perseguido como um rato, se apanhado, vai acabar dando o rabo de cadeia em cadeia, numa condição cada vez mais degradante e imunda. É por isso que não está no meu projeto um tipo de vingança barata, nem aquele que dure a vida toda, mas este plano será feito e só será executado depois de maduro, em condições perfeitas de insuspeição – pois o negócio perfeito não é este da periferia no qual se dá e nada se recebe, mas aquele tipo do "toma lá dá cá".

A mulher tinha o espírito em ruínas, uma paisagem terrível lhe cobria a cabeça, sentia-se como seu *abuelo*, uma exilada, no entanto, resistente. Imaginava-se encontrando a si própria, soerguendo-se das ondas, cujo esforço maior era para alcançar o remo antes de perdê-lo de vista, já que com o remo movimentaria o barco para longe dos náufragos, afogando os inimigos.

– Infelizes serão aqueles que ousaram atravessar o meu destino. O velho Franco, mesmo nos infernos, que é o lugar dos assassinos, que me perdoe por seu soldado, mas trata-se de um miserável este espanhol e pagará com juros – resmungava.

Roda de prosa Histórias Cruzadas – Clotilde – Faca Amolada

Outrora, tempos que memória nunca esquece, tempos cheios de aventuras, por opção, eu, Clotilde Arnez, convivemos com a fome, a miséria, a morte, o perigo e a solidão. No entanto, considerem isso como uma infeliz confissão. Este episódio precisa ser bem explicado para não confundir a mente das minhas queridas irmãs, da nossa Tuxawa, dona Naninha a quem aprendi a reverenciar.

Estes episódios estão sendo narrados em dias alternados para não assustar mais ninguém. Logo depois da inauguração da nossa grande oka, o território das confidências, assustei todas com o primeiro episódio, agora acho que será semelhante. Meu desejo é selar a paz com todas, especialmente com minha doce Daguimá, claro que já provei não ter mais rancor no coração, como o tema e a hora são livres, prefiro que o chá seja servido antes ou depois, não gosto de ser interrompida. Vamos fechar a roda, deixa ela mais aconchegante. Minha garganta está desgastada, preciso de toda atenção de vocês:

Na casa de Zilda Canhota, eu seria apenas mais uma prostituta. Lembrei do negrinho que me levou para sua alcova quando cheguei no construção do Politeama, a cama forrada com saco de cimento – *risos* –, mas até não era de se jogar fora, pela descrição de Zilda Canhota, ele era o cão de guarda de confiança do espanhol. Pedi uma roupa emprestada com uma menina que dividia o quarto comigo e fui atrás dele. Fui parar na Av. Peixe.

O toureiro se expõe perante o touro, mas precisa do palhaço para, na hora do perigo, distrair o touro. Ali tudo é possível, até sofrer um golpe severo, pois a luta é voluntária para o toureiro mas, para o touro, não. Tudo na mais completa surpresa, sua força brutal contra uma figura frágil e estática., mas o touro se engana. Para o toureiro, o risco é calculado, o resultado pode ser a morte, mas morte gloriosa e heroica, para o touro, não, pois uma vez vencido, será desprezado, se vencedor, será odiado e sacrificado.

Será que a fome e a miséria são mais cruéis que o autodesprezo? A fuga de si mesma? Somente a morte pode ser diferente! Existem mesmo várias categorias sobre o sofrimento? O engodo é uma miséria, o sentimento da escassez do mais essencial para a vida humana, que é o aconchego do lar, aliás, a ideia de uma família para minha mente cansada aparentava uma experiência ultrapassada. A nova desgraça que a toda hora batia na porta era asquerosa, prepotente, humilhante e desprovida de emoção. A recordação dos antigos privilégios tornou-se permanente e devassadora.

Enquanto isso o touro esbanjava-se no mais verde das pastagens.

Eu morava com Nadinho e Daguimá em um cubículo iracundo na cauda da periferia, no lado onde a cidade não tem alma, uma ilha tristonha de pobreza, onde o abandono gera a violência. Ali era o único esconderijo seguro para uma fugitiva voluntária traçar seus planos: como aproximar-se do touro. Na minha mente, fluíam canais de desejos e entojos, questionava a falta das ações públicas: porque elas falham? Falham porque as mentes abastecidas dos que olham do centro não são capazes de conceber a extensão da realidade na periferia, ou falham porque esse ato-falho é uma ação da exclusão? Somente hoje, dou conta que a pobreza é uma doença das relações sociais.

Enquanto o tempo passava sem acenar a minha volta para reencontrar com o melhor do passado, eu sofria duplamente as ações torrenciais da ira de Deus. Por um lado, desejava suportar seu flagelo sozinha, sem conselho nem confessor, meus pecados tinham ciúmes, não me deixando amar a ninguém; por outro lado, sofria convivendo em parceria com a gente triste ali nascida, algumas almas encantadas que pareciam se amarem apaixonadamente.

Seus olhares pareciam conformados com o cruel destino, por vezes assustados diante das inconveniências nas articulações radicais quando partida das lideranças comunitárias, atos violentos eram comuns e deixavam rastros de sangue inocente, neles pareciam exteriorizar todo o inconformismo de um povo sufocado contra o poder constituído de um estado feito de privilégios. A polícia havia declarado a chamada "guerra justa".

Minha mobília consistia em um fogão, uma mesa a geladeira com traços de ferrugem, duas camas e um guarda-comida de duas portas, dentro dele alguns proventos e na geladeira, água limpa, verduras e frutas frescas, vezes, carne e ovos.

Lembrando da opulência da infância, quando tinha uma porção de guloseima: compotas de doces, biscoitos. Daguimá, sem saber, era a chave do segredo, por isso tinha acesso livre a tudo, vez ou outra ela cruzava a sala em silêncio, abaixava para apanhar algo e comia. Seu medo silencioso me causava tristeza, ódio e dor, e identificava em sua inocência uma inimiga traiçoeira me olhando pela janela, invadindo meu corpo ou meu território, como diz YãkôaAna. Ela era o xodó de Nadinho, amigo do inimigo de meu amigo – tio Pescara –, que era o maior amigo da herdeira da fortuna de meu *abuelo*. Tio Pescara foi meu protetor.

– Peraí tia Clô, esclarece melhor isso aí – Rosiclea

Nadinho, meu companheiro, era o puxa-saco do Espanhol que era inimigo de Pescara, meu protetor! Entendeu?

Bem dizer: Nadinho nada sabia dessas relações.

Minha única saída era o silêncio, o ódio, a loucura, o desespero das muriçocas, o calor e muitos planos, mas nem um prevalecendo com real consistência.

Olhava para Daguimá e dizia: ali pode estar a princesa herdeira, caso eu reconquistasse o trono usurpado, também poderia ser a minha delatora, a cobra peçonhenta, sem dizer a hora do bote. Eu sempre cultivei na mente: Daguimá, uma vez sabedora quem era sua tia Clotilde, me mataria.

– Nossa, que horror... que mente doentia... quanta loucura... uma psicose...! vozes

Eu perdi por completo o controle emocional, pensando alto, a voz nas alturas, não me calava, sem pensar que ela ouvia tudo.

– E tu Daguimá, não falava nada para Nadinho?

– Falar o que minha Dinda? Eu tinha era medo, queria era me calar, nada ouvir!

Por outro lado, a menina poderia ser também uma inocente, mas útil, a que se dá por pouco; pois nela via a marroquina, aquela que roubou minha infância colorida. Difícil era o retorno para a vida real, dentro do meu próprio tempo, vivia destruindo meu próprio eu.

O tempo também era meu câncer, sozinha, revivia o mais amplo passado e apesar de viva, estava como se fosse um cadáver que nenhuma sepultura aceitava ocultar, mas não queria morrer sem me vingar.

Tudo parecia uma corrente diabólica. Depois que o marido saiu de cima de mim, ela chegou alisando o meu corpo ordenando para que eu não chorasse, pois deveria acostumar, que ela iria cuidar da *feridinha...*

... miserável... cafajesta..., exploradora... desgraçada...! – vozes

A janela estava aberta, o espanhol folgazão, nu, deitado na rede de meu *abuelo*, então escapuli dos braços dela, abri a porta do quarto e corri com o roupão de dormi. Eu não queria fugir, pensava apenas em mudar de roupa e correr para perto de tio Pescara. A mancha de sangue me incomodava. Estava sendo perseguida pelos dois, quando saltei o portão para o Politeama de Baixo e desci para o Vale dos Barris, com os pés descalços. Eu tinha nove anos e só retornei com dezenove para visitar o túmulo de minha *abuela*. Pobre vovó!

– Meus deuses... Nossa senhora da guia..., meu pai..., que loucura..., isso não existe..., e tu ainda não matou este satanás...?, tá esperando o que? –vozes.

A fuga

– A vingança carece de ciência e um aguçado pensamento – recomeçava o louco e interminável monólogo –. *Todo mundo tem sua parte vulnerável, o homem é a mulher, para ter mulher, precisa ter dinheiro. A mulher com dinheiro não precisa do homem com dinheiro...! Taí! Háháhá...! Gostei desta máxima...!*

Vislumbrou Clotilde assustada como a simplicidade da fórmula que, por ser extremamente simples e apesar da grande contradição contida nela, parecia como suporte teórico para o seu método.

– É verdade – disse – quem sabe não tenha enxergado o horizonte que eu tanto queria ver? *Por mulher, o homem faz guerra, destrói uma nação, mata qualquer um, já a mulher não faz guerra, mas mata um homem fingindo amor...! Para a mulher, é mais fácil matar um homem do que um homem matar um rei...! O homem com dinheiro, mata outro homem para ter sua mulher por pouco mais de uns instantes, e a mulher do homem com dinheiro mata o homem de dinheiro... para ter seu dinheiro que se acaba em pouco tempo! Logo: para a mulher é mais fácil matar um homem, que um homem matar uma mulher...! E matar não compensa!?*

– É certo, a mulher em troca de uma herança...! Vender uma menina...! Ufa! Achei... achei... háháhá... ora, assim ela deixará de ser menina – como eu – para ser mulher, ou número, e número não tem alma, mas apenas significado desde que se atribua um! Isto é um delírio, minha Santa Edwirgens! Protetora dos endividados! O teu altar está sem flores, que dó! Serei assim julgada além dos meus pecados e dos antigos, como a mulher mais relapsa entre as fiéis desta Santa sem altar...!

Clotilde, refratária na sua insensatez, admitia: *acho que estou ficando louca*:

– Aliás, louca eu já sou, minhas lucubrações contínuas não são novidades para ninguém, mas, desta vez, acho que atingi o máximo na curva dos limites! Pensando bem, que pode ser esperado dos labirintos? Meu *abuelo* dizia que o tal do Benjamim achou ser o labirinto, o caminho certo para aqueles que sempre chegam à sua meta. Essa meta é o mercado, disse o velho que o filósofo Benjamim, pois como um bom judeu, entendia de comércio e de raparigas, era um sonhador..., sonhador uma porra, ele era oh... um fraco, se suicidar? Eu, heim!

Após estas palavras em tons tão alternados, voltou para beira do pequeno sofá e, durante algum tempo, permaneceu na mesma posição: de pé com uma mão no queixo, olhar fixo para o portão, um pé plantado no sofá da minúscula sala da casa de reduzidas dimensões, localizada na Avenida Peixe. A outra mão, tinha sobre a coxa querendo tampar a ferida, os pensamentos vagando pelo mundo sombrio da sua irritante fuga do passado. Após o pouco tempo de silêncio, Clotilde viajou por muitas estações, não esquecia o salto no portão da rua Politeama; a primeira noite com os hippies no largo da Mariquita; depois Arembepe, Maceió, Porto de Galina, Argentina, Uruguai, Paraguai, Acre, Rondônia, e muito mais. Ensaiou um sorriso de proclamação, puxou vagarosamente a saia até a metade da coxa, movendo apenas o olhar e os extremos dos dois lábios, como se agisse sedutoramente, imitando as raparigas das ruas de Paris, dos poemas de Baudelaire, das ruas de Benjamim, de Santo Antônio. Por um instante, parece que esquecera de Daguimá, imobilizada, continuou a fitar a rua lá fora por mais tempo, depois, num relance inesperado, alcançou o caderno onde anotava a lista de produtos que faltavam em casa e que ela, com extrema habilidade, negociava os preços com os feirantes de São Joaquim. Contemplou a mão ferida, depois molhou os dedos na língua em busca de aderência para virar as folhas do caderno até encontrar uma página em branco e, habilmente, aproveitou-se da fresta de luz pelo telhado e deu início ao rascunho das linhas mestras da sua teoria que ela chamou de *O Projeto Final: Recuperação do trono!*

O primeiro produto da periferia

– Daguimá será a mercadoria! – pensou Clotilde – estará valorizada como as ações da Bolsa, no futuro. Será anunciada como ação preferencial, apesar de que já se conhece o investidor, ou arrematador, gente sem escrúpulo, mas que precisará pagar o preço pedido, pois o preço, depois do preconceito, é o maior instrumento da exclusão! Porém, só será entregue se o miserável não fizer muitas perguntas, nem querer saber sua origem! Eis a questão: em uma boa transação, há quem venda, receba o valor devido e há quem compra e registra levando a mercadoria para seu depósito, desocupando o espaço. Consumir ao seu modo, dar fim... e finalmente... lixo. Está é lei do mercado, mas... e se a mercadoria for uma armadilha...?!

Depois de escrever exatamente estas palavras, ela sorriu, releu mais uma vez, e então botou o ponto final. Estava pronta o esboço teórico.

As nuvens claras e o sol brilhante ascendiam o calor nas tardes de verão que pareciam estimular ainda mais a mente fértil de Clotilde, que tinhosamente procurava a melhor das atribuições para enganar o consumidor. Neste instante, parece que seu espírito tomou o rumo das águas como um esgoto poluído, tinha a aparência menos revolta, porém, a vontade de ação letal. Depois de sentar e levantar-se por algumas vezes, vasculhando com as pontas dos dedos parte das coxas em busca dos mais sutis sinais de estrias, sabendo que as indesejadas marcas cresciam com o tempo. Tendo ainda o caderno na mão, impulsionada pelo pensamento e, pé ante pé, foi-se até o quarto de Daguimá, o aposento como em um cofre, lá estava sua mercadoria imaginada bem guardada.

A imagem de uma gazela deitada sobre o feno, melhor, uma índia nua repousando no chão da aldeia. Imóvel, suspirava quieta sem o penhoar dourado que Nadinho lhe dera. Hesitante, deparou-se refém do amontoado de beleza como atributo de um só corpo. Vestia apenas uma desconhecida calcinha enfeitada de babados, parecendo pétalas de rosas orvalhadas. Por absoluta comodidade, abraçava a única almofada colorida à sua disposição. De fora, deixou farta porção do peito nu, a pele lisa, sem marca de espinho, as coxas sem sinal de estrias nem picada de serpente. Por um instante, enternecida, Clotilde não arriscou piscar o olho, contagiada que estava pela exuberância da imagem, devaneios luxúria, fixou o olhar naquilo que, por breve instante, lhe trouxe a certeza ser uma deusa selvagem na sombra adormecida; Uma coisa que só as mentes agudas veem: a cabrocha do carnaval. Por um instante, ela pensou em trocar de sexo, desejou ser homem, másculo, viril.

Meu Deus porque somente aos homens é dado saborear, gozar das delícias, ter o domínio, o melhor da terra? Pois é, a fêmea é a delícia exclusiva da terra, coisa que nem o céu quis por lá!

E sorriu nesse instante.

A pouca luz azul que aparecia pela janela era a única virtude, tudo o mais pareciam vícios. Clotilde sabia interpretar os climas e a oscilação das temperaturas. Sabia que, a princípio, bastava um corpo perfumado de menina para embriagar o velho espanhol. Em qualquer lugar do mundo, alguma casa já virou em cinzas pelas chamas do pecado, já correu sangue pela disputa de um corpo feminino, este corpo vale milhões – e, sorrindo, replicou: *Mulher bonita, nova, perfumada, não combina com a palavra paz!*

Certa de estar fora do raio de visão de Daguimá, Clotilde demorou-se o suficiente esperando a ação de Morfeu, o deus do sono e, como se fosse o comprador, quis contemplar o corpo que, por instante, lhe tornou desejado ao mesmo tempo imundo, relembrou sua breve juventude de despercebida beleza, regida por um pouco de desleixo, mas se encontrou com a mão do homem que seu *abuelo* confiara, a quem deveria lhe proteger, guardar como o tesouro precioso, a sua única herdeira, atributo que quase lhe custara a vida.

Assustou-se apenas em pensar fazer comparação com as formas atuais entre ela e Daguimá. Tudo estava perfeito na menina. As curvas sem nenhum retoque, a pele refletia um intrigante dourado natural, as ancas modeladas com esmero, a cova do peito parecendo o pedúnculo do lírio roxo. Tudo parecia as índias da tribo dos homens nus; bem pouco olhara para as meninas diante de tantas estátuas nuas.

Certa que o deus sono chegara, enfeitiçada pela sombra, Clotilde foi atraída para mais perto do corpo de Daguimá. Sem hipocrisia, pareceu que contemplava pela primeira vez o corpo da menina. Por um instante, vislumbrou os olhos de Nadinho levantando nas madrugadas para cobrir seu corpinho nu, recordou da sensação que teve quando se encontrou com ele e lhe tocou a pele, a cama forrada com sacos de cimento em um prédio ainda em construção, ela sorriu e mordeu os lábios.

Não contendo a emoção, Clotilde estendeu a ponta de um dedo. O intento não era roçar a face juvenil, desejava apenas sentir levemente, estar certa que contemplava a arte viva do criador, provar que nela havia calor e vida.

Diante da inesperada sombra de Clotilde, Daguimá encolheu-se como um feto, buscou agitadamente o lençol dobrado que ela nunca usava. Tomando o impulso das perturbadas, Clotilde abandonou a impressão que tivera da visão angelical dessa figura estendida como a deusa Rudá. Repentinamente, em azedume costumeiro, bateu forte com o caderno nas nádegas de menina reprimindo-a por estar nua; expôs toda sua amargura, sem necessidade, ordenou aos gritos que não se levantasse nem saísse da prisão-abrigo. Daguimá chorou de dor.

Arrastando os pés, voltou para a sala e debruçou sobre a mesa rústica de desenho. Clotilde, agora reticente, procurou meios de tentar exorcizar a sua própria impressão. Fez uso de uma caneta técnica melada em tinta nanquim, a mesma caneta e tinta que usaria nos desenhos do projeto e escreveu nas páginas do caderno, aproveitou a confusão da sua mente e traçou ligeiras letras quadradas e bem medidas, as seguintes palavras:

"Quando estive na floresta, vi flores de akiki parecendo delicadas, de cores mornas e perfumes aguçados. Elas se serviam de sua camuflagem para surpreender insetos que não dominam seus impulsos. Algumas destas flores exerciam fortes atrativos aos incautos, suas sombras e silhuetas eram delicadas, mas quando tocadas, exalavam perfumes de cadáver e macilento visgo, de tão nojentas se tornavam que, depois de conhecê-las, muitas delas me provocaram vômitos mesmo que as visse à distância. Este ensinamento da natureza só aprende quem a conhece". Deixando reticente na conclusão.

Biografia não autorizada

Nos lugares onde chegava, Felipe Suarez procurava imprimir, com sua presença, um ar de nobreza, apesar da infância sofrida, orgulhava-se em ser um soldado do generalíssimo Francisco Franco. Segundo contava, o pai procurou um dos oficiais oferecendo o filho em troca de proteção. Falava baixo e compassado, não se dava a apertar mãos. Nas rodas de novos e interesseiros amigos, evitava comentários sobre amenidades. Era um sujeito orgulhoso de suas origens. Na ascendência materna, dizia trazer ligações longínquas com os "Cabeças de Vaca" e os "Valois"; pela ascendência paterna, carregava gotas de sangue da nobreza espanhola do século XVII – nem por isso lhe fizeram angariar alguma riqueza. Os pais pouco lhe deixaram por herança, o fausto que lhe faltara na juventude foi, porém, recompensando nesta terra do Brasil – ele dizia. Nesta terra, já na idade adulta, construiu um galardão, acumulou inesperada fortuna, dizia ser tudo uma "troça do destino", mas nunca revelava o verdadeiro *achado*, limitava-se a dizer: "o que me negou na infância, me deu de sobra na velhice". Apesar de procedência nobre, os pais eram humildes, a mãe uma beata e o pai um dedicado camponês e artesão, e que ensinaram-lhe os aproveitamentos práticos do vigor da vida, até que se tornou um soldado falangista, nacionalista, um orgulhoso nazifascista que se vangloriava: *mi padre y mi madre me dieron cariño pero no rico!*

– O general me deu a oportunidade, um verdadeiro cabedal de motivos para agradecer à providência divina, me deram a passagem para o paraíso, o berço de ouro para seu humilde soldado!

Depois destas palavras, Suarez fez a reverência costumeira idolatrando a imagem da mãe, uma gravura ingênua; destacava a assinatura de um pintor companheiro da Guarda Palaciana. A imagem se completava com uma bandeira da Espanha hasteada a cada lado da sala. "*la amada madre y la querida patria*" – dizia.

Talvez se a velha *madre* estivesse presente, não aceitasse de bom grado aquela imagem pálida. Suarez morria de paixão pelo Real Madrid. Recitava páginas inteiras de Cervantes e caprichava na pronúncia, gesticulava quando pronunciava o nome completo do poeta: Dom Miguel de Cervantes Y Saavedra. Era como se o nome completo fosse o mais precioso dos seus versos e dizia:

– Ele foi o gênio, o maior de todos, o ícone da literatura de todos os tempos, em todo o mundo.

Sua coleção de edições do Dom Quixote não parava de crescer. Verdadeiras raridades vindas de todas as partes do mundo, em todas as línguas. Para ter uma relíquia, pagava qualquer valor, dizia serem *joyas raras que enriquecen la colección.* De Góngora, falava com intimidade crescente e não perdia oportunidade para citar uma estrofe do vate. Ostentava, na imensa sala de jantar do Crisol, uma imitação de gosto duvidoso "d'*As Meninas*", de Velásquez. Nunca engoliu Picasso, mas tinha um original. Fingia não saber nada de Miró. Garcia Lorca, para ele, a vergonha das letras espanholas. Olhava para o céu azul dos trópicos e proclamava: *la felicidad existe!* Ser madrileno era condição mais que suficiente para extravasar o ego:

– Ah, minha Madrid, és a mais formosa das cidades.

Se alguém ousasse contestar, ele radicalizava ao declarar:

¡No tengo ninguna duda de que España es la cabeza del mundo y Madrid su cerebro!

Gostava de uma brincadeira que aprendera com um toureiro basco de rara delicadeza, mesmo que lhe emprestara seu prestígio para chegar ao Brasil e que evitava citar o nome: rodopiava em torno de si mesmo imitando um touro insuflado. Lamentava a falta de uma arena por aqui, pois era seu esporte predileto.

Por analogia, apesar da infância pobre, Suarez era um homem bem vivido, suas leituras tão estimuladas na infância pela mãe, e Dona Ingrácia por nada ter o que fazer, transformou-se em um quase sábio; considerava-se um predestinando. Dedicava seus fins de semana aos saraus que Dona Ingrácia promovia para os membros da RESIAM. Ela financiava todas as despesas da paróquia e recebia as beatas na sala principal frente ao mar de onde contemplavam as andorinhas e o Farol, sempre manifestando alegria.

Por não querer causar constrangimento em Felipe, o empurrava para o futebol ou a pescaria com os poucos amigos chegados; em alto mar passavam dias em confortáveis iates. Ainda se considerava um soldado por ter lutado ao lado do Generalíssimo Francisco Franco. Nunca esqueceram a sua mesada, logo depois de não precisar mais dela para viver, a incorporou ao patrimônio da *Real Sociedad.*

– *¡Gran general ese Franco!*

Dizia o velho soldado desfocado no tempo. Mantinha dele um busto de bronze sobre a estante e uma foto em moldura dourada na biblioteca!

Era um homem altivo, ufanista, não negava sua desmedida paixão pela Bahia de Todos os Santos, como gostava de chamar. Passando dos 70 anos, pesando mais que o desejado, sentia canseira nas pernas, mas nunca se rendia ao ócio.

– Aqui fui acolhido nos braços por uma segunda mãe que ofereceu o colo e não me poupou os seios fartos. Mesmo com leituras, mas sem maiores estudos –, falava arrogante, com o ar da nobreza –, ensinei o caminho das pedras para muitos doutores.

Um dia, um Jornalista perguntou: o senhor chegou da Espanha numa primeira classe, mas foi morar de favor em um prédio em ruínas. Foi empregado em construção civil, e como adquiriu tanta fortuna em tão pouco tempo?

Suarez desconversou. Batia no peito num misto de humildade e soberba, pleiteando para si a glória por ter *escavado uma vala e achado ouro nela*. De fato, ante a precária rede de esgotos da cidade de Salvador, empregou-se para abrir cisternas e fossas, construiu pinguelas sobre o Rio das Tripas, cavou valas nas ruas da Barra, operou escavadeiras, caminhões-caçamba e compactador. Sua primeira obra, a reforma do Mercado Modelo, foi merecedora de destaque e inauguração com banda de música. Viveu na época das grandes farras com verbas públicas: grandes avenidas de vale, pontilhões e reformas de palácios. Com muita labuta, havia superado os tempos da "força bruta" para atingir os das "vacas gordas".

– São tantas as riquezas, de onde vieram? – Quis saber a Jornalista estagiária que mais parecia um pau mandado.

– Foi a sorte!

– Foi Deus! – retificou Dona Ingrácia.

– Sem dúvidas, sem dúvidas, meu amor, foi Deus! Tanto que, depois de Deus, a sorte não mais me abandonou.

– Não blasfeme de Deus! Ele continua ao nosso lado!

Ingrácia repreendia o velho ricaço impenitente.

– Sim, que assim seja! – restringindo a divindade a fatores secundários – Fui sempre guiado pela razão, sem esquecer hora nenhuma a intuição, a melhor herança, a família! Os contratos foram sendo desengavetados: viadutos; passeio da orla marítima; mais viadutos – e ia contando nos dedos – estrada para cacau, para feijão e para coco – a Jornalista escrevia e sorriam das fortes expressões do velho, ele prosseguia motivando com mais gracejos – barragem para boi e cavalo e a ponte para a ilha, que ficou no sonho de um coronel. *Si el diablo cerraba un camino, su Dios abría diez. ¿No fue así…?* – salientou apontando para Ingrácia – Por aqui eu já tinha construído tudo que sabia, até que surgiu a obra da minha vida no centro do Rio de Janeiro.

Felipe, sentado ao lado do leito que aprisionava Dona Ingrácia que interrompeu para opinar, gesticulando com cautela antes as dores nas articulações:

– Foi a oportunidade que ele precisava para mostrar-se no cenário nacional, mostrou o que sabia fazer, não foi, meu velho?

A interferência de Ingrácia na conversa durante as seções de entrevista renderia um capítulo especial na biografia de Suarez não fosse as mudanças repentinas– "Sofrimento inimaginado."

Renomado construtor

Ingrácia tinha a voz rouca, cansada e trêmula, de difícil audição, mas tinha as mãos livres e gostava de alisar o corpo da Jornalista que se incomodava com isso. A estagiária da velha, na iminência do estado mórbido, queria deixar garantida a companheira para o velho que só sabia escolher suburbanas. Desatrelou-se das garras da velha, pedindo para ela repetir a frase e fingiu anotar com interesse, como se ouvisse de uma celebridade um pensamento conciso. Suarez olhava o decote da jovem com o rabo de olho gordo.

– Por fim, ganhei a concorrência para construir o "*CaoS*", ou seja: *Centro Administrativo de Salvador* – Suarez arrematou fazendo mais gracejos.

Felipe Suarez não negou ter sido convidado para contribuir com somas avultantes para campanhas políticas. Contribuiu especialmente para aquelas que lhe pareciam vitoriosas, mas não revelou nomes nem partidos. Enquanto isso, a Jornalista olhou maliciosamente para uma foto na estante onde Suarez aparecia abraçando um coronel.

Ingrácia quebrou a consequente pergunta, filosofando: *Quem forra a cama pela manhã, ao levantar, é possível que de noite deite nela bem aquecida.* E todos os presentes aprovavam sorrindo.

Ela não teve pudor em relatar: foi com luta contínua, muita esperteza e alguns presentes, que meu velho foi, aos poucos, transformando-se no mais renomado construtor civil do Brasil. Em suas obras, eu queria ver sempre a bandeira espanhola ou do Marrocos reverenciada no mastro, ao lado esquerdo da bandeira do Brasil, mas ele não deixava.

– Uai, porque ele não deixava? – Pergunta a garota.

– Falta de reconhecimento – adiantou-se Suarez – por parte da imprensa, dos subversivos, que não perdoam quem tem amor a sua pátria – *e a Deus!* – interrompeu Ingrácia ofegante sob um lençol alvo que cobria a obesidade.

Os encontros com a estagiária deveriam ser periódicos. Ela queria que fossem todos agendados pelas mãos flácidas de dona Ingrácia. Depois de tantas flores, ela mesma ajudou a quebrar a resistência do magnata em sua aversão à imprensa. Inicialmente, dizia não dispor de tempo, depois alegava não ser merecedor como sujeito de estudos para uma tese universitária. Após a consulta minuciosa da competida agenda, dona Ingrácia marcava o dia e hora da seção que deveria ocorrer na luxuosa cobertura do Crisol, onde passava as horas deitada ou zanzando, limitada a alguns passos e amparada por enfermeira e outros serviçais.

Roda de prosa
Vida de Ingrácia

Dona Ingrácia Suarez – aliás, Ingrácia Suarez Lolla Parda Reqiya, nome que ela tinha muito orgulho, herdado de sua bisavó, Lolla Reqiya, dizia ela ter sido uma grande mulher, uma das amantes preferidas do rei tribal, Midas Yami Roussem, em sua terra durante as guerras coloniais. Morto o rei. Como a rainha não tinha filhos homens e para o trono não cair nas mãos dos filhos dos colonizadores, ela lutou até de espada para fazer do filho de 14 anos o sucessor. Tornou-se príncipe regente, depois de entronado, ainda o chamavam de bastardo, *filho da puta,* indolente, molenga. Uma vez no trono, reinou como herói na defesa da liberdade de Marrocos.

Os espanhóis lutaram para dominar o Marrocos que se defendia com táticas de guerrilhas – a guerra da Rife – e o país se dividiu. Um dos filhos de Lolla Parda Reqiya tinha outro pai, que odiava o meio irmão rei, traiu seu povo e debandou para o lado do invasor. Muitas mulheres foram estupradas pelos soldados estrangeiros. Ele mesmo deixou grávida uma belíssima camponesa na vindima, com a qual teve uma filha tão bela quanto a mãe, crescendo pobre sem os cuidados paternos que chegou a viver, às vezes, até como pedinte, e isso chegou aos ouvidos do pai na Espanha, agora supremo comandante da guarda pessoal do general Franco. O pai mandou sequestrá-la em Marrocos com 12 anos para não manchar a malfadada honra, prometeu casar a menina com um camponês, filho único de um artesão e, em troca, como dote, ofereceu 12 camelos, um para cada ano, em vez de ficarem na Espanha, o casal veio exilado para o Brasil, como espólio dos desafetos do General Franco.

Segundo o diário de bordo, foi efetuado um casamento entre o Soldado Felippe Suarez Lama Cortez e a senhora Ingrácia Suarez Lolla Parda Reqiya. Diante da pindaíba que os pais viviam, era inconcebível os dois penetrarem em tão luxuoso navio como passageiros de primeira classe sem a influência do comandante palaciano.

– Como vieram parar no Brasil?

Aí é que é uma história longa e perigosa, mas vamos entender.

– Irmãs, eu trouxe chá! vocês podem tomar, mas não interrompam a fala de minha filha, por favor! – Cota

– Êta maínha, não exagera! – Jornalista

– Eu entendo, é carinho da mamãe –Tamikuyê

Pois vamos em frente: O General Franco comandava o protetorado espanhol de Marrocos, no norte da África, mas foi convidado para assumir o comando da contrarrevolução que acontecia na Espanha. Deixando o posto de comandante militar de Marrocos, volta para Madri e participa da luta na Guerra Civil Espanhola, na qual a perversidão era medonha, de um lado os republicanos, anarquistas e comunistas perseguidos como cães pelos nacionalistas adeptos de Franco, chamados de falangistas; do outro lado, anarquistas e comunistas executavam impiedosamente os adversários falangistas, fascistas, franquistas Milhares de fuzilamentos de ambos os lados, coisa bárbara aos olhos passivos do mundo, com apoio do nazifascismo, porém, havia um toureador famoso, admirado pelo chefe da guarda, mas inimigo declarado do general Franco e toda sua família, que erguia o punho e cantava "*no Pasarán*", a música da resistência, antes da entrada dos toros. Apesar de inimigo declarado, dizem que houve enorme pressão para revogar a ordem de prisão e morte, assim como fizeram com seu maior amigo, poeta Frederico Garcia Lorca. Dizem que Carmem Polo, esposa do ditador ao lado sua filha única Carminha, infernizaram, choraram aos ombros do ditador para não matar Santiago Arnez, el matador. Houve aí um fato curioso: o menino camponês, herdeiro dos camelos, tornou-se soldado e foi visto como guarda do palácio, O comandante, um dos defensores da saída imediata do toureador, ajudou convencendo o ditador a mandar ele com a família para o exílio, mas, em vez de mandá-lo para o Marrocos como o toureiro pretendia, o marroquino exigiu que fosse para o Brasil. Recebeu permissão para, em 48 horas, providenciar a saída do toureador, e levar tudo que desejasse, pois assim não voltaria, nem ele, nem a família.

Às pressas, os Arnez ajuntaram o possível, troféus, moveis, joias, parte da imensa riqueza e partiram no primeiro navio atracado no porto. Para a segurança, designaram soldados desarmados para acompanhá-los até o destino final, com promessa de serem, se desejassem, repatriados assim que chegassem no Brasil. O comandante marroquino escolheu a dedo um menino, que ele dissera ser o soldado mais leal a

Franco, e deu lhe uma arma potente e todos os poderes para cumprir esta missão. Seu nome: Felippe Suarez Lama Cortez, supremo comandante de uma tropa de três soldados. Os outros eram infiltrados republicanos, admiradores do toureiro Arnez, Francesco Pizarro e Joan Pescara. A data da partida para aquele lugar desconhecido foi marcada. A mobília inteira não cabia no navio. No momento exato, o exilado apareceu na escadaria para o tombadilho com sua família, debaixo de forte aplauso, esposa, filho, neto e neta, e duas senhorinhas. Uma era Zilda Canhota, amante do Arnez e a outra, imposta pelo comandante da guarda, que a via pela primeira vez, era sua filha, uma bela menina, seu nome: Ingrácia, a prometida para o menino Felipe Suarez. O comandante ainda ameaçou abraçar a criança, mas ela, temendo ser mais uma vez violentada por um soldado, fugiu aos gritos pedindo a proteção do toureiro que a acolheu nos braços, afeiçoando-se da menina.

No segundo dia da travessia, em momento de calmaria, o comandante realizou a cerimônia nupcial, tendo Arnez como padrinho Ao saber que eram ordens expressas do seu pai, comandante e chefe do palácio, ela se entregou ao todo poderoso comandantesinho.

Inicialmente, os Arnez temiam um atentado e passaram a ter a proteção de dois outros soldados. Depois de uma longa viagem, chegaram ao Brasil, mas não tiveram escolha, foram despejados no porto da Bahia e passaram a viver em relativa harmonia, todos à custa da fortuna dos Arnez. Até que, aproveitando de sua velhice, aplicaram-lhe o maior dos golpes conhecidos e que permaneceram impunes, sem nutrirem arrependimentos.

– Que história complicada é esta, minha filha. Onde você adquiriu tantas informações assim? você fala com segurança, com propriedade. Fala para nós, pelo amor de Deus! – YâkoaAnã.

– Meninas não chorem, não chorem! a narração dela parece consistente e sem subterfúgio – Cota

– Mas Madrinha, se isso provoca uma dor no coração de muitos que estão aqui e que não viveram o drama, imagina as envolvidas. Olha para Clô e Daguimá, nós que nada entendemos, estamos com muita pena delas... não chora minha tia... parem de chorar! Daguimá

– Eu não entendi nada, mas também estou chorando vendo Clô chorar tanto! Júlia.

– Fiz chá e trouxe para todas nós!– YâkoaAnã.

260 *kg*

Saíram do velho predinho localizado no Largo Dois de Julho para algum leito na luxuosa cobertura do Crisol de onde Ingrácia contemplava o Farol da Barra em sua imponência, o mar que lhe trazia recordações da travessia em Marrocos, da mãe, embora odiasse lembrar que teve pai. No leito, perguntava: "Para que destinaram tanto castigo para uma pessoa sofrer?". As dificuldades iniciais foram esquecidas, refazia o caminho da pobreza até aquela majestosa opulência, e sua obesidade, fruto dos exageros, da intemperança, da vida desregrada com seu, agora velho, mas saudável companheiro. Tristeza era vê-lo desfrutando praticamente sozinho de todas as riquezas e fama, frutos das conquistas que sem ela não teria alcançado. A cama era um martírio, lia todo os dias e o dia todo. Sozinha, ela meditava, inventava reuniões de associados, contábeis, jurídicas e até orgias. Mas o que ele mais apreciava, era a presença de Suarez perto de seu leito.

Ao receber a proposta da jovem estudante de jornalismo para entrevistar seu marido, inicialmente ficou temerosa, mas logo viu nela um traço de inteligência e pobreza, uma bela suburbana passível de ser até aliciada. Doravante seriam apenas os três ali, ela e o empresário com narrativas longas de suas façanhas, poderia até contribuir com as escritas, arrumação da biblioteca e a galeria pouco visitada.

Sondava o tema do dia, investigava algumas datas, intercalava frases poéticas e orientava Suarez simulando respostas para ele não ser apanhado desprevenido. Sua vida corria perigo, era necessário controlar os passos do marido. Com o peso descontrolado, atingindo 260 quilos, levava pane entre as equipes de saúde que, costumeiramente, lhes acompanhava. Apesar de tantas especialidades, o estado da paciente estava sem controle, ou descuidado?

Trajando uma calça branca atada ao corpo, músculos aparentes e a sensualidade extrovertida, o fisioterapeuta tornou-se o preferido e agia como se a paciente fosse apenas sua. Debruçado sobre o leito junto de Ingrácia, apalpava os tecidos adiposos, massageava aqui e acolá, falava melosamente agitando as mãos, declamava poemas e cantarolava ao seu ouvido.

A pouca distância, achava-se a roda dos minguados, mas fiéis amigos, e, pouco mais distantes, os costumeiros serviçais. Formando o pano de fundo, estava a enorme riqueza dos Suarez. Os cuidadores, semelhantes às abelhas operárias em volta de uma única flor cheia de néctar, esperavam cada um a sua vez para demonstrar serviço e cobrar os honorários. Uma enfermeira magricela disse, enquanto aguardava a oportunidade de trabalhar:

– Sou paciente e nunca me canso em servir quem muito tem para dar.

Ingrácia acreditava que um dia até poderia voltar a andar de manhã pela praia, livre como antes, até quem sabe, aquela sonhada viagem ao Marrocos?

Os membros das equipes de saúde não arredavam pé, que estavam sempre a seu lado, observando, examinando, dialogando, comendo e bebendo, foram todos despedidos, sigilosamente e, por decisão unânime, declararam-se impotentes perante o quadro da paciente, não tardou a quebra do sigilo sobre a irreversibilidade do seu quadro.

Não esperavam aquela decisão, que ela tomasse a atitude em encerrar o tratamento e preferisse ficar sozinha, procurando o marido.

Cada equipe que se despedia demonstrava tristeza no rosto, comprometiam-se em não tardar quando fossem novamente chamados.

– A qualquer hora! – disse um.

Um servidor da RESIAM, improvisado na função de caixa, contribuiu com valores sugeridos, em espécie, remunerando os serviços prestados pelos profissionais, valores de acordo com suas especialidades e o tempo gasto em busca da cura de sua fundadora, agora moribunda e sem saber o que fazer com tantos bens. Os raios da fortuna estendiam-se para longe como um clarão miraculoso. Era incalculável a riqueza material do casal de velhos, sem parentes nem aderentes.

Ya que teno que morir, entonces muere amando!

O coração latejando, procurava a mão de Felipe como se fosse um favor, esperava receber palavras compensatórias de conforto que só poderiam vir com sua presença, seu companheiro de vida, mas ele continuava no campo de luta, trabalhando para ganhar mais fortunas, enriquecer mais, disputando editais, corrompendo fiscais, contratando mestres de obra, subempreiteiras. Fonte de renda, enriquecimento lícito e ilícito.

O estado de saúde de Ingrácia, apesar de merecedor de atenção e cuidados, não lhe causava maiores preocupações, pois já não lhe dirigia palavras de costumeiro ânimo, por faltar-lhe tão nobre companhia.

Por alguns dias ou semanas talvez, Felipe retardava sua chegada, e quando chegava, entrava e saía mudo, sem a atenção costumeira, aliás, era um mudo alegre, conversando com os livros e com os quadros. Sempre ia até a janela e retornava. A cada dia chegava mais tarde, guiando seu próprio carro.

– ¿Qué te pasa, viejo?

– *Absolutamente nada mi princesa. Nada, nada más que trabajo. negocios y más negocios, buen negocios!*

No próximo dia, olhava para as portas e para o telefone, a comunicação não vinha, seu paradeiro era desconhecido, reinava a impaciência, esgotava-se o tempo de tolerância da normalidade, apesar disso, Felipe não chegava e quando chegava não se notificava.

– Deve estar na periferia fazendo negócios – com muita vontade de levantar-se do maldito leito – na periferia há muitos negócios, a contratação da mão de obra é um bem rentável, segundo os comunistas, é nela que extrai-se a mais valia, a força de trabalho, comprar seres humanos...

– Dona Ingrácia, o que a senhora quer? – disse a serviçal.

– Nada, nada minha filha, apenas pensando no Marrocos – e sorriu.

Diretoria executiva

A convocação para a assembleia da RESIAM já era conhecida. Uma pauta simples, apenas formalidades, já que se achava decidida e todos os encaminhamentos tomados. Ingrácia, sendo a criadora, sempre foi sua presidente e Suarez, seu bem remunerado, o gestor executivo. A empresa encontrava nas ações filantrópicas da RESIAM meios de investir parte dos lucros auferidos das obras públicas. Na contabilidade havia despesas com portas janelas, camas, cadeiras mesas, cestas básicas e medicamentos, todos documentados através de recibos, negócios que se fazia na periferia.

Dona Ingrácia, por ter seus movimentos reduzidos, arquitetou um plano arriscado: entregar às pessoas da periferia a gestão dos negócios da RESIAM. A votação foi feita, um rascunho de ata escrita pela Jornalista que ali se fazia presente e, para isso, se ofereceu, incluindo-se como secretaria executiva. Livro assinado, deixando as devidas linha em branco para que no momento preciso fossem preenchidas e devidamente registradas. Tudo ali poderia passar despercebido, menos pelos olhos atentos de uma estagiária de jornalismo que entrou na mansão como espiã, com a permissão da esposa apenas para fazer uma entrevista, e, se possível, escrever sua biografia.

A diretoria estava sentada em volta da mesa e falava amenidades que nada entendiam, seriam remunerados para assinar alguns documentos, mas também deveriam continuar a exercer suas funções no trabalho e, em troca do silêncio, teriam salários dobrados.

Durante a reunião, entreolhavam-se e enfadonhamente bocejavam, doravante seriam os membros virtuais da diretoria da RESIAM. O Presidente seria um funcionário da construtora; a serviçal da casa, a vice-presidente, o zelador da Igreja, o tesoureiro; o motorista da família Suarez, vice tesoureiro. A Jornalista que ficou isolada no papel de secretária executiva, propôs-se tomar as decisões, encaminhar os projetos, responder publicamente pela instituição em juízo. Aliás, ela estava ali, permissionária, mero acaso sem sequer ser convidada, sua função na ata, foi ela mesma quem redigiu num único parágrafo. Os componentes da diretoria nada sabiam sobre a RESIAM, nem o que decidiriam, nem porque decidir, mal distinguiam o significado de cada letra, nem a sigla da mega empresa que agora dirigiam, dona de uma fortuna incalculável, ações e negócios em diversos ramos e, com a debilidade de Dona Ingrácia, em mãos de pessoas inábeis da periferia.

A frequência da Jornalista na casa dos Suarez, sem a sua presença, favorecia a especulação, calculava que aqueles matutos não leriam nem as linhas nas quais deveriam assinar seus nomes, sem ter poder sobre qualquer assunto. A vice-presidente, que se apresentava como massagista ou fisioterapeuta, há muitos anos prestava serviços de saúde à família, usando de ervas e outras beberagens que aprendera quando ainda morava na sua aldeia. Era, porém, a porta voz de Ingrácia, foi ela quem transmitiu suas ordens como a de sumariamente suspender a reunião até segunda ordem, decisão que caberia legalmente a diretoria tomar.

Segundo ela, o motivo foi a ausência de Suarez, apesar de ele nunca ter pertencido ao quadro da diretoria executiva de RESIAM.

A Jornalista aproveitou-se da troca de turno da fisioterapeuta e permaneceu sentada na mesa plural frente a uma ampla da biblioteca. Viera para dar continuidade à entrevista biográfica e, por isso, dali não sairia antes de cumprir sua missão. A hora fora escolhida por Ingrácia e deveria acontecer em volta do seu leito, como das vezes anteriores.

Era a oportunidade que Ingrácia achava para ter o marido por mais tempo a seu lado. Para a Jornalista, curiosa como é o dever de todo repórter, observava tudo com mais astúcia e cautela. Havia planejado o trabalho seguindo o plano do seu orientador. Uma nova estratégia havia sido elaborada com questões de fundo, mais capciosas. O professor tomou partido orientando a não interferência nos negócios da família e sim na história da vida do entrevistado, orientação que ela não aceitava, afinal, a família Suarez não tinha herdeiros. Usando de nova linha de questionamento, seria possível – afirmava ele –, extrair da boca da raposa sutilezas que justificassem o acúmulo de tantas riquezas para as mãos de um só construtor. Isso é nosso papel, mas não se aproveite do instante de fragilidade que eles passam para usufruir de parte do poder da família. A jovem aborrecida destratou o orientador, palavras ásperas de ambos os lados.

Durante a maior parte da vida desse magnata, ele teve suas contas bancárias alimentadas exclusivamente através dos canais que ligam a contratos milionários para construções de obras públicas: porque dá certo para uns e não para outros? Insinuava o velho e experiente professor-repórter, essa é nossa linha de investigação.

– Mas não é a minha linha! – disse ela com soberbia.

– Se quiseres realmente saber a verdade, aconselhando a estudante, careces de perseverança para aproveitar as oportunidades que te concedam, ouvir o que queres e até o que não queres, este é o papel do Jornalista – concluía.

Posteriormente, quando foi possível localizar sua agenda, aquela data e hora ficaram marcados com dois misteriosos asteriscos, um grafado em tinta vermelha e outro em tinta preta. Na agenda do velho professor-repórter, os mesmos sinais apareciam acompanhados de interrogação e a palavra *falha* – sublinhada.

Suarez não compareceu aos dois últimos eventos. Suarez nunca falou deste episódio, os motivos que trouxeram frustrações a tanta gente – a faísca incendiária da empresa. O velho professor aposentou-se e faleceu dias depois, vítima de grave acidente vascular. A RESIAM teve sua história ameaçada de tornar-se pública, pois sua fundadora padeceu em acidente doméstico e as servidoras foram sumariamente dispensadas. Felipe Suarez prosseguiu como um viúvo alegre e a Jornalista como uma raposa perseverante.

Entre ratos e baratas

Minha saída do Crisol aconteceu somente após o término completo da obra, primeiramente, a ocupação iniciou pela cobertura, uma equipe de profissionais cuidaram do espaço, higienizando, alinhando, dando um ar de nobreza para os novos habitantes. Pude colaborar em quase tudo, em especial com a bibliotecária Julieta Carteada, senhora de coração dengoso, que deixou seu nome para o grande acervo de obras no portal do sertão. Enquanto ela classificava carinhosamente cada obra de arte na grande sala, muitas caixas de papéis e anotações ficaram de fora, por não pertencerem ao acervo literário, entre eles cadernos de anotações, bilhetes, recibos, listas de materiais e ferramentas. Transportado para o barracão, ninguém deu valor para aquele amontoado de papéis. Convivi com estes papéis por largo tempo, cheguei a dormi sobre eles no tabuado do roto almoxarifado, claro que não sabia se tinham maior valor. Ao me tornar andarilho, sobrevivendo de favores, investigador deste histórico, por não ter nada interessante para ler vali-me destes rabiscos; algumas vítimas de traças e ratos e baratas, molhados, deteriorados; finalmente sem ter onde morar, voltei definitivamente para o velho barracão e fiz dele minha morada, meu território, meu laboratório.

Paciente ou não, tive acesso às folhas recuperadas deste roto acervo de injustificado abandono. Alguns foram adquiridos com certa artimanha; uns com desenhos, maquetes e comentários, planilhas contábeis; outros com escritas de extremo zelo, neste sua escritora deixou memoráveis recordações dos encontros com o espanhol e dona Ingrácia, um certo espaço chamado de salão das libertinagens, ela falava em nojo pelos afagos, manipulações indesejadas e até desfile, entre eles destaca-se o textos no qual ela confessadamente se incriminava ao declarar sua intenção maldosa em matar toda a família Suarez: *eles se tornaram presa fácil, tenho de aprender manipular as armas.*

Confesso que foi essa leitura que mais despertou minha atenção, por ventura ela havia aprendido a manipular as armas?

Em outra página, ela acentuou: *pode ser a oportunidade da minha vida, por ter pescoço longo, foge do laço frágil, tem muitos compromissos, noto que não sabe quem sou, não se lembra de minha mãe, me vê como mais uma no seu plantel, com o tempo eu dissolveria todo o plantel[...] me tornando a dona do aprisco, ela tem a cama por asilo, seu fim está próximo.*

Como o espanhol se declarava um livro aberto, apesar de ser de difícil leitura, sobre isso, em um dos rodapés, a missivista escreveu: *após tal episódio [?], ele dizia-se envergonhado, questão de fórum íntimo (grifo no original). Mesmo deslumbrado diante da calcinha de rendas e dos acontecimentos, recusou-se abrir seu coração, preferiu camuflar o desenho que envolvia o seu mais novo objeto de desejo, que não era eu[...]*

É lamentável – acrescentou ela – *ficará para sempre oculto este laivo na vida de um dos maiores canalhas entre os engrandecidos homens públicos que este país acolheu como filho, em todos os tempos!*

Reencontrei minha mãe já velha e minha irmã madura no convívio da Oka das Confidências ao lado da velha Tuxawá, repassei inúmeros documentos para o então pequeno arquivo da Oka em troca de acesso a outros, esta atitude animou até a sagaz Jornalista que nunca me reconheceu, me confundindo com outros parentes, acreditei que ela seria a autora das letras bonitas do caderno, mas não tenho provas, talvez ela se referia a ausência de Felipe Suarez na assembleia Geral da RESIAM.

Para entender meus anos de confinamento, em um arquivo encontrei um bilhete, com a letra de Dona Ingrácia dirigiu-se ao enfermeiro: "... quanto ao índio, soube que aprendeu tudo com o miserável do Francesco, se tornou um perigo, não o solte, caso queira ir despache o para junto do pai."

Somente assim entenderei a prisão do Carrascoza.

Muitas confidências registradas nas páginas da biografia, por recomendação do conselho de mulheres, decisão unânime, a biografia não foi publicada: *as confidências aqui relatadas mexem com as nossas e outras vidas, invadem nosso território, desnudam nossos corpos*. As palavras do parecer aparecem como certo lamento. Não fosse a colaboração da bibliotecária da Oka, que tanta confidência me segredou, as ações da Jornalista ficariam para sempre desconhecidas, talvez incineradas no fogão junto com as escoras da construção. Por fim, em obediência ao parecer do conselho, a biografia do empresário foi desautorizada.

Entre a proteção e a opressão

Após a morte do empresário, os operários da construção não se entendiam, alguns iam para justiça e saíam de lá desapontados por nada poderem provar. Eu carregava um enorme drama, fui guardiã do acervo da empresa, fichas, anotações, mapas, croquis, nem por isso achei que seria fácil reivindicar direitos ou mesmo dar contas desta história; o tempo passando, me aproximei de pessoas conhecedoras da existência de Suarez, Daguimá, Clotilde, da Jornalista que por mais de uma vez pretendeu me matar.

No início de uma tarde escaldante, fui ao encontro de um tal de "P" que poderia ser Pedro, padre, pescador, porteiro, prostituta ou poeta; ao telefone a voz parecia de uma pessoa envelhecida, mas firme e clara, por telefone, que depois de checado seu ip, descobriu-se que saiu de um aparelho público instalado em uma padaria na Av. Suburbana, na periferia.

O céu inteiramente claro, a brisa marinha amenizava o calor, a maré acabara de atingir o ponto de máximo, passos lentos, braços soltos, uma pessoa com uma bengala tocou no meu ombro, a camuflagem misteriosa não permitiu distingui seu sexo, o único detalhe relevante era seu forte sotaque idiomático, os dedos grossos abraçando uma bengala. Inicialmente me referirei a ela como "a pessoa".

– Olá, índio! Já te aguardava!

Eu não andava mais de cocar, também esqueci o osso que Pery, quando pequeno pregou na minha orelha, carregava sempre o colar de presas de onça que lhe pertencia, era enorme e chamava atenção, sabia não ser o colar motivo para o tratamento, ou seja, ela me tinha por outras referências.

Durante algum tempo, andamos em silêncio, contando os passos até que ela se manifestou numa forma urbana.

– O Rio Vermelho é um espaço que não se moderniza, porém mantém-se muito valorizado, depois de alguns instantes acrescentou: a cada metro, tem uma história viva para contar!

– O que o senhor, ou senhora, quer dizer com isso...?

Assustado, querendo olhar para seu rosto.

Enquanto isso, aumentava o odor insuportável do rio das tripas que hoje se chama de Rio Vermelho.

Ela elevou uma das mãos sobre a minha cabeça, apontou para os prédios de luxo, demorou sobre os mais destacados no alto do morro, deteve-se sobre o esqueleto de um hotel ainda em construção parecendo que estava em abandono, uma placa caída, e prosseguiu:

– Uma menina, filha de um velho cacique, me ensinou que o rio corria por entre serras e não se perdia ao atingir o plano, a menos que este plano seja o próprio oceano – e sorriu.

Achei importância na rima. Ela continuava olhando, caminhando e falando em falsetes.

– Hoje, quando o rio desabrocha na costa, está cheio de cocô, o oceano sente nojo, sente-se atraído pelos rebentões contínuos das ondas tenta impedir que este intruso contamine seu leito azul.

– Você tem nojo do rio?

– Do rio, não, do cocô, das tripas, do esgoto!

Pela primeira vez, estava atraído com a conversa. Pareceu-me palavras amigas: realmente, isso não é um rio, é um esgoto – pensei.

– A quem podemos tributar tamanho desastre? – ela – pessoa – falava baixo.

Isto parece filosofia barata de... – eu pensando.

– Mas não é...! ela concluiu sem me ouvir.

Interceptou os meus pensamentos? – eu assustado – andamos alguns passos calados com vontade de olhar novamente para seu rosto. Percebi na sua atitude algo de severo, isto me surpreendeu, estendeu-me a mão num gesto gentil. Ao atingirmos a ponte sobre o rio, *ela* pediu para atirar uma flor sobre o rio e nós paramos. Mirando as águas sujas represadas pela maré, falou comovida, parecendo esquecer o que dissera antes:

– Olhai, eu sempre lembro as palavras do cacique – e apontou – o rio está estreito, emagrecido, escravizado, subjugado, na sarjeta! O rio tenta a impossível fuga, retroagir em direção ao seu nascedouro, mas como, se já não há espírito no rio?

– Acreditas mesmo que o rio tem espírito?

Perguntei, um tanto respeitoso.

– Os sábios da floresta dizem que o rio que tem espírito e não tem medo do oceano. O rio é um mensageiro, mas também uma sepultura, um valente que, como um punhal, enfrenta aos inimigos: a agitação das ondas é a prova de vida.

– Quer dizer que esta simbiose, apesar de desnecessária, é inútil?

– O rio não desaparece no oceano, só se vê enquanto espiritualmente vivo, vivo enquanto rio, puro e perene como uma veia, aliás você sabe disso muito bem.

– Eu sei que de nada sei – respondi.

– Não finjas: você que teve acesso a todos documentos da empresa, me diga onde eles se encontram!?

– Não imagino o que você está falando.

– Acho que o rio é valente-dissimulado

– Então, por que ele se represa diante da agressão do oceano, inchando-se como uma tripa intumescida, ou como um cão medroso, quando cruza com os maiores?

Questionei, audacioso, para não deixar dúvidas que estava diante de um conhecedor(a), continuei com passos firmes, porém, devagar, olhar para frente.

E a resposta em tom de quem domina as regras do saber:

– Um intestino doentio, que não acha onde depositar os dejetos do que comeu, torna-se um sujeito inútil, um cão vira-lata que se mata como um punhal envenenado.

Eu fiquei temeroso, *ela* parecia agressiva e prosseguiu:

– O Rio das Tripas não está morto, ele traga qualquer coisa viva em que caia no seu leito.

Ela demonstrava intolerância e eu disse:

– Seu espírito, não estando morto, resiste à prepotência e coerção daqueles que não compreende a sua missão.

– Hum... sei mas, e as leituras, os cadernos, os escritos, as escrituras, as cartas, as caixas...!

– Quem é você? Perguntei.

Eu já me sentia sob seu quase domínio.

– Rio Vermelho! Nome pomposo... – respirou e sem casualidade, prosseguiu – mal sabem que é sinônimo de Rio das Tripas, primeiro lançaram nele o sangue de milhares de nativos, as aldeias transformadas em currais de bois, os bois sacrificados lançavam tripas nas suas águas, ensanguentaram o rio, mudaram-lhe o nome.

Sem rodeios desviei o assunto:

– O que você sabe sobre a vida do construtor desta ponte?

Disse com firmeza:

– O coronel que matou teu pai, que estuprou tua irmã, que te confinou por anos, foi o mesmo construtor destes edifícios inacabados, a depender de mim, podemos acabá-los! – e apontou o dedo, depende de ti.

Ela debruçou-se sobre a ponte, fustigou-me um olhar tenebroso, cruzou os braços mastigou flores de cravo selvagemente e disse:

– O enfermeiro que matou teu amigo poderia te matar também.

– Quem é você!

– ... e a Jornalista também havia encomendado tua morte! – severa – Ela não se arrependeu, ela vai te matar! Somente você e ela sabem onde estão os documentos. Eu posso te salvar, diz agora onde fica a estante dos documentos!?

– ... enfermeiro... Carrascoza... Jornalista... razão... documentos... estantes?

Apeacei fugir, mas ela prosseguiu trêmula como se acabasse de ver um demônio pelado.

– Tenha cuidado – falou mais baixo ainda – ao correr atrás de uma fera, no afã de surpreendê-la, pode ser surpreendido pela parceria.

Nesse momento, senti uma mão pesada tocar no meu pescoço desequilibrado, fui atirado como um pacote flácido e submergi num estúpido bueiro, chapinhando nas águas fétidas de um rio cheio de tripas. Gritei pela ajuda da Rainha das Águas, que também é a mãe de Tupã. Só me recobrei após meses de reclusão em um hospital para doenças de pele. Eu me lembro do espanto de uma mulher enquanto me retirava pelo braço para cima da ponte. No fim da nova história, fiquei sabendo que se chamava Clotildes.

Roda de prosa
Urubu Rei

Urubu Rei morava numa casinha depois da nossa – assim contava a mãe de vovó Duninha e ela mesmo contava – da sua aldeia, se avistavam o castelinho coberto de palha de licuri na beira de uma lagoa, protegida por cerca de três varões; o menino nascera diferente de todos na aldeia, era o único branquelo e cheio de manchas, aparecendo perebas no pescoço e na cara, inicialmente o chamavam de Marabá, Dindinha dizia achar ser este o motivo do apelido: Urubu Rei, mas não era; ele era calado, só falava com três pessoas nessa vida: sua mãe, minha bisavó e Nego marchante; disse que minha bisa tinha vergonha de ser tia dele, que a mãe não disse para ninguém quem era o pai. Naquele tempo, a coisa era muito mais perversa. Ele nascera com os dois olhos azuis, cabelos claros e uma mecha preta na testa. A mãe sempre se soube quem era: uma das netas do cacique gameleira, mas o pai, não se sabia. Muitos anos se passaram até que apareceu por lá um cabra barbudo montado em fogoso cavalo alazão cercado de vaqueiros encourados, todos armados, dizendo ser irmão de Urubu Rei, ou seja, eram filhos do mesmo pai que fez o filho na neta do cacique; todo mundo tomou susto, mas a velha não, pois era verdade. Os dois ainda jovens e a menina foi laçada perto da fonte, carregava um pote na cabeça perto da volta grande, a notícia correu mundo, amarrada, foi levada nua e seviciada de forma brutal, cruel, e depois achada abandonada na mata, nas terras do fazendeiro, que ficam depois da Serra do Atalaia; grávida, quem saberia dizer quem foi mesmo o safado que virou pai deste infeliz? Não se sabia. Quando, o que se disse ser irmão apareceu, pelos traços, não deixavam dúvidas, eram irmãos mesmo; até a mancha branca na testa, só que um era rico e o outro miserável, uma coisa do diabo. O irmão, maduro bem vestido e barbudo, vendo o outro na maior pindaíba. No dia seguinte, voltou com um bocado de trabalhadores e disse: *comecem logo desmanchando a cerca de garrancho e espinhos!* E assim fizeram; era um quintal em volta da casa que a mãe cercara para proteger as plantações de milhos de raiz antiga, os pés de mandioca, o feijão de corda, abóbora, mas, depois da velhice de tia Quinha, Urubu Rei se desgostou, começou a beber e abandonou as cercas e os jegues que vinham beber água na lagoa e faziam espojadouros no quintal.

Vamos cercar bem cercado todas estas terras para você criar um gadinho, foi meu pai, muito arrependido antes de morrer, quem mandou te proteger e dona... dona... como é seu nome mesmo? Desconhecia até o nome do pobre irmão.

Em menos de uma semana, muitas léguas de terras, tendo como centro a lagoa do barro, estavam cercadas, uma boa pastagem e dentro umas cabecinhas de gado que Urubu Rei ganhara, comendo e bebendo ali; o homem se foi, deixando um doutor advogado para falar por ele e cuidar das coisas. Alguns acreditaram que ele somente queria proteger, fazer justiça para o irmão pobre, outros reclamaram da cerca, reclamaram do acesso à lagoa, reclamaram da privacidade do que sempre fora público, mas o juiz não se incomodou e resolveu atender ao advogado do fazendeiro que repetia sempre a mesma coisa: *ele somente quer fazer justiça e devolver um pouco dos bens que o pai deixou para este pobre homem, este filho indesejado e infeliz, mas meu cliente o reconhece como sendo seu sangue, fruto de um ação do tempo de criança dos pais, principalmente dela, que sabia da presença de vaqueiros naquela área e nunca poderia sair nua pelas campinas numa manhã de apartação.*

As terras com pastagem e a lagoa agora eram só de Urubu Rei e ponto final – sentenciou o juiz. Pouco mudou na sua vida, continuou a viver ali como sempre vivera, sossegado, de vez em quando matava um bezerro e comia o fato, a carne ele trocava por farinha, sal e raspadura, fumo e cachaça, nunca saiu para ir além da casa de Nego marchante, isso até que duas semanas se passaram sem que Urubu Rei aparecesse para comprar tripas nem para vender uma vaquinha trocando a carne por sal, fumo, farinha e cachaça. Alguém que passava na estrada das Duas Barras disse que vira uns urubus voando por cima da casa de Urubu Rei. *Tive a astúcia de espiá pelas gretas e vi que ele tava lá dentro, mortim – disse Zé Folha, irmão de Nega Folha.*

Das vaquinhas que ganhou por herança, restavam duas, a casinha empalhada e a área cercada com três varões, uma espingarda de socar e algumas calças e camisas que seu meio irmão lhe dera, além da botina que nunca usou, era tudo. Dindinha contou que, falando macio, o Juiz reconheceu o barbudo como o legítimo herdeiro da fazenda do seu meio irmão Urubu Rei. Houve reclamações pela lagoa, pelas campinas que serviam de *solta* para todos, mas a *solta* não era mais *solta*, agora estava cercada, era privada, as terras, sabia-se que eram de todos e nunca do pai, irmão, nem de Urubu Rei, mas o advogado falava sempre no ouvido do juiz que ouvia tudo calado, silencioso, de cabeça baixa e assinou a segunda sentença reconhecendo que, por estar inteiramente nua a índia forçara uma ação indesejada, um ato indecoroso, libidinoso, mas não intencional por parte da vítima, ela provocara o grande descontrole emocional em um jovem ainda imberbe, e portanto, o filho entre a indígena, mesmo tendo ocorrido a tantos anos passados pode ser reconhecido *in memória de todos os envolvidos, poderia ser um ato evitável, mas para se fazer justiça reconhece-se o* filho bastardo como legítimo, único meio de recompensar os danos morais que sua mãe foi capaz *de causar ao pai do meu... deste cidadão, é com seus parcos bens, sabendo que tendo de sofrer em silêncio durante o melhor de sua vida, tamanho era o sentimento a ponto de comover o coração do filho que aqui veio para reconhecer voluntariamente a irmandade, produzindo a ação mútua de únicos e legítimos herdeiros indissolvíveis entre si.*

Urubu Rei não tinha este nome até ser menino crescido, seu alimento preferido consistia em vísceras que o açougueiro lhe dava a cada sábado quando havia matança de bois, em troca, exigia uma carga robusta de lenha, como Urubu Rei não podia comprar carne *muciça*, ele a desprezava dizendo que não gostava de vermelhos, dando preferência para as tripas finas e grossas, final do intestino, o marchante deu-lhe este nome que nunca mais se esqueceu.

Clotilde ainda perguntou: – *este canalha ainda se faz dono da mesma fazenda?* não houve resposta.

– Eu não imaginava que minha indiazinha tinha tanta *sabiduria* para contar segurar uma prosa tão rica assim – *Enedina*

– *Também, tia Dina, ouvi isso tantas milivez que não me saiu da cachola.*

Vingança eterna

Após sair do hospital, onde fui tratado da grave contaminação por metais pesados no Rio das Tripas, depois de ser atirado por uma mão traiçoeira, decidi-me pela investigação minuciosa, à fundo perdido, por a limpo a história de Dona Ingrácia e de Felipe Suarez, mas especialmente sobre a vida de Clotilde da qual tinha vaga informação ser ela a herdeira dos bens, da fortuna do casal.

Primeiramente, tive a preocupação do meu papel neste episódio, talvez seja eu um dos primeiros indígenas a assumir o papel de narrador da história secreta do homem branco. Isso significa a inversão da lógica. Precisando de ser imparcial, optei em não interferir nas 'rodas de prosa', sem interferir na ordem, no método nem no conteúdo, não aliviei em palavras nem as ações, mesmo aquelas que para os povos indígenas pareçam absurdas como: estupros, exploração sexual através de suborno, a sujeição da mulher, a invasão das terras nativas. Por certo estamos diante da visão do pensador indígena, considerado como bárbaro, contando a história do espanhol, considerado civilizado, símbolo da colonização das Américas, a quem sempre coube ser o contador da história.

Pela falta de parentes e o medo das pessoas que trabalharam com o empresário através de Nadinho, passei a sustentar a tese como algo embaraçoso nessa transação, considerando que tudo seria possível, inclusive Clotilde ser amiga da Jornalista, numa parceria onde uma assopra e a outra morde. O mais intrigante para mim foi as sombras da mãe de uma Jornalista, ou dela mesma, desconhecida de todos, sempre interferindo no caminho de muita gente, tudo fazendo para atrapalhar os passos, atrapalhando e ofuscando o brilho das descobertas.

No almoxarifado, aprendi planejamento, organizar, cumprir metas executar tarefas, zelar pelo patrimônio, tive muitas leituras, mas não aprendi lidar com pessoas, dificilmente falava com alguém, os operários falavam comigo; precisava ser precavido, afinal, minha tarefa já não era solitária. A missão virou obsessão, me expondo ao inimigo; apesar de que os mestres de obra me consideravam um bom profissional, não tive uma carreira para avançar. Enquanto dormia no hospital, identifiquei minhas falhas, em parte pelo voluntarismo. Meu projeto não tinha objetivo definido, não sabia perguntar, não conhecia o desejo nem o mundo do homem e da mulher branca.

Por conveniência, não seria aconselhável lançar-me de corpo e alma atrás da vida de Clotilde. Primeiro quis saber da Jornalista, além de tarimbada poderia ter livre trânsito na mídia nacional. Por que ela queria matar um índio? Seria aquela moça da janela do Crisol? Ou a estagiária que entrevistara Suarez? Essa seria o 'nó' para desatar.

Não quero entrar em maiores detalhes sobre o passado, apenas relatar que conheci a família Suarez desde a minha tenra infância. Meus pais por terem sido expulsos de sua aldeia na Chapada Diamantina, ocupada por uma trama diabólica dos chamados 'medidores de terras', tornando-se novos donos, conseguiram uma passagem para a cidade grande e lá fomos parar na periferia, providenciávamos uma oka parecendo com a qual tínhamos na aldeia. Certo dia, chegou um sujeito dizendo querer ser namorado de minha irmã, ainda menina e meu pai nada disse, o rapaz, além de minha irmã, levou também meu pai. Não tivemos tempo para viver na nova morada, através do seu genro, meu pai ingressou na construção civil morando dentro da própria obra. Dali saía o sustento de toda a família até seu último dia de vida – não demorou muito. Pensávamos ser uma pequena empresa de um sujeito que chamavam de 'o espanhol'. o espanhol que, assim como meu pai, pouco falava a língua nacional. Não demorou e um andaime se rompeu e meu pai sofreu um acidente fatal, como a oka já estava tomada por outros índios em situação semelhante, a sua mulher mandou que nos abrigassem com seu guarda-chuva e assim vivi mudando de obra em obra, ora em galpões, ora em lona, ora no relento, também teve bons abrigos recém-construídos que depois de prontos desocupávamos, como no território, para dar abrigo aos novos donos. Me criei sem nome pois eu era somente o índio filho do índio.

Assim cresci entre o mais luxuoso edifício e as mais rudes palafitas das periferias, sempre mantido com as roupas e a porção de alimento que a mulher do proprietário da construtora mandava. Passei por diversas obras, de uma função para outra, de um lado para o outro. Quebrador de pedra, escavador de areia, vigia de obra, ajudante da casa dos Suarez; cheguei a ser chefe de almoxarifado, por pouco tempo até substituto do mestre de obras, mas a principal responsabilidade que esperavam de mim, foi ser um cão de guarda do capital da empresa, a noite eu não podia dormir, atento até a os miados dos gatos e durante o dia, sem poder dormir, devido ao barulho natural da construção, sofria de uma permanente solidão, depois de anos de atividade dentro do Crisol, mudando de andar em andar com minha rede, um o fogão e uma pequena mala, o novo vigia disse para eu mudar de endereço que o edifício estava pronto e que noutro dia os moradores iriam ocupar o apartamento que eu estava dormindo nele.

Foi por isso que aprendi a ler esperando passar o tempo, aliás, ler eu até que sabia um pouco soletrando, além de aprender a fluência, aprendi a entender e a gostar de ler. Gostava dos livros de imagens e era o que mais tinha no Crisol, aprontaram logo um apartamento com o prédio em construção para servir de depósito e almoxarifado e eu tomei conta de tudo que tinha ali por alguns anos, quadros e desenhos, tudo em espanhol, quando descobri o prazer e aprender a sequência da leitura peguei gosto, disputando comigo mesmo as habilidades, contava quantas palavras lia por minutos, e sempre avançando, sempre, sempre noites inteiras, lia plantas, desenhos, croquis, poesia romances e histórias. Muita coisa sobre a guerra. Um capacete permanente na cabeça, cuidados com a segurança no trabalho para não acabar, como meu pai em cima de um falso andaime. Vi Suarez algumas vezes, mas ele nunca me via, nem dentro de sua própria casa. Dona Ingrácia sim, sabia até meu nome, mas só me chamava de índio, mandava a cesta de natal, a cesta de quaresma, a do dia das mães e a da santa Rita, eu assinava um recibo atestando que recebi. Ela não sabia que eu sabia ler e um dos recibos que assinei estava escrito: *um mil dólares*. Pouco conhecia o construtor que, por um lado, eu odiava, por outro, acho que o admirava. Eu não queria ver tantos bens acumulados, fruto do suor de todos nós, agora, em mãos incertas.

Além de meus companheiros, eu também fiquei sem a sacola de alimentos e voltei a viver em galpões de construções e na periferia, de onde saí um dia para enterrar meu pai e para onde não queria voltar.

Planejei retomar nosso território, mas não tinha parentes para formar o exército de resistência, a tristeza era grande, disseram que eu tinha depressão. Minha mãe sozinha no subúrbio virou parteira, benzedeira, conselheira, raizeira e minha irmã prostituta. Ela mesma reconstruiu sozinha sua *oka*. Foi aí que resolvi procurar o sargento, correr atrás de Daguimá, de Nadinho, do miserável do Queixão, de uma dúzia de pedreiros e carpinteiros, mulheres que frequentavam os quartinhos da construção, as que vendiam acarajé, a tal Jornalista. Juntei todos os nomes em um papel e saí vigiando um por um; pouco interessava a forma como esta história seria contada, somente queria entender um pouco do mistério do capital que eu lia sem compreender, tanto acúmulo de riquezas para se acabar em mãos desconhecidas; nem uma pretensão maior, descobri ser detentor de saber, uma história cheia de causos, se minha mãe, Nadinho, a própria Clotilde não contara, houve outras formas de saber, e descobrir o arquivo secreto das mulheres naquilo que eu chamo de **Os saberes da Oka Sagrada das Confidências**, que coisa emocionante ouvir algumas das Histórias Paralelas, e foram muitas que não tive acesso, contadas na roda de conversa ou na Universidade de PERY muitas delas que eu também vi e vivi

Roda de prosa
vendedora de acarajé – Jornalista

Minha mãe, dona Cota, vendia acarajé na orla e meu pai tinha barraca na feira de S. Joaquim, minhas duas irmãs ajudavam minha mãe, e eu, a meu pai; convivi e até me acostumei com algumas mulheres que pareciam gostar de meu pai, ou das cestas que ele distribuía toda semana, até que descobrir uma irmã, filha de uma delas; tinha uma branca que frequentava a banca carregando uma indiazinha pelos cabelos; meu pai pediu para nunca contar para ninguém, ele pouco dormia em casa e minha mãe se aborrecia, chorava, desse jeito, o dinheiro de meu pai não dava para sustentar nem a nossa casa nem as casas delas, até que minha mãe arranjou outro ponto para vender acarajé, era no pátio de um prédio em construção e ela dizia que a venda para o povo da construção era boa, começou a trazer dinheiro graúdo para casa, um dia ela disse que tinha comprado uma casa para morar e não queria mais meu pai morando com ela; a casa do Uruguai, herança de vovó, meu pai queria ficar morando nela e ela disse: *nada disso, a casa é minha!* Meu pai ameaçou matar minha mãe, mas ela foi mais esperta que ele, pegou uma faca e encostou na sua garganta sem chance alguma para reação, botou ele para correr; mudamos no mesmo dia, deixando a casa vazia, fomos morar numa casa nova na Cidade Nova. Meu pai me fazia falta, com o dinheiro de minha mãe, fui até fazer cursinho passando na universidade pública para orgulho de toda família, aí não pude mais trabalhar na feira nem vender acarajé, nossa vida mudou, minha mãe nos sustentava com um certo luxo, até que um dia, minha irmã mais velha me disse que o sustento de minha mãe vinha de seu amante.

Pronto, a casa caiu, entrei em pânico, depois veio a depressão e quase me matei. Minha mãe era bonita e, a cada dia, ficava mais bonita, diziam que ela era mais divina, graciosa, gostosa, até mesmo que as filhas; ela ficou uma semana fora de casa e quando voltou, trouxe muitos presentes para cada uma de nós, eu estava embriagada sem antes nunca ter provado um gole de álcool, olhava para ela e cuspia: *minha filha, quando você conheceu as raparigas de teu pai, você reagiu também assim? Você conhecia uma por uma, a cada dia da semana teu pai dormia com uma, raramente dormia com tua mãe, eram tantas amantes que já não dava conta, para você ficar sabendo, quando dormia com tua mãe,* não fazia mais nada, e olha que eu não sou mulher de se jogar fora, ele *não sustentava mais a casa, descobri que tem até filhos, fiquei chocada quando soube que você, minha filha, sabia tudo isso e nunca me disse nada, te pergunto agora, quantas vezes você se embriagou por isso? Entrou em depressão? Quis morrer?*

Amélia, minha irmã segredou que o amante de minha mãe era um velho podre de rico, que era o dono de uma construtora, que foi ele quem doou a casa para a gente morar, que levava maínha para os mais luxuosos hot*é*is, mas não disse que em troca, ele corrompera ela e Rute a mais nova, também não disse que me queria, nem que depois as abandonara, assim como fez com minha própria mãe. E eu perguntei: *a casa tá no nome de quem..., é nossa?* Mas soube que ele *ainda* não *teve tempo de* passar o papel, tomei uma atitude: *vou matar este desgraçado*, mas antes precisava conhecê-lo para profanar a alma dele. Procurei o professor de história da arte, perguntei se ele o conhecia e ele disse que era um calhorda, sujeito enrolado, *se tu também está metida nesse rolo... Não, só quero é entrevistá-lo! Ele vai te aliciar, só quer te comer!*

– *Não tenha receios, estou segura de mim!* Respondi.

O velho professor era também Jornalista, cheio de artimanhas me deu as melhores, dicas sem querer entrar na briga:

– Para ganhar a confiança, deves *entrevistar* a mulher dele que é a controladora da fortuna e a mentora intelectual das artimanhas, outra *malandrona, aliás, pior que ele,* detestam falar com a imprensa?

Com muito engenho, me aproximei de dona Ingrácia, uma vez dentro de sua casa pude conhecer as mil mandingas deste casal. Cada um mais diabólico que outro, depois de certo tempo ela convenceu o marido de me conceder uma entrevista, dizendo que *um chuchuzinho queria duas palavrinhas dele para completar a dissertação de seu mestrado.*

Com muita dificuldades, o cara prometeu sentar-se para a conversa, ela muito melosa me alisava toda, antes da entrevista ela me deu um vidro de perfume e uma saia rodada bem curtinha pedindo para eu experimentar para ela ver se estava bem em mim, depois ofereceu uma calcinha vermelha e disse que deveria me perfumar e vestir para ele ver se cheirosa, era mais bonitinha, naquele instante, tomei cuidado para não perder o equilíbrio, minha paciência extrapolava os limites; durante a semana, procurei na biografia especializada a melhor forma de eliminar uma pessoa sem deixar rastro, mas não encontrei, todas histórias de vinganças e maldades, as autoras pagavam alto preço, algumas foram presas, torturadas outras até enforcadas, não era o que eu desejava; no dia da entrevista, botei o perfume que ela me deu, mas fui de calça comprida e uma blusa decotada, a conivência entre os dois era tanta que, mesmo ao lado da cama da sua esposa, ele olhava para meu busto com tanta voracidade que cheguei a ter medo, notei que não permitiram a presença da enfermeira no quarto como era de costume, somente depois de passar mal chamaram a enfermeira às pressas; a entrevista ficou para outra data, coincidência, era a data limite da convocatória para a assembleia geral eleger a nova diretoria da RESIAN, o edital que deveria estar em lugar público estava pregada na porta da biblioteca da cobertura do Crisol, depois de ler atentamente, me candidatei para redigir a ata, e na data marcada cheguei, o coro mínimo deveria se completar com a chegada do magnata que não veio, mesmo assim redigi a ata que depois de lida foi aprovada pelos cinco presentes, fui eleita sua secretaria geral, e como tal tinha autorização para entrar sem restrição no Crisol ou qualquer setor da empresa, recebi até a cópia das chaves, voltei uma semana depois e descobrir que Ingrácia sofrera um infarto e havia morrido na noite das eleições; procurei o livro ata que já tinha o registro do cartório, a data e local foram preservados, porém, a nova presidente eleita por 30 sócios, inclusive Ingrácia, era Daguimá, e não era eu a secretária.

Mesmo assim, com a ordem da finada em mãos, nunca deixei de frequentar o Crisol até que o espanhol morreu nos braços da nova presidente da RESIAN.

Reconheço hoje e sei que foi a mais perfeita estrategista, a mais perfeita armadilha que uma mulher já praticou contra seu aliciador, ficando impune; este caso é emblemático, uma jovem sem família, tendo até os pais adotivos como seus inimigos, vivendo em condições de escravidão, seu amante é transformado em seu senhor, dono e também seu inimigo.

Em toda a história da humanidade, nem Dalila, Bárbara dos Prazeres, Catalina de Los Rios, Giuliana Fana que foram as mais audaciosas assassinas tiveram tamanha audácia comparada com a desta jovem, seu rosto ingênuo, uma indiazinha das florestas; apesar de que até aquela data nunca ouvira falar dela, passei a admirá-la, ao mesmo tempo odiá-la, mas era pura inveja, pouco se acreditava de uma índia semialfabetizada armasse uma ofensiva tão bem elaborada para destruir dois *culhudos* entre o nascer e o pôr do sol, mandá-los para os quintos dos infernos, digo dois, pois destruiu também o canalha do Queixão, usando apenas a arma feminina que a natureza lhe ocultou entre as pernas, tanto desejado por tantos machos, não sabe-se quantos foram suas vítimas, aliás, se em uma só data ela eliminou dois, presume-se que haja outros.

– Santo Deus, esta mulher está alucinada? *Júlia*

– Só pode! – *vozes*

– Mana, olha que agitado desconforto estas tuas conclusões provocaram, o mal-estar é geral, tu falas como uma endemoniada, destrambelhada, tua face esta trêmula, tu tá agressiva com o olhar febril. Quer uma xícara de chá? *Ruth*

– Dá uma xicara de chá para ver se ela se acalmava – Cota

– Quero não. Ainda queria falar sobre o índio, aquele que me atazanava a vida com um binóculo, que roubou meu caderno, sempre achei que ele fosse o guarda costa da indiazinha matadora de homem, minha surpresa foi saber que os dois, apesar de acreditarem serem da mesma tribo não se conheciam.

Quando eu programei a contraespionagem, investi pesada contra o *sarapanca,* sem medo de errar, é ele ou eu –, eu pensava – então que morra ele. O dia da morte do espanhol, não perdi tempo, ocupei a cobertura do Crisol, daí a história das andorinhas, do binóculo velho, a prisão dele; apesar disso, não se intimidou e passou a fazer visitas aos barracões, em uma destas ele visitou a casa da minha mãe procurando saber de Daguimá, de Clotilde, de não sei quem mais lá, minha mãe botou os cachorros nele.

No episódio do rio das tripas, eu já o acompanhava fingindo ser uma turista, quando eu vacilei um menino assaltou minha bolsa com a arma dentro dela, além de todas as minha anotações; a arma era a do espanhol, pouco me lixei, mas meus cadernos? Foi demais.

Nesse instante, o meu guarda costa se aproveitou dando um golpe de capoeira fingindo acertar o menino, mas na verdade visava o pescoço do índio, ele caiu como um pacote de tripas dentro do esgoto do rio das tripas. Apesar de ter se tornado um bom colaborador, me arrependo de não o ter matado, aliás, não fosse minha mãe, logo minha mãe, dona Clotildes, ele teria morrido e eu viveria no meu Crisol bem sossegada até o fim da vida, pois esta história que ele escarafunchou, só um caçador de mocó como ele poderia encontrar.

– *Minha filha...você agravou todas nós...todas... maluca... chora não Dag...! quer chá Clô...? tô arrasada... eu também... vozes*

– Irmãs, nossas mágoas serão apaziguadas com o tempo, nada melhor que a boa convivências combinada com o tempo! – *Tuxawa*

– Minha irmã, nesta hora em vez de choro há lamentos, olha que todas caíram no mais profundo silêncio, menos tu que dá sonoras gargalhadas! *Amélia.*

– Quero convidar a todas, aliás, apenas as que quiserem para um banho de água-de-cheiro, são as primeiras ervas do nosso canteiro comum! Tuxawá

Roda de prosa Daguimá X Jornalista

– O que se sabe é que você matou a velha Ingrácia, mas não teve raça de acabar com o velho – Daguimá, veemente

– Eu? Eu não matei ninguém minha flor, acredito que matadores aqui são vocês duas. Aliás, sua tia aí é uma serial killer – Jornalista, insolente

– Serial killer deve ser tua mãezinha, aquela gostosona que você contou para a gente – Clotilde, alvoroçada.

– Lave sua boca para falar de minha mãezinha – Jornalista.

– Pois é, quem tem culpa no cartório se santifica para melhor defender-se – Clotilde, voz grave.

– Mulheres – tom mediano –, não ocultem seus feitos, mas não se exasperem – Tuxawá

– Ela está me acusando de um crime que não cometi, madrinha, ainda falando de minha mãezinha, lembrem que foi maínha quem salvou o índio atrevido quando a senhora se fingia de não sei o quê, para rancar dele os documentos, é mentira Dinda... é mentira? – Jornalista, voz embargada.

– Primeiramente não consideramos crimes os feitos vingativos, vocês reagiram para não ser objetos, o objetivo aqui é lavar a alma, ninguém tá aqui para esconder suas ações de defesas, crime é outra coisa, nem para produzir provas, incriminar-se, aqueles que praticaram ações danosas contra nossas fêmeas ou já pagaram, e alguns com a vida, ou pagarão financeiramente, ou com a vida, mas todos pagarão, não interessa aqui a forma como nossas guerreiras reagem, aqui só fala as que reagiram – Tuxauá, voz de pacifista

– Desculpem, mãezinha, não se repetirá – Daguimá, penitente.

– Desculpe a veemência nas palavras, madrinha! – Jornalista, resignada

– Perdão, gente, perdão – Clotilde, apática.

– Mas você querendo poderá prosseguir com a palavra – Tuxauá.

– Sim madrinha, o que ocorreu naquele dia fatídico foi fruto de uma descontrolada ira; eu leio mais de duas mil palavras a cada minuto, logo após a assembleia, aproveitei, como secretária geral eleita da entidade para checar a contabilidade, diante de tantos absurdos, os valores em notas falsificadas, tive um descontrole emocional, a vontade era de incendiar tudo que tinha nas mãos, na gaveta tinha um revólver, mas sem balas, percebi com parte das luzes apagadas, o elevador estacionado descer, apanhei um avental e corri para o pátio, sentei no banco onde até a pouco uma serviçal fumava um cigarrinho fedorento, e acendi o toco que sobrou, calma, até o elevador abrir suas portas na cobertura, levantei e fiquei como aposta atenciosa, o sujeito nem me olhou, passou a mão no meio das minhas pernas, nas entranhas. Ah, se o revólver tivesse balas!

– Confirmei que este era seu costume, e eu fiquei estática, depois jogou o casaco em cima de mim, sua carteira caiu no chão, apanhei e conferi, havia pouco dinheiro, me chamou atenção um papel escrito: Dé-cima, Daguia, dagioma com o número de documento e a idade, logo imaginei que ali estava mais algumas vítimas, observei que o sujeito pouco se importou para a coitada da velha obesa em seu estado mórbido que ansiosa o esperava, me causou dó e também raiva em vê-la como cúmplice em tantas ações morais e agora contábeis.

A mulher clamando, implorando por atenção, e eu vendo o cara diante da mais cruel desfaçatez, ela levantou depois de meses que não fazia, corri até mais adiante e pus a carteira com o bilhete para ser vista, e ela se arrastando ao encontro do canalha no luxuoso gabinete com as pernas estendidas e as mãos na nuca e com a outra se masturbando, fingindo nada ouvir, ao observar a cena, ela vibrava; olhou o porta cédula, redobrou o esforço de forma desproporcional, apanhou, abriu e leu tudo o que estava ali registrado, trocou algumas palavras com o marido que pouca atenção dava para o fato de uma pessoa imobilizada, quase morta, ali, a ponto de desabar.

– Eu tinha nojo da cena, torcendo que os dois se acabassem, oprimida entre a coluna e a bandeira da Espanha permanentemente hasteada, consegui destravar o elevador central, me enrolei na bandeira para não ser reconhecida e passei por Ingrácia que se assustou e caiu, consegui penetrar no elevador enquanto observava ele seminu apanhando munição para o revólver, em vez de acudir a mulher; ainda tentou inutilmente interromper o elevador, desci no terceiro andar e esperei ele com uma faca na mão, mas não o encontrei e escapei por uma escada de incêndio.

– Posso completar esta parte que falta?

– *Pode sim, Rosiclea – Tuxawá*

– Duas horas depois ele voltou para casa e encontrou a mulher morta estendida no assoalho.

– *Você estava lá Rosiclea? – Clotildes*

Nos passos do empresário

Após avançar nas investigações, vi que estava diante de uma arapuca, precisava de cuidados para não desabar tudo sobre mim. O Rodrigo Triana o motorista, me confidenciou: *se expor o nome da Jornalista tu vais sofrer mais ameaças, ser execrado pela imprensa, se falar do velho* Suarez *serás esmagado pelas mãos dos poderosos da construção civil, que o tem como patrono, um semideus; se falar da* RESIAM *a colônia espanhola te enforcar. Tantos eram os conselhos que até evitei citar alguns nomes neste relato, inclusive a do intelectual construtor grileiro das aldeias pataxó.*

Mas posso assegurar de antemão que o nome da Jornalista também ficou de fora deste relato, por me agredir com palavras sujas, por ter interesseiramente omitido a verdade dos fatos, muitos segredos permaneceram ligados a ela.

Meu receio era encontrar a verdade e não saber o que fazer com ela, mas quando deparei com os arquivo da UNIPERY, aí foi a glória, pois elas mesmas contavam suas histórias paralelamente, algumas contraditórias, a mesma história com duas até mais versões.

Eu não roubei o caderno da Jornalista, tive sorte de encontrar o ladrão que o fez.

Diante do dever de um aldeão, meus pensamentos giravam em caracol sem fim. Às vezes, a tentação batia: seria melhor trancar a boca e ouvidos, ser complacente com os fatos e cada cidadão e cidadã que se danasse, porém, a intimidade com o arenoso, os barracões, as encomendas de meninas virgens, as andorinhas do Crisol, as ondas *rugingantes* dos Alagados, lado mais desumano da periferia, o encontro com "P", o banho no rio das tripas, os dias hospitalizado, e, a pior sena: vendo minha irmã adentrando em um dos apartamento de exposição, conduzida pelas mãos de um sujeito de gravata, é certo, ela não iria comprar apartamento no Crisol, eu presumia o que ele iria fazer com ela. Certamente havia comprado minha irmã em troca de par de sapatos.

Eu era sabedor, olhos e ouvidos do *Francesco Pizarro, tendero chef,* seu cúmplice e confidente. Como ele, eu era um prisioneiro, ele sim, estava marcado para morrer, mas eu? Que Cônsul acreditaria em uma só palavra da minha boca? Eu era o selvagem, se apontasse a flecha, talvez para o próprio pé, mas sabia onde estavam guardadas as cartas de Pizarro, mas não sabia quem era o Cônsul Jefe, nem a casa do chefe da Polícia, a que ele tanto recomendava.

Demais, tudo ali girava em torno dos corpos de uma virgem. Eu que nasci recomendado para ser, como Pery: um guerreiro, estava assim pacífico, ou fui covarde? Não! Diante de tanta desumanidade resolvi ir adiante mesmo sabendo ser possível que, desmascarando os mascarados, poderia ter o mesmo fim de Pery, meu pai, ou de Pizarro, meu amigo.

Fui surpreendido novamente por "P" certa noite com extrema sagacidade, depositou um molho de chaves na palma de minha mão, insinuando a invasão dos lugares.

– Uma delas haverá de abrir o velho cadeado do barracão que te abrigava, *cuidado com cães* – recomendou – entre as outras chaves, a cobertura do Crisol, outras de endereços incertos, são chaves de aventuras. – e sorridente. "P" desapareceu temporariamente do meu caminho.

Como sequência, só faltava em mim um pouco mais de coragem e muito do espírito de Conan Doyle.

Interessante seria seguir os passos de Suarez e descobrir seu paradeiro na data da assembleia geral da RESIAM, mas como seguir os passos de um morto?

E o que fez Felipe Suarez, a ponto de tempos depois, continuar sendo um dia singularíssimo para esta história? Então segui as pistas deixadas, na ausência delas, usei a intuição, difícil é remontar um dia qualquer na vida de um empresário, seu trajeto, hora a hora tirando conclusões possíveis.

Tudo isso enquanto uma maliciosa Jornalista aguardava silenciosamente dentro de sua biblioteca o retorno do empresário, olhos e ouvidos atentos no conforto entre milhares de documentos na cobertura do Crisol.

Por sorte, este cronista deu crédito para Rodrigo de Triana: o velho Suarez estava fazendo coisas erradas, veja os detalhes: ninguém se mete em grandes negócios sozinho, especialmente os *negócios da periferia*, dispensado até o motorista?! Por que se envolver em tal sigilo? O objeto tinha valor imensurável, ou seja, *valor de uso e não valor de troca* – recomendava Triana.

E me ajudou com uma lista das prioridades de um construtor: os negócios ligados à construção estão: áreas livres, sítios, terrenos frente ao mar, concorrências e leilões, além dos canteiros de obras, gabinetes e restaurantes, bem como os apartamentos de exposição. Negócios com andaimes, cimentos e ferragens, são considerados rotineiros por isso foram descartados. Claro, dizia Triana, nenhum deles teria prioridade tamanha a ponto de desprezar a assembleia geral da RESIAM, talvez uma supermulher. E sorria.

E por aí deveria concentrar minha atenção.

Por eliminatória: audiência públicas tem seu termo determinado; considerar os fatores de segurança, ele não estava ao lado de megaempresários sem guarda-costas. Pelas distâncias e o tempo prováveis, não observava glebas de terras devolutas, corredores ecológicos ou reservas indígenas para possível reintegração de posse, apesar que Suarez comungava da teoria que toda terra é útil por isso cada uma tem seu preço.

Por estar lúcido, certamente, naquele dia Felipe não participara de nenhum almoço, que lhe tomavam as tardes, invariavelmente regado a vinhos precisando do seu fiel motorista; poderia sim tirar uma soneca em algum espaço das construções, mas soneca dura meia hora; este desconforto preocupava Ingrácia.

Os atrasos antecederam ao dia referido, nesta data nada era mais determinante: a assembleia elegeria a nova diretoria da RESIAM. Supostamente por nada ele marcaria um encontro, teria poder para mudar a data da assembleia. Não havia reserva de helicóptero. Estrategicamente, gostava de contemplar obras do alto. Nesse dia, não houve leilão nos anúncios dos jornais. Nas principais livrarias de sebos, ele não apareceu.

Onde estaria, então, Felipe Suarez senão acompanhado de uma menina virgem da periferia? Afinal a RESIAN elegeria a diretoria da mantenedora da mais pujante construtora da sua época!

Baseado nas novas descobertas, e caso não houvesse abortado a pomposa tese-biografia escrita à mão pela raivosa Jornalista, tal episódio mereceria um capítulo propositadamente capaz de dar o título ao seu livro que por certo arrebataria bons prêmios literários.

Considerando a hipótese, em que a Jornalista ocultasse todos os fatos que apontassem para a pista sobre o paradeiro do supremo empreendedor, eu resolvi compor este capítulo como o *infiel* da balança. Tive motivos de sobra para reescrevê-lo de várias maneiras. A primeira tentativa foi em forma de artigo para uma revista de fofocas, depois, uma interminável carta para os jornais na coluna espaço do leitor. Ainda tentei transformar no capítulo introdutório do livro sobre ecologia – lembrando que, por mais miserável seja Clotilde, era uma grande *amante* dos índios, das águas, das matas e dos punhais. Os amigos que leram o rascunho desaconselharam todas as opções, não seria de todo ético –, disseram –, que pela teoria do homem branco seria um aforismo mentiroso por faltar provas, fontes confiáveis, meias verdades ou metáforas poéticas, coisa de índio; "melhor mesmo é um romance, uma ficção histórica!", me disse uma professora de belas artes, uma graça de pessoa com doutorado em Barcelona, e casada com um espanhol, eu acatei.

Apesar de ser o responsável por desacertos, devo dividir com vários amigos e com as mulheres da UNIPERY os acertos, pois sem eles e elas não haveria acertos nem desacertos. O cabelo crescendo, vivi um bom tempo como andarilho pela cidade construindo e desconstruindo ideias; o desemprego urbano é como a lepra, gera o desprezo, isolamento, solidão e fome. Destruí dezenas de vezes os rascunhos fantasmas que compus durante anos, fingia esquecer, abandonava, desprezava para depois recomeçar, um caderno novo dava motivos para reescrever tudo. Não quis que o povo da periferia, as meninas corrompidas pelos rufiões, os filhos e filhas criadas pelas mães da periferia que desconhecem o pai, o avô e avó, aliás, na escolas ensinaram e elas repetiam: *minha vó era índia, foi pega a laço e a dente de cachorro.*, mas nunca diziam que era cão ibérico.

Por isso seria maldade deixar elas sem conhecer a verdadeira história dos negócios da periferia, do arenoso, do mercado de bolinho de feijão, das bibliotecas; fui até em cemitério, o que interessava eram provas que confirmassem a verdade sobre Zilda Canhota. Entre os mortos envolvidos na tragédia, Zilda era uma das poucas que dispunha de dados irrefutáveis, na sepultura nascera uma árvore chamada "pau de resposta" e na lápide haveria uma incomum inscrição: *A comoção na morte e o prazer do gozo se limitam ao curto prazo, mas a morte é eterna!* Zilda.

Sobre a Chapada, nada pude achar mais forte que superassem o que está nas rodas de prosas, nas histórias paralelas.

Parte II

O verdadeiro sonho de Clotilde

Nos últimos meses, Clotilde havia remoído esta história todos os dias. Uma repetição eterna, um papo encaracolado aos ouvidos do mestre, um nhenhenhém em todas horas. Quando Nadinho não suportava mais, fingia nada ouvir, mesmo assim, ela não lhe dava trégua.

– Por que tu não exiges a indenização que tens por direito, ou então propõe a troca dela por um apartamento de luxo na região da Pituba? Pode ser até com dois quartos, este aqui a gente aluga, um dia morre-se e deixa tudo para aquele miserável espanhol, ladrão explorador!

Clotilde sempre mencionava, ao referir-se a Suarez, antes do nome, o seu gentílico, como se ela também não o fosse, apesar de dizer-se Uruguaia. Guardava tantas e inexplicáveis aversões ao velho que ao referir-se a ele preferia chamá-lo de *patrão de Nadinho.*

– Pô, tu não tiras a pimenta da boca, hein mulher!

Nadinho dizia-se insatisfeito, porém procurava manter a invejável calma.

– E tem muito mais, olhe bem, as horas extras, ele vai ter de pagar, nem que seja no tribunal nos quintos dos infernos onde o cão é a testemunha de acusação!

O verdadeiro sonho de Clotilde, a prioridade absoluta, era a de recuperar o *status de princesa*, o teatro, a fortuna; para isso teria de sair voando da Avenida Peixe, quem sabe, direto para o Caminho das Árvores. Sonhava com Copacabana ou Barcelona.

Lembrava-se com todo o sentimento, o conforto do casarão do Politeama. Em seu lugar, haviam construído um edifício comercial. Na Fazenda de Arembepe, onde convivera parte da infância, os novos habitantes não lhe deixaram entrar. Na chácara de Canavieiras, soube que tinham outros donos, a casa do Caminho das Árvores e a cobertura da Barra estavam ocupadas por *novos proprietários.* E as fazendas espalhadas que ela nunca as conhecera?

Durante algum tempo, o que alimentava a chama deste sonho eram as loterias semanais que jogava sempre e nada ganhava, odiava advogados, prosseguia na articulação da grande jogada.

Clotilde era minuciosa em suas articulações, depois de Nadinho, a sua vida tomou outro rumo, como uma fugitiva vivia camuflada como um abutre aguardava o cadáver, como a rapina não temia a luta. Seus sonhos eram tão altos que facilmente chegava ao mundo da lua para depois se atirar em queda livre no mais profundo fosso depressivo.

– Esta menina tá crescendo e, se ficar aqui, vai pegar barriga já, já. Também com um corpo deste, olha as ancas desta putinha. Parece uma búfala de raça, não tem uma dobra.

Batia no traseiro da garota com certa malícia, atraindo de Nadinho um riso safado no cantinho do olhar. Até Daguimá sorria, retribuindo o olhar em volta do pedaço mais cobiçado do seu corpo feminino. O ambiente aquecido pelo suor de vingança, a malícia reinava no afago irônico parecendo carinho, apesar de ser castigo. Ultimamente, era a segunda vez que Daguimá ouvia de Clotilde gestos e palavras de reconhecimento dos seus dotes. Nada lhe era novo, todos os dias, na rua ou na escola, lhe diziam coisas nos mais variados tons.

Daguimá sabia que ali morava, mas não residia. As razões eram claras, apesar da aparente ingenuidade, quando tinha oportunidade de vencer uma noite sozinha, parte dela era para reciclar as agruras da sua curta e sofrida vida. A cada atitude dos adultos e também dos garotos de sua idade, levava a uma reflexão, procurava decifrar até os pormenores dos gestos e palavras; aprendeu com a tia a prática de murmurar e murmurando, aprendeu a carregar troco para atender, nas eventualidades, os pedintes. Neste contínuo autoaprendizado, soube guardar em segredo golpes certeiros para combater nos momentos em que a opressão é mais forte.

– Olha, isto é peito para uma menina que mal chegou a esta idade?!

Clotilde falava aparentemente desenciumada. Apesar do bom humor, franzia os cenhos e buscava no olhar de Nadinho uma confidência escondida que ela identificava em um sorriso mascarado no caldo da sensualidade dos brutos.

– E tu queria que os peitinhos dela fossem uma abóbora como os teus?

– Oxente, meu tio, fale assim com ela, não. Disse Daguimá tristonha.

Em cada seção de conversa, Clotilde recobrava o ânimo e vislumbrava o tabuleiro de xadrez em sua frente, aos poucos as peças avançavam na partida. O velho *abuelo* dizia que perder a primeira peça não significa necessariamente perder o jogo.

Espontaneamente, Nadinho nunca contribuía com uma só frase no andamento da jogada, dizia que *não sabendo nada, nada terei para omitir*. Além de mulher, cerveja e poesia, ele gostava de ser *O Mestre de obras*. Quando não resistia às armadilhas femininas que Clotilde armava, fingia interesse no mosaico formado pelos barracos da Avenida Peixe como abrigo de gente cansada de sofrer e saía coçando a barba se dizendo '*necessitado de ar puro*' então, como um fantasma reprimido, caía no mundo, tendo o céu por guarda-sol.

Diabinho solto

De um lado, Felipe Suarez, respeitado pelos pares da construção civil deste país, do outro Nadinho, o seu primeiro e único fiel e o mais crédulo de todos os seus mestres de obra, aquele que o acompanhava desde a consolidação da empresa. Nunca pediu aumento, nunca disse "não posso", nunca deixou para amanhã "o que se pode afazer agora", nunca fez obra malfeita, nem greve, nunca tirou férias.

Os dois velhacos penetraram pelo labirinto, cobertos com o véu de proteção dos lacaios. Andavam lado a lado, em passos rotos sobre os canteiros forrados com as moedas do progresso. Temerosos não se entreolhavam, desejavam esconder seus rostos do extraordinário poder que os labirintos têm sobre os desavisados que se arriscam pelos seus domínios. Se um não entendia de finanças, o outro não entendia de malandragem.

A mercadoria humana exposta, olhares enquadrando tudo dentro do ângulo de visão, fazendo-se desmerecidos como quem muito veem e pouco enxergam.

– Mulher bela, Arnaldo, é como ações de bolsa, se passar do tempo de vender, perde o valor reprodutivo.

– Pois é, seu Felipe, eu te asseguro, para mim o primeiro atributo de uma mulher de valor é sua beleza física, a multidão reconhece, todo mundo olha quando ela passa, este é o julgamento mais honesto, depois vem a perfeição nas formas (formosura) e graciosidade! Candura, inteligência, capacidade de ser mãe, ora, isto se vê depois!

A proposta que Nadinho trazia, apesar de contragosto, era para o velho mandar ele mesmo construir um sobradinho residencial de razoável acabamento, Clotilde lhe dera por opção três bairros nobres.

– Localização, Arnaldo, se vê depois, o importante é o projeto. Que tal este modelo até parece o castelo de *Velles blanco* na Andaluzia e sorriu, este – mostrou outra prancha – semelhante ao de *Bellver em Mallorca* e sorria mais ainda – devagar Arnaldo, que a carne é fraca e o tempo passa. Zombava o velho.

Com um lápis e a prancheta nas mãos, ia rabiscando formas e mais formas. O velho, como nunca, estava derretido em sorrisos, fecharia tudo ali mesmo, não sabia quem era Clotilde e pouca importância deu os detalhes da proposta.

– E no térreo Arnaldo, faremos um salão para você ter a vida mais fácil. Vamos montar um armazém de secos e molhados e as mulheres se ocuparão dele, seremos os acionistas, Arnaldo, que achas? Finalmente ricos, é só gozar o lado bom da vida e esperar que ela seja longa para todos nós – arrematou em outro sorriso aberto achando-se merecedor de palmas.

E veio a anti-proposta:

– Ela quer no primeiro andar... uma... uma... no bairro de...

Nadinho tossiu, pigarreou, engasgou, elevou a mão ao peito já sem fala, apesar de parecer embaraço dos principiantes, não era menos canalha que os *cafts* da Catalunha. Contaminada com a avareza de Clotilde, de mansinho Nadinho buscou em um classificador escolar de cor amarela, um esboço do projeto bem elaborado, em papel vegetal e tinta nanquim. Era um conjunto de plantas, chamando a atenção da velha raposa velhaca acostumado com o tema, dormiria no sereno até encontrar a melhor definição para um ângulo na curva de uma rodovia, contanto que lhe trouxesse um centavo de economia na obra.

Difícil para o mestre de obras foi convencer o velho que sua mulher dominava técnicas arquitetônicas, projeção e ângulos, que ela mesma havia elaborado os detalhes do projeto, o velho olhou rapidamente chamando-nos de incorrigíveis. O mestre prosseguiu sem saber onde apontar o dedo:

– Um apartamentinho com um bom acabamentinho!

E a menina saliente completou faceira:

– Com suíte e salão de festa para dona Clô, ou seja, para minha tia!

E provocante reboliço, jeitosamente o maldizente corpinho, desviando toda a atenção dos réprobos negociantes de vida alheia.

– É... é isto aí... é o que ela mais deseja na vida – prosseguiu o mestre, visivelmente induzido a desempenhar uma tarefa indesejável para os santos – no segundo pavimento...!

Tentou prosseguir, mas foi atacado pelas lembranças das relações das madrugadas que, mesmo incerto, sempre lhe pareceram incestuosas, dominado pela melancolia, lhe faltou mais uma vez a fala.

Suarez por considerar o projeto inigualável e singular, procurou onde assinar, mas como poeta Nadinho, sombrio, não desejava somente ser o tratador vendo o velho cão sem força preparar o salto sobre uma fêmea do primeiro cio e fugidio, desapareceu por entre as alvenarias. "como enfrentar uma matilha endiabrada, todos desejando a mesma cadela? E murmurou: *melhor vendê-la como Clotilde quer que vê-la perdida pelos becos dos alagados.* E chorou sem muitas lágrimas, sozinho entre telhas e tijolos sem ser visto.

As brumas do passado já não eram tão claras, o amarelo do sol anunciando a tarde que declinava, a inspiração para o verso livre se perdia entre os andaimes, no canteiro de obra, inaugurava-se o parque dos fantasmas, de olhar vesgo espiando as atitudes de um velho trôpego tentando correr nos passos de uma bailarina, Nadinho, irado como um palhaço, enquanto a multidão sorria da cambalhota na corda bamba armada sem a proteção da rede.

Sobre a negociata

Suarez, cansado de correr atrás de uma gazela, pois já era noite quando Nadinho saiu do esconderijo de sua alma entre tijolos e poeira, retornou ao palco de negociação, tinha os olhos inchados oculto pela escuridão, chapéu de plástico sobre a cabeça, dava passos em direções diversas, sentindo peso adicionado sobre os ombros imaginou-se presente numa assembleia dos demônios. Rememorou os pesadelos noturnos, sua paciência estava perto do exaurir, disse palavras reticentes e voláteis, em voz baixa de difícil audição.

– E aí seu Felipe...!

– Estava te aguardando homem, lemos os projetos, parece mais com um obelisco... um castelo medieval! Querem uma casa para morar ou um palacete para receber o rei quando for visitar sua majestade, a princesa? – excedendo em ironias –. Para um palácio, só faltam os jardins da corte, aliás, faltam também os cortesãos. Aqueles que vão buscar os favores do trono trazendo a certeza de obtê-los. Entre os cortesãos, é que surgem os traidores!

Nadinho sempre foi o mais perfeito ajudante de ordens, aquele que ouve sem opinar. A materialização dos sonhos loucos de Clotilde era pior que o pesadelo de Nadinho

Suarez reconhecia ser o principal ator e dono do circo, o que carecia era dos palhaços. Ele não sabia quem era Clotilde. Até pensou um dia, mas respondeu para si mesmo: *no hay solo una maría en el mundo*

Aliás, a baiana do acarajé também era Clotildes.

Fez gestos discretos de preocupação, acenou com a cabeça em sinal de desaprovação com a pressão de seu fiel mestre de obras, sabia das negociatas com meninas da periferia, vezes em troca dos favores elas recebiam um colar, um par de brincos, uma alpargata. Como um touro insuflado, rodopiou em torno de si mesmo, virando as costas para Nadinho. Depois piscou o olho ressumado pelas gotas da idade para a menina verde e brejeira, brincos de arame e colar de sementes, roupas baratas e descoradas de tanto sabão, varal e vento. Ela fingiu-se assustada e cobriu num impulso com as mãos, a agudez dos seios quase expostos. Sentiu o peso da cobiça impudente sobre um corpo exuberante e verde. Eram como frutas arrancadas do galho antes do tempo da colheita em disputa por predadores. Deu dois paços adiante, por ser alvo de dupla atenção e desejos, também sorriu e fez uma gracinha doce-azeda para os dois. Segurando o colar barato de conchas do mar, andou sacudindo a cintura, parecendo um bailado leve e irreverente em cenário cru de plateia bêbada. Forte e repentina, o talho sutil da brisa do mar impulsionou a curta saia, provisoriamente, as coxas ficaram expostas, faltava este lance para completar a comoção sonhada pelos rufiões, sem demora sobrou um resto de olhar frívolo e ansioso, sedento de estar no passado. Nenhum coração resistiria àquelas cenas sem bater mais forte de que bater de asas de andorinhas na hora do regresso.

Vidas em conflito

Pesaroso foi investigar os meandros por onde Daguimá passara sua indelicada infância. Soube-se que a menina crescia acima da média em relação a sua idade, tornava-se bela e por isto desejada. A casa da Avenida Peixe já não cabia sua formosura. Apesar das roupinhas brejeiras, a tia não a dispensava como companhia nas incursões mensais ao banco. Clotilde não admitia atraso por um dia nas prestações da casa própria. O gerente atendia em sua sala reservada e mandava servir cafezinho para a "Senhora Dona Clotilde". Enquanto aguardava a conclusão do despacho, ia roçando as pontas dos dedos nas bochechas macias da senhorinha – como ele a chamava – às vezes alisava o rostinho e a tomava maliciosamente no colo como se fosse o pai, enquanto beijava maldosamente a face.

O médico marcava enxurradas de exames, cada vez mais periódicos, escorria os dedos pela coluna cervical dizendo-se preocupado com a formação da estrutura óssea da criança, poderia ter um desvio na bacia. O trocador do coletivo não lhe cobrava passagem, contanto que viajasse ao seu lado. Era assim: trocador, fiscal, motorista, carteiro, o padeiro e o vendedor de aipim; até o padre da paróquia exigia privacidade para atendê-la. Quando passavam pela porta da casa, usavam algum meio sonoro para despertar a atenção de Daguimá.

Apesar de identificar muito bem o assovio de cada menino, por falta de alternativa, ela permanecia quieta no seu pequeno cubículo deitada, seminua, era levada a mirar com malícia as curvas do próprio corpo. Na escola, não tinha tempo para ouvir o professor, eram bilhetes, cochichos e olhares desconcertantes. O professor de Educação Física disse que ela levava jeito para a passarela e prometera através de aulas especiais de alongamento, respiração e passadas silenciosas, fazer dela uma *top-model*, para isso ofereceu bolsa integral na sua academia.

À medida que a menina passou a despertar tanto olho gordo aos outros, Clotilde não deixou de olhar atravessado para ela. Como uma cadela que vigia e guarda o galinheiro, tinha sempre aberto um olhar para a galinha e outro para a raposa.

Quando Clotilde ventilou pela primeira vez aquilo que era possível expor de seu plano macabro, Nadinho não a levou a sério, fingiu-se de tolo, quis pensar que tudo passava de brincadeira de mau gosto. Nadinho também não conhecia Clotilde, ela falava com seriedade e não admitia contestação: a menina seria a mercadoria, *o cliente pagará o melhor preço sem fazer perguntas*!

Condicionado, Nadinho remoía os termos do contrato, tornou-se um errante, perambulando pelas obras inacabadas da empresa: *a menina como moeda equivalente de troca e o apartamento como mercadoria reprodutível.* E repetia um cabedal de vezes e se interrogava: *isto lá é negócio para gente? Não, isto é coisa para o demônio. Maluco é o que eu estou ficando! Atarantado!* – concluía.

Sabia do gosto do patrão, em qualquer conversa entre os dois, falavam sobre meninas novas, virgens, índias de alguma aldeia, negras bonitinhas da periferia. Disse que tinha uma quase filha *bonitinha* que lhe tratava como tio, mas que não era nada sua, o velho levou a sério e não deixou Nadinho em paz por um instante, cobranças e mais cobranças, depois ameaças.

O juízo formigando, era visível a preocupação, deixou de produzir o necessário para a empresa, já não controlava a bebida. Certo dia, desentendeu-se e foi até aos sopapos com um peão. Recomendou a demissão sumária para o desafeto. Apesar dos protestos de profundo arrependimento deste, Nadinho não deu ouvidos, alegou desrespeito ao superior hierárquico.

– Mas, mas eu apenas o chamei de sogro! – disse o peão em desencanto para a comissão interna de sindicância.

Nadinho ameaçava dar tudo com os burros n'água. Os sentimentos em alvoroço, a consciência em pavor, desconhecidos dogmas expulsando princípios aparentemente inexistentes. Diante de tantas incertezas, esbarrava em agonia na contramão do passado, ele a tinha como sua, um bem particular, só a ele Daguimá pertencia de fato:

– Nesta vida nada é mais sólido que a razão! – Mentindo mais uma vez para o pensamento.

Ele não a viu nascer, mas foi como se visse. Pareceu-lhe um encanto da natureza, no primeiro olhar parecia uma japonesinha, ou uma peruana, uma indiazinha... uma cabocla ou um animalzinho lançado ao mundo sem a proteção dos pais. O umbiguinho ainda estava sangrando, sem nenhum cuidado, foi assim que fora colocada em sua porta.

A sorte é que naquela manhã não fazia frio, uma perversidade humana, nem um paninho para enrolar lhe deixaram. Ele a viu primeiro, aliás, para fazer justiça, quem primeiro ouviu o choro foi Clotilde, é certo, foi ele quem, mesmo nu como sempre dormia, pulou a janela de um só salto e a trouxe nos seus braços, a emoção foi a mais forte que teve na vida.

Afeição à primeira vista. Foi ele quem a levou para dentro de casa, esquentou a água do primeiro banho. Depois Clotilde, no instinto maternal, estendeu-lhe o peito que após três noites jorrava leite em abundância, parecia um milagre, que ela atribuiu a Santa Edwiges.

Lembrou-se do guerreiro das selvas, bem que podia ser uma das filhas da aldeia – Clotilde esvaída em lembranças admitia comparando a bochecha, cabelinhos pretos e os olhinhos triangulares.

– Quem seria capaz de acumular tanta maldade no coração, hein, Clotilde? – Nadinho com candura contemplando o bebê – tu imaginas alguém chegando ao ponto da extrema perversão? Onde já se viu despejar uma coisinha tão linda para fora de casa? Ela é uma preciosidade, desejada por tantas mulheres como tu que nunca teve um filho!

– Desejada por quem? Questionou Clotilde, olhando pelo rabo do olho enquanto forçava a amamentação – e depois acrescentou – esta coisa misteriosa parecendo índia não veio das selvas, é de gente daqui mesmo, daquelas que não têm *guia*!

Clotilde referia-se às pobres mães parturientes da Avenida Peixe que não conseguiam uma *guia médica* de internação para ter o bebê na maternidade pública.

– Não é! – Nadinho contestou cheio de convicção – isto é gente da floresta perdida na cidade. Veja só a ironia: ainda vem desovar na Avenida Peixe. Venha lá de onde vier, seja lá de onde for, agora é nossa filha, criaremos com todo carinho, ela terá um pai e uma mãe!

– Bem que ela poderia se chamar Maria da Guia do Mar – disse Clotilde, mordendo os lábios.

– Porque não só Flor do Mar? – interferiu Nadinho e concluiu – Ou melhor, Guiomar!?

– Guiomar? Este não é o nome daquela sirigaita da associação dos moradores, que vive te chamando de *nego chameguento*? ¡*De ninguna manera*!

– Então, se fosse Dengo do Mar, hein Clotilde? Que tal?

Nadinho falava *brincadelhando*, sabia que isto provocava uma reação louca em Clotilde, um inchaço no bofe, uma explosão em cadeia. E ela disse de pronto:

– Não, o nome sou eu quem dou, o dela será Daguimar e é assim que eu quero e ponto final!

– Não vejo diferença, é quase a mesma coisa!

– Mas não é! Em Daguimar tem a *guia*, tem o *mar* e ainda tem a *águia*, que tem muita garra.

– Então, que seja como você quer: Daguimar com muito *ar e dengo!*!

Oh, Daguimar
tua mãe ficou lá Daguimá,
Daguimar.
eu só tenho um coração
mas ela te dá dois peitos
tudo feito com jeito
para te dar muito respeito
e asas para voar
Daguimá, Daguimá!

– Não é Daguimá, é Daguimar... com r de mar! Esta teria sido a primeira cantiga de ninar feita para a menina. Andando pela sala, Nadinho sorria e caçoava satisfeito enquanto Clotilde improvisava um berço para a pequena visitante.

O escrivão, surdo e bêbado, corrompeu o esforço dos guardiões da alma pequenina. Tudo corria bem quanto à grafia: D a g u i m o... e parou na bolinha para respirar. Clotilde advertiu:

– Falta o *ar.* E fez um gesto com a mão sobre a mesa.

Ele puxou a perna do o transformando em *a* e a mão tremeu. Virou uma coisa ilegível. Clotilde sugeriu uma correção e ele acrescentou: (onde eu digo *o* eu digo *a.* E acentuou).

– Olha aí, o senhor errou de novo! Enquanto isso, o velho escrivão fechava o livro e saio trôpego para uma taberna do outro lado da calçada, que já tinha sido excomungada por muitas mães.

– Ah, rá, há... hoje eu acho é graça...! Naquele momento, exigir de um animal velhaco o mínimo de racionalidade seria incorrer na mesma irracionalidade dele. Clotilde contava para quem perguntassem sobre os motivos do nome *Daguimá,* assim, com este *a* acentuado e sem o *r.*

Leite, carinho, comida, escola e tudo mais que ela precisou, até ali nada lhe faltara. O destino se encarregou de dar-lhe tanta formosura e encantos: *quem vai criar uma deusa para depois dar de bom grado para um touro divertir-se com ela na arena? Isto não... parece coisa de cafetão, de deus grego. Ora, a terra já está toda mapeada, não tem mais lugar para novo continente.* Comentava Nadinho para os camaradas que por não saberem da história entre Zeus e Europa, apostavam na fraqueza mental do mestre de obras.

Fora de seus hábitos – viver sem apegos a grandiosidade – remoía a ideia, considerava esse episódio como um presente *que alguém estranho me entregou e disse: Guarde!* Durante algum tempo parecia que de mulher via a menina: *preciso cuidar bem dela, pois o dono ou dona, podem aparecer um dia qualquer e querer retomar seu tesouro.*

A menina foi crescendo e logo botou corpo, Nadinho já não via nela uma menina, passou a considerar-se uma vítima do destino, tudo nela lhe atraía para uma visão familiar: nem Zeus seria capaz de resistir – ele clamava – por que não pode dar um beijo, se não sou seu pai de sangue? Que nada, ela é uma mulher e eu sou homem e pronto! Maria Madalena não tentou ninguém, ela não tinha culpa de seus atributos.

Com estas incertezas e pouco ou nenhum remorso, Nadinho se permitia visitar o quarto da menina, especialmente quando as noites frias exigiam maiores cuidados, ele desejava que todas as noites fossem frias, queria ter motivos para cobrir seu corpinho nu.

E assim, Nadinho levava a vida adiante, coberto em sua capa de pastor que precisa sacrificar as crias das suas ovelhas, bem que ela poderia assumir o lugar de Clotilde; seria uma forma de melhor proteger a garota e me livrar daquela víbora – pensou rompendo com sua aparente indisciplina.

Achou melhor deixar a coisa fluir, mas Clotilde não lhe tirava os olhos. Por longo tempo, tratava-a como uma deusa santificada, apesar de sonhar fazê-la regente de sua orquestra. Precisava de mais equilíbrio, combater o radicalismo comandado pelo espírito de posse que, às vezes, lhe assaltava a mente, também não cederia às precipitações, tal como o velho desejava. Impossível foi não se render às investidas de Clotilde.

Infância vigiada

– Deixa o tempo passar – queixava-se da sua fraqueza – quem sabe ela arruma um namoradinho de sua idade, dá um pé na bunda deste velho corrompido. Seria a melhor das coisas. Com o que ganho dá até pra comprar uma casinha com certo conforto por aqui mesmo... e ela morando aqui perto não me foge do controle!

– Eu sei o que ela vai arrumar... Eu sei o que vão dar para ela!

– Não seja precipitada, Clotilde, uma estrela não se apaga com sopro.

– Isto quando o brilho é permanente!

– Você fala assim porque sabe que a menina veio dotada de encantos próprios.

– Mas isto é passageiro, homem!

– A menina parece uma santa... Clotilde!

– Santa... com esta conduta? – retrucava instantaneamente.

– A conduta é dela ou de quem cobiça os seus *possuídos*?

– Não é você quem anda pra cima e pra baixo com esta menina pelas ruas, não é você quem vai ao médico com ela, não é você que vai ao banco, aqui na porta fica assim, oh, de homens olhando para dentro de casa!

– Como é que eu não vejo, mulher? Eu olho mais para esta menina que para mim mesmo!

– Olhar até que tu olhas, mas só vê o que não precisa; tu é um homem que não liga pra nada, pode tudo virar na breca, a única coisa que tu presta atenção é para quem tem um bom rabo debaixo da saia e também para as coisas daquele soberbo construtor ladrão. Tu gosta mais dele, Nadinho, até mesmo que de tua família. Qualquer dia destes, o dia que aquele velho explorador esticar os calcanhares, é possível até mesmo que arranjes um pretexto para ir junto; lá tu vais ser é escravo, morar nos infernos com ele, isto é, se não ficar vagando sozinho – a boca de Clotilde não fechava – rico pode pagar, diabo desocupado é que não falta no inferno, apesar de que no inferno é como na selva, todo mundo tá próximo do mesmo buraco, uma hora cai dentro dele, aliás, se quiser uma companhia é bom levar tua encantada sobrinha para te abanar o rabo no inferno. Dizem que espanhol não sente nem frio nem calor, lá nem vai ter necessidade de um escravo para te abanar.

Clotilde falava como se estivesse embriagada, ou como uma paranormal em transe predizendo os males do mundo, ninguém a removia de seus instintos – Esta menina... hã... não sei não!

Infância dolorida

Clotilde, assim como Dagmá não chegara conhecer a mãe, ela morrera de tuberculose ainda em sua primeira infância, seu pai e o irmão eram hemofílicos. Ela lembrava da meiguice e da palidez do irmão, vivia sentado à beira de uma máquina com uma agulha no braço.

– Porque você vai costurar o braço dele, se não está rasgado?

Perguntou um dia ao paramédico. Ela gostava de sentar no colo dele enquanto o irmão a ninava com doçura. Ela não entendia o porquê ele era tão pálido, qual o motivo dele ser tão quieto, por que ele tinha de ficar sentado enquanto ela brincava, virando a casa às avessas?

– Você está de castigo? Por que fazem isso com você? Dói?

E apontava para o bracinho ferido do irmão. Apenas um dia ele deixou escapulir uma lágrima. Tempos depois, ele se foi juntamente com o pai. Clotilde não chorou, pois o irmão havia dito para ela não chorar que ele iria fazer uma viagem para um lugar muito florido.

Para onde você vai eu posso ir? O irmãozinho não mais respondeu. A avó morreu no dia que soube que ela, Clotilde, sua única e tão querida neta, herdeira de seu tesouro, havia se afogado na praia de Trancoso; o avô passou a detestá-la chamando-a de *mala puta, promíscua, pinaña, intemperante.*

Os Arnez acumularam muita riqueza em prédios, ações, fazendas, cacau, cavalos de raça, e obra de arte, uma verdadeira galeria, enorme era a biblioteca; toda esta herança deixou em testamento como usos e frutos para uma fundação sem fins lucrativos criada antes da esposa partir, morrer de tristeza ao saber da morte da neta.

A solidão e a velhice obrigaram-no parar com as atividades empresariais, a marroquina esposa de um colaborador se ofereceu para ajudar na administração da casa e o marido se ofereceu como administrador geral das fazendas, vender o cacau, cobrar os aluguéis, administrar a carteira de ações, curador das obras de artes e da biblioteca.

Prestava conta diariamente melhor até que o contador. O velho empolgado deixou-se envolver em certas exigências até que toda a fortuna fosse administrada pelo casal; se propuseram ajudar a qualquer migrante com dificuldade na vida.

Ingrácia passou a dirigir a entidade com mãos de ferro, o estatuto foi adaptado acompanhando o valor da fortuna.

Era meia noite quando a administradora soube que o velho Arnez havia morrido, agora somente ela tinha controle de direito sobre toda a fortuna dos Arnez pois ele havia deserdado a neta ainda em vida.

Suarez contava diversas histórias, mas sempre distorcendo os fatos. Fora amigo e não empregado; não negava: foram os Arnez que o trouxe consigo da Espanha para o Brasil; dizia ser a *Real Sociedad de los Inválidos de Além Mar* ideia sua. Sobre a neta do toureiro, não tinha lembranças, sabia que ela dava pouco ou nem um valor para tudo que o avô acumulou, *preferindo aventurar-se como uma putinha pelo mundo.*

Foi Zilda Canhota quem abriu os olhos de Clotilde, contou-lhe tudo o que se passara na sua infância e depois na sua ausência, as circunstâncias em que seus pais morreram e como Ingrácia e Felipe Suarez, através de sucessivos golpes, chantagem, falsificação de documentos e outras tantas *mutretas*, se apoderaram de grande parte da fortuna que naturalmente lhe pertenceria por herança, caso não tivesse sido deserdada com ordem judicial, pelo seu *abuelo, tudo* influenciado por Ingrácia e Felipe Suarez.

Zilda odiava Ingrácia chamava de tubarona, elefanta, anta rosada, ladra de defunta.

Quando o velho morreu, ela, Ingrácia, em pessoas, ameaçou tomar a casa do Santo Antônio que o velho havia dado para pagar os serviços, como amante, prestados desde sua infância.

– Só não tomou, pois Zilda não é besta, *o dame uma escritura pasada ou no quiero tu mierda* – havia dito ao velho Arnez.

Cabisbaixa, Clotilde ouvia tudo, permaneceu em silêncio até onde pode suportar, depois desabou em choro, inchando descontroladamente os pulmões, arroxeando todo o corpo seguido de um passamento. Após despertar do desmaio, reafirmou sua forma de pensar: prometeu vingança.

Não fosse Nadinho, Clotilde seria uma mulher sem ninguém por ela no mundo.

Nego chameguento

Nadinho não se acostumava, fingia até gostar dos momentos em que as loucuras de Clotilde rompiam os limites da razão.

Ele aproveitava o tumulto, vestia-se de branco combinando com o branco do sorriso e saia, sem marcar o horário de voltar para casa. Quando ela exaltava a fala, parecia o zumbir de enxame de abelhas de ferrão perseguindo um cavalo magro, nada era capaz de detê-la, nem a ausência de Nadinho.

Seu desejo era ter Nadinho sempre debaixo de suas asas. Sabia mais que qualquer uma outra economizar o minguado salário do marido, *quem anda só pelo mundo aprende economizar até absorvente* – dizia.

Às quintas-feiras, pela manhã, briquitava pela feira de Águas de Meninos, dotada de um balaio de vime enfeitado com fitas coloridas sobre a cabeça, que não parava de pensar. Com uma lista e papel e lápis somava até o desgaste dos sapatos. Quando retornava, trazia pacotes enormes de grãos, maços de verduras e frutas frescas negociadas pelos menores preços com os feirantes. Assim, mantinha a mesa farta, mas não como foi criada.

Clotilde tratava a todos barraqueiros pelo primeiro nome, perguntava pela família e eles davam em retribuição anéis, colares de conchas, fitinhas, perfumes e batons baratos de presentes para a menina. Em troca, sempre cobravam um beijinho mais carinhoso, alguns mais afoitos, roubavam abraços perfumados que se misturavam com cheiro de alho e azeite de dendê.

Clotilde registrava com habilidade as horas extras que Nadinho dizia fazer quando chegava em casa pela madrugada – *ossos do ofício* – Como as atividades não desfiguravam o bom humor, na mesa não faltava apetite, nem comprometia o desempenho na cama perfumada. Ela cedia em parte, mas exigia o acréscimo no salário para cada hora correspondente. Segundo sua ata, baseada no depoimento dele, o espanhol devia metade da empresa em horas extraordinárias não pagas. (Segundo a contabilidade da empresa, Nadinho devia em adiantamentos o dobro dos salários que ganhou durante a vida).

Por Nadinho, Clotilde havia enfrentado uma tempestade, enfrentaria dez: mulheres e malandros, jogadores e beberrões, disfarces e mentiras, sofrimentos e desprezos.

Não se considerava esposa, e sim, companheira, ao seu lado não passava frio. Ele era seu objeto, seu calmante e talismã. Por ele estava disposta a lutar até contra a investida do belzebu. Nadinho nunca levava coisa nenhuma a sério, muito menos as juras de Clotilde. Ela dizia que ainda lhe daria um pedaço do céu como presente.

Durante o lançamento do grandioso **Villas Del Mar** (antiga Quintas dos Arnês), Nadinho se destacava na recepção aos clientes, vestido de branco, sapatos bicos finos bicolor e perfume seco e ardente. Suas explicações em versos iam aos confins do detalhamento: da velocidade dos ventos no outono à luminosidade do sol no verão, arcadas e as cores apropriadas, grau de ruídos e referências essenciais. Falava do projeto em toda a sua extensão. Tal a desenvoltura que encantava a todas e todos, se tornou o símbolo da campanha de lançamento.

Clotilde, discretamente, acompanhava o marido, disfarçada como uma serviçal comum carregava um pesado rastelo pelas avenidas do *Vilage*. No momento em que uma cliente em potencial, extasiada perante a estátua negra de um poeta vivo, não se conteve: lançou os braços atando-os sobre o pescoço e fez-se agradecida. As duas mãos estacionadas na face, apertando os olhos aguardando retribuição, disse que além da qualidade dos serviços prestados, *o que mais causa arrepios é sonhar a sua abóbada com nervuras em refluxo neste frontispício*! E o convidou a dar um passeio pormenorizado pelas entranhas do projeto *da mais bela obra de arte que o artista da vida lhe permitiu tocar!*

Clotilde, incontida com excesso de melancolia e saudades do passado, na embriaguez de seus ciúmes, pôs-se à frente em passos de soberbia, próprios das bailarinas em cena, ergueu a mão. Assustada pelo destoar nas cores do figurino, a madame tomou juízo e controlou os impulsos latentes. Clotilde, em suave ironia, advertiu:

– Senhora, as obras de arte são para ser contempladas, não é permitido tocar nem mudar de posição!

Habituara a cheirar as roupas brancas que ela lavava com águas de rosas e passadas à ferro em brasas de alecrim e umburana de cheiro. *Meu nego só anda esticado no linho,* ela dizia.

Negro alinhado e de fala mansa, até os meninos da rua o reverenciavam: *Olá, Nadinho, fala, Nadinho....* Às escondidas, as meninas se diziam Chapeuzinho Vermelho, acenavam para ele e o chamavam de lobo mau. Guiomar era ousada, apesar de Clotilde, ela o chamava *nego chameguento*. Ele passeava pelas calçadas e sorria como um *dândi*, por todo o bairro.

Foi expulso da Corporação da Marinha: o sargento Mentor Severo o ordenou mirar um alvo com a arma engatilhada e ele respondeu:

– O único tiro que gostaria de dar, seria na mão de quem me manda atirar.

Durante a vida, foi bom em tudo que se meteu: a bola era seu forte, entretanto, Clotilde deu-lhe marcação cerrada, diante de tantas perseguições, ele foi derrotado – para desencanto da torcida. Gostava de samba e dança de salão, mas Clotilde querendo dançar como bailarina se tornava em um fardo para transportar, sambando, não acertava um passo e não deixava ele tocar em outra mulher: – *nem nessa, nem naquela* – dizia num vozerio estridente.

Durante o carnaval, para ter sossego, desaparecia de uma vez para os labirintos de alguma obra da companhia. No jogo de damas, com o tabuleiro entre as pernas, era um larápio.

Clotilde gostava de servir como voluntária na AMAP – Associação dos Moradores da Avenida Peixe – em verdade, servia-se de Nadinho para não vê-lo servir-se de ninguém. Tinha mais importância saber com quem jogava do que quanto jogava. Jogar é o que ele bem sabia, como nem um outro blefava e conhecia os caminhos da perdição. Certo dia, o juiz, antes da partida, advertiu aos contendores de canastras:

– Fica avisado: não tolerarei trapaças entre as duplas!

Nadinho gritou:

– Êpa, então eu não jogo!

– O senhor está se excluindo antes do início da partida? Que entre outra dupla! – disse o juiz enérgico.

– O senhor é que está impedindo que as habilidades sejam livremente exercidas.

E a gargalhada se irrompeu demoradamente, imitavam os gritos na arquibancada do circo. Outro dia, um político que nunca visitara o bairro, apareceu em uma época próxima das eleições, sentou-se na ponta da mesa e disse aos parceiros de *vinte e um:*

– Vamos fazer um jogo honesto!

Nadinho levantou-se sorrindo e saiu mordendo um palito, palavras em tom macio:

– Nadinho prefere se afogar no mar que subir em navio de bandeira pirata!

Como mestre de obras, era artífice e como artífice, um deus. Gostava de improvisar versos líricos, a variação entre um e outro era tão sutil que se confundiam ao sabor do ouvinte. É lamentável, deles ter achado – além de lembranças vagas dos amigos – uma única palavra escrita, limitava-se a repetir no momento preciso.

Para Nadinho, todo dia era dia de poesia, mas seu professor, que se dizia ser filho de uma poeta e não de poetisa, comemorava o dia 14 de março que bem poderia ser o dia mundial da poesia. Nesta data, em arguição oral, desafiou toda classe: *Tem um ponto líquido e certo na caderneta para o aluno que responder as perguntas que vou fazer.* E começou: *Para que serve a arte, que cor tem o verso, qual o valor da poesia...?* Ninguém concorreu ao prêmio. Ele, então, dirigiu a pergunta diretamente para o aluno Arnaldo Nascimento de Jesus:

– Para que serve a poesia?
– Para roncar na barriga vazia!
– Para que serve o poeta?
– Para tocar a sineta!
– Para que serve o cordel?
– Para ensinar o caminho do céu!
– Para que serve o cantor?
– Para puxar fila de andor!
– Para que serve o andor?
– Para levar o Senhor!

Era um filósofo em matéria de mulheres – apesar de Clotilde – ele dizia ter aprendido com Hefesto, o deus coxo, a manobrar a forja e o cepo, a tenaz e o martelo. Como Apolo, aprendeu construir muros de pedras intransponíveis; como Argo, era capaz de projetar um barco, de certo, calado, mas era como Eros que o som de sua bigorna fazia as musas cantarem para as estrelas ouvirem e navegarem sobre todas as curvas, de todos os mares com maior sorte que Odisseu. Extrair o som da flauta aprendera com Orfeu; quando a sua flauta doce assobiava para a lua, apesar de *Déia*, ela rendia aos seus chamamentos e encantos e lhe piscava um olhar *maliço* como Atenéia.

Em cada obra que administrou, Nadinho construiu um canto que chamava de seu *encantado bosque*. Lá, as temperaturas oscilavam, imaginárias folhas murchas fofavam as covas dos pés das ninfas e ele, humildemente desejava sentir os pés descalços delas, dando passos sobre o seu peito peludo. As ninfas lhe procuravam e ele cedia as suas horas, mesmo aquelas separadas para a meditação e o repouso. Dizia que no seu imaginário bosque, havia um cometa exilado de cabeça polida e cabeleira negra que vivia a lhe implorar a liberdade plena de ação. Seu maior desejo era explorar as cavernas doces, localizadas nos centros das florestas virgens.

Uma poetisa premiada com medalhas, colar, guarda costa e estola, após viajar por muitas léguas, sonhando encontrá-lo na academia, achou-se inesperadamente frente a frente com Nadinho, em um rústico balcão barulhento de botequim do Mercado São Miguel. No ambiente, pensou, seria impossível ouvir um verso lírico.

A tarde abrasante de calor pedia mais que um copo de cerveja. A poetisa, achando-se perdida em seu transe, não recordava mais os versos líricos cadenciados, decorados com graça. Estática, incrédula diante da presença sossegada do poeta que era homem, em um mundo diferente do seu, emocionada, apelou para o improviso, pendurada sobre os calcanhares como se voasse para atingir os ouvidos de quem parecia não lhe ouvir, sussurrou:

Teu hálito aquecido
é um tubo de vapor
saído de um vulcão ativo,
teus lábios coloridos
lâminas entalhadas;
teu dorso, uma rocha tépida
onde nasce robusto o ventre
para ser mais adiante
o riacho das nascentes,
é lá onde o colibri dourado
festeja a rosa
e depois que se vê beijado,
lambuzado nas carícias
pia versos
como pássaro
solto nos campos
de melissa.

Estimulado por mais um gole de bebida, Nadinho repetiu o poema dando ênfase a cada palavra dita, para o delírio dos presentes, acrescentando que aqueles são versos para guardar na cachola e o faria condenando a injustiça que acabara de praticar para com a rainha em prantos. Todos foram testemunhas que ela pranteara a seus pés. Reafirmava que esta foi a mais sincera das observações feitas em público a seu respeito. Dizia ainda que vivia ao dispor das virgens e as demais, sempre pronto a lhes prestar favores: *quando tudo é feito com amor, não carece de implorar perdão das santidades para continuar sem culpas perante o tribunal das deusas* – filosofava.

Um sujeito, após dividir com ele o mesmo copo, o chamou de íntegro e ele completou: *Já tramita o projeto de lei reconhecendo Nadinho um homem de utilidade pública* –, abaixando a cabeça, acrescentou – *apesar de Clotilde!*

Em outra oportunidade, a caminho do trabalho, parou para ouvir o esforço de um cordelista cego que, sozinho no banco de uma praça pública, declamava cadenciadas rimas. Passado certo tempo, como Nadinho não demonstrava intenção em abandonar o cego, o companheiro o alertou: *Nadinho, olha o horário, tamos atrasados!*

E ele que nunca teve um relógio, atendeu sem ponderar a advertência do companheiro de trabalho, saindo gargalhando e repetindo em voz alta pela rua o cordel, como se fosse familiar tudo o que acabara de ouvir, depois comentou:

– O poeta não muda desde que o tempo é tempo, é a mesma coisa desde que o mundo é mundo, em qualquer lugar, tudo é igual, do começo ao fim, um lugar comum. As únicas coisas que eu acho diferentes entre eles são as mudanças que fazem, trocando as posições das letras no começo, no meio e no fim das palavras! Hááhareeê...

A sua arte sedutora de viver não lhe consentia estar por muito tempo agrilhoado, estático ao lado de uma rocha, como Prometeu. Era um "libertador libertino". As cervejas de Nadinho, ficavam constantemente *penduradas* até que alguém as pagassem. *Se nunca consigo me encontrar com o dinheiro, como posso marcar datas para pagamentos!?* Clotilde se encarregava e gostava desta missão. Ela percorria os bares procurando equilibrar as contas de Nadinho, era possível em algum destes encontrá-lo, ele sorridente obedecia as suas regras rígidas e voltavam abraçados para a casa cumprimentando a todos que encontrassem pela Avenida Peixe.

A casa do IAPI foi comprada com enorme sacrifício, mas ela jurava, cruzando os dedos, conquistar as grandeza da Santa Edwiges e mais astúcia, e assim poder dar um dia uma morada descente para *este nego vagabundo que ela me deu!* – e apontava para o alto. Nadinho, candidamente, sorria diante da pressão dos sonhos da mulher. Vendo a idade presa aos calcanhares, referia-se resignado: *a velhice só me atormenta porque não ando armado*. Ou então: *nunca tive inveja dos que nasceram primeiro que eu, especialmente aqueles apressadinhos que mal chegam ao mundo e já querem voltar*.

Parte III

Roda de prosa
Clotilde – Histórias Paralelas

A vida na casa de Zilda Canhota não era o que eu queria, aliás a vida da chamada *mulher fácil* é difícil e Zilda não se aborreceu, ainda disse: *volte quando quiser.*

Os tempos haviam mudado, estava cada vez mais só nesta cidade, coisa que eu não desejava mais, aceitei viver com Nadinho para ter companhia, a pessoa só é sempre vulnerável, era sabedora disso, portanto, a cada momento, tinha uma estratégia que eu achava segura. Estava acostumada a defender-me com as armas que dispunha., mas naquele dia fui apanhada de surpresa, diferente dos conquistadores de viagem querendo um programa, um momento de prazer, me deparei com um mordaz calculista vingativo, um intransigente inimigo, estrategista.

Eu estava em casa só e o cara entrou trancando a porta sem permitir ação de defesa, andou pela casa, olhou através do ângulo aberto da janela, empurrou-me para o quartinho da menina, olhou o esoterismo presente nos artesanatos e as roupinhas penduradas com pregos nas paredes, as fotos que mostravam a evolução no crescimento dela, aquele minúsculo ambiente abrigava mil segredos; depois voltou todo bronco, com as mãos enfiadas nos bolsos de um casaco desgastado, de tecido grosseiro, contrastando com o quase fumegante calor que fazia entre as quatro paredes.

Imaginei, um ladrão tarado, e tive medo, depois, mais calma, fui ao subterrâneo da memória em busca de recursos e no canto do velho baú, encontrei os ensinamentos da cafetina Zilda Canhota a sedutora.

Zilda dizia para as prostitutas de seu cabaré que sempre havia uma postura sedutora até para um homem endiabrado, em qualquer momento, inclusive contra os tarados agressivos.

– Mas será que tem tarado não agressivos, dona minha tia? – Daguimá. – sorrisos e burburinho.

Pois é, certo que tem sedução para qualquer mutreta: olhar de cascavel, rosto transversal, cenhos contorcidos, dedos acariciando o bico do seio, mesmo estejam caídos, mãos entre as pernas, pés juntinhos roçando as coxas, levantar a saia!

- Êpa, mas não precisa levantar a saia não tia - Daguimá

- Ela quer ser didática, Dag, é aula de sedução, deixa ela - Jornalista

Para Zilda, a lição terminava com a mão em concha e a cabeça em pêndulo: vem!

Risos, fartos risos.

No cabaré, este era o último sinal da sedução, caso o freguês não compreendesse, a noite tava perdida, se atendesse e seguisse doravante tudo era negócio, primeiro se cobra, depois faz-se o que for possível, quando o freguês quer mais do possível, grita-se. - *gargalhadas,*

O teatro da vida me ensinou também cenas de defesa, como usar a faca, facão, porrete espingarda, sopapo, chave de braço e perna e por fim, o punhal!

- Nossa, isso é uma confissão? Jornalista

- Revoltante isso - Rosiclea

- Nojento, revolta, coisa de mulher vulgar - Jornalista

- Esperamos que se acalmem deixe a Clotilde se extravasar sem se intimidar, prossiga Clô! Tuxawá

Na fuga pela imensidão da floresta, não havia regra, ou matava ou morria, nos trilhos pela selva via-se a imagem da morte. Para não apanhar ou não morrer, as mulheres inicialmente sentiam-se forçadas, mas nem sempre precisa dar.

Sei que parece absurdamente vulgar, mas é a realidade, as cantadas vinham de nativos, barqueiros, remadores, capiaus, bolivianos, mamelucos, seringueiros *brabos* da terra. Aqueles seringueiros nojentos, fedorentos a fumaça de borracha, doentes, tísicos e sedentos, tendo que suportar turistas e garimpeiros, donos de barcaças e atravessadores; estes, por ter montanhas de dinheiro, exigiam privilégios.

Fazer o quê, esse o instinto era esquecer que era gente? Embrenhar em fuga nas mais tenebrosas aventuras! Nunca senti paixão pelo dinheiro, mas não gostava de ficar sem ele, nasci em berço dourado, a riqueza do *abuelo* ultrapassava a capacidade de gastar. Tive meus valores, mas não soube administrar tantos conflitos.

- Antes de prosseguir, posso servir o chá? Adail

- Pode Dai, não quero produzir mais emoção, vamos encerrar a seção de hoje.

Cara a cara com Queixão

As poucas informações de fontes seguras que obtivemos sobre Queixão foram verdadeiras extrações, quase todas desencontradas e contraditórias, em algumas, nem mesmo eu posso afirmar que deposito a esperada credibilidade, contudo, meu papel aqui é apenas servir de instrumento narrativo. Estas questões que se referem a credibilidade, deixarei por conta do jurado. Vali-me das folhas de cada caderno rascunhos e atas que me cederam em confidências, construí um laboratório a partir de uma velha prateleira para unificar as informações, depois de filtrá-las construir os blocos, preservando o direito em poder narrar versões diferentes; a umidade e os ratos sempre atrapalhando, algumas merecem risos e outras folclóricas. Entre elas deparamos com coisas cruéis de tamanha maldade que, mesmo arriscando perder em emoção, preferi preservar o direito de narrá-las alternadamente durante os capítulos seguintes.

Certo dia, em uma hora que Nadinho não estava em casa, Queixão entrou. Clotilde quase desmaiou de susto. Determinado, Queixão arrastou uma cadeira e sentou-se pesadamente, próximo a uma janela que abria para o estreito corredor, cujo vão não tinha mais que um metro. O muro de proteção tinha cacos de vidro sobre o topo, aos fundos, arames esticados servindo de varal de roupas e nele penduradas calcinhas de tamanhos variados ali secando.

Como divisória do terreno, outro muro, um portão de fuga, depois, havia outras casas do tipo IAPI, entre o portão e a casa, uma vala de águas pretas onde nuvens cinzas de pernilongos, embriagados com sangue, aguardavam a próxima noitada para fazer festa nas duas casas.

– O que você quer aqui? Vai embora –! (*amedrontada*).

– Tô só querendo conversar –! (*sereno)*.

– Eu não tenho nada para conversar com o senhor nem com ninguém –! (*apavorada)*.

– Senhor, foi o pai de seu finado irmão –! (*cínico*)

Esta informação, logo no início da conversa, veio para ser uma advertência do tipo: *cala a boca que eu sei de tudo* e lhe trouxe mais pavor que a incômoda presença.

– Quem é você? – (*surpresa).*

– Deixa de prosa, (*dissimulado*) isto você já sabe, vamos conversar!

– Vai embora –! (*desesperada*)

– Depois da conversa –! (*resoluto*).

– O que você quer então–? (*hesitante).*

– Fecha a porta –! (*impositivo).*

– Tá louco –!? (*temerosa)* – não vê que todo mundo te viu entrando? (*modificando a voz para o cativante)*

– Fecha as portas, tô mandando –! (*intransigente*).

– Tá bom, vamos combinar (*instável*) outro dia... aliás, pode ser até hoje, (*dissimulada*), mas em outro lugar –! (*reticente).*

– Fecha as portas, porra –! (*plenipotente*).

Som abafado na garganta, Queixão levantou-se da cadeira, olhos vermelhos, determinado, ameaçando com a guarda fechada em posição de ataque.

O vingador

Falemos ainda sobre as contradições que envolvem o estigma Queixão: elas variavam de acordo com as pessoas e com o tempo, hoje me diziam uma coisa, amanhã me diziam outra. Sobre esta implicante questão quero repetir aqui as reflexões que me pareceram viável. Entre seus poucos conhecedores, raros foram aqueles com quem tive livre acesso. Comecemos então, fuxicando contra Queixão.

– Queixão não era tão bom assim, nada! Já se viu quem é mesmo bom de *bola* viver eternamente na dependência de prece de santo?!

– Eu só posso dizer do que ouvi dizer, ou seja, que na cama ou atrás do muro o cara era mesmo uma fera!

– Olha aqui, Queixão era que nem toco de roçado: cheio de mandingagem, mas que só dava fumaça. Ele tinha um osso fino na ponta do queixo e gostava de esfregar aquilo no colo das mulheres. Para algumas, era uma situação incômoda à ponto de criar fortes lesões, para outras, era um delírio sagrado, a coisa – *ai meu Deus* – e assim se completava a maior orgia *na... na... na gente*!

Teve quem afirmasse ser a principal prova de sua fraqueza, pois em vez de ponta de queixo deveria estar movendo a outra ponta.

Diante de tantas controvérsias, seu maior e único amigo me garantiu que o queixo fino e a virilidade eram coisas sérias e verdadeiras nisso consistia sua inimitável habilidade: – *e bem que elas gostavam da brincadeira!* – dizia.

– Não era bem assim, não! – a mesma pessoa em outra oportunidade – Em seu maxilar inferior não havia nenhuma proeminência, era apenas proporcional ao seu gigantismo, ao seu porte atlético... a sua potência é que era infinita...!

– Mentira! – um outro inconformado – Queixão era obeso, desengonçado e lerdo!

Aparentemente, não existia interesse quanto aos esclarecimentos para se chegar à verdade pura e cristalina sobre a constituição física de Queixão. Nunca houve consistência nos desmentidos. Todas as mulheres quando falaram na sua queixada, enrubesceram. Algumas confessavam langorosas recordações; outras, laivos de saudades e pesar, levavam a mão à boca e sorriam pelos cantos.

– São todos uns invejosos! – uma delas desabafou.

Confesso que não me deparei com prova testemunhal digna de minha confiança, por isso, sobre seu queixo, nada pode ser definitivamente comprovada. O mais aceito é que tivesse uma acentuada distensão no maxilar. Se formos, porém, dar crença para suas viúvas, ele deveria ser um sujeito de aparência normalíssima e, esteticamente, até belo.

Em verdade, o que ninguém nega são as diferenciações no tocante a dentição – as opiniões foram unânimes – não houve como sonegar que estas habilidades viessem atingir *ligeiramente* a estética.

Necessário é destacar que as anormalidades em sua dentição não foram tratadas até sua primeira e única passagem por um hospital, isso já na idade adulta, onde ficou registrado no diário do enfermeiro chefe: *Estou impressionado com os galanteios de um indigente e moribundo, sua presença vem causando disputas pelas atenções das enfermeiras. Este paciente, entre várias anomalias, constava excesso de dentes (42). Elas o chamavam de Queixada.*

Essa informação me pareceu segura: ele tinha certamente 42 dentes e nunca concordou com a extração.

O seu amigo, que virou sargento, depois de muito insistir, apresentou-me o traumatismo no polegar, coisa da infância. Certa feita, quando tentou auxiliá-lo na remoção de um caroço de goiaba alojado entre seus dentes travados, Queixão resmungou, resistindo abrir a boca para o amigo. É que com este gesto, no instante havia relembrado a mãe enlaçando os dentes de leite com uma linha que ele arrebentava travando o queixo. Desta vez, de pronto imaginada a cena, travou os dentes sobre os dedos do amigo.

Ainda criança, gostava de comer frutas sem descascar: manga verde com caroço, cana com os gomos e descascava coco. Era chegado em um mocotó de boi, apenas requentado.

Certa feita, foi atacado por um cão furioso açulado por um pai inconformado com os galanteios em torno de sua filha. Conseguiu escapar com ferimentos nas nádegas e na perna. Primeiramente, livrou-se dos ferimentos, depois, pacientemente, para vingar-se, aproximou-se do cão alimentando-o diariamente com nacos de carne apanhado no açougue. Após ganhar a confiança do cão, o incitou contra as nádegas do dono, depois aplicou uma focinheira no traído animal, furioso, atacou-o a marteladas, fraturando-lhe as duas patas e as outras duas dilacerou a dentadas.

O cão não morreu, mas se urinava quando via seu algoz. O dono rebatia as portas da casa e a gurizada o aplaudia, chamando-o de Queixão, o Vingador.

Sobre o mesmo tema, dizem ainda: Queixão tinha o hábito de *queixar* todas as mulheres, isso foi uma das causas que o levou a ser renegado do convento de Aparecida do Norte, abrigo de seus pais, imigrantes italianos – de Predappio – que diziam embaixadores dos camisas negras de Il Duce, Mussolini. Apostava com o colega quem *queixaria* mais noviças. Depois, passou a ter obsessões pelas *queixadas,* de certa forma sutis: as serviçais da limpeza, as fiéis, depois as madres; por fim, deu-se de encontrar regularmente com o Padre Antero Gentilli, um velho pároco de convicções antifascistas que de abusador de meninos passou a ser abusado por um deles, e assim foi até o mais completo enfado; para vê-se livre do tormento do *demoninho Queixão,* pediu transferência para outra paróquia e lá morreu. Coitado! Enorme era seu trauma ao ver um menino de camisa preta entrar pela porta da paróquia.

Após ver-se desolado pela *solidão,* Queixão apostou outras fichas, revoltado andando pelo convento, encontrou-se com o santo bispo da basílica, com um terço entre as mãos. Tossiu, bateu o pé, olhar desavergonhado para o dignitário eclesiástico que, como disse, inocente, sem a mínima maldade, devolveu-lhe um par de sorrisos amplos e uma segunda olhada pela estranheza em ver uma fisionomia ímpar.

Queixão passou a acompanhá-lo e de forma sistemática a imitar os gestos. Onde quer que fosse, lá estava o *satanasinho* de camisa preta, e sua santidade sem nada saber, até gostava da companhia da estranha figura que lhe parecia um anjo inofensivo – apesar das advertências de sua segurança pessoal. Certo dia, porém, ao encontrar sua santidade desprevenido em seu privativo aposento, achando o momento oportuno, preveniu-se para a selvageria. Os olhos masturbados de perversidade, atirou-se devidamente *preparado* ao colo do santo bispo, meteria a mão e arrancaria a batina branca e o estola vermelha, como estava acostumado a fazer com o Padre Antero Gentilli. Imediatamente, a segurança o surpreendeu. Piedoso, o bispo tombado sobre os joelhos, clamando a Padroeira pela remissão dos pecados da inocência. *Que o senhor seja louvado!*

Ridículo foi Queixão, entre os senhorios da igreja, tentando convencê-los que, respeitosamente, ajoelhara ao lado do bispo por desejar ensinar-lhe uma nova prece que aprendera com um santo baiano.

Segundo a versão do Sargento, esta foi a sua última noite na morada fria do convento sombrio do Vale do Paraíba. Foi uma fuga triste que comprometeu a vida de muitos.

Bem curioso, no entanto, é que neste episódio pecaminoso nas ações e pensamentos havia nele muito de esclarecedor, encontramos provas e certeza que a curvatura óssea, logo abaixo da sua boca, era diferenciada, também provamos ser possuidor de instinto selvagem. Era mandão e ágil nas ações. Interessou-nos muito as dimensões da boca semelhante à de um jacaré de médio porte. No episódio da enorme tusga, isto foi o diferencial, teve caprichosa serventia, senão vejamos:

Pelas ruas de aparecida

Enquanto corriam, em fuga, pelas ruas de Aparecida do Norte, tentando escapar da fúria dos fiéis, Queixão autorizou um motorista a apossar-se da mulher do seu companheiro, um arque integralista que trajava camisas verdes, enquanto os dois se acomodavam debaixo da carga de cocos, a menina foi para a boleia. O caminhão fechado com lonas impermeáveis, o calor insuportável, o peso enorme, as câimbras e contraturas musculares impediam até o movimento das pálpebras. As condições de sobrevivência na extremidade dos limites. As dores causavam ambliopia. Inconscientemente, os fugitivos pagavam uma cruel penitência.

Depois de três dias de indizível peleja pela vida, foram despejados em um bar soturno ao lado da Via Dutra.

– Ou paga o resgate, ou eu leilôo esta vagabunda –! dizia o motorista.

– Decerto que Maria do Carmo não era vagabunda, era a líder feminina do partido. Aí eu partir para cima dele enlouquecido, dizendo: eu quero minha Carminha de volta! Nós éramos todos meninos, ela era a mais velha entre os três. Foi o grande amor de minha vida.

O velho Sargento, ainda vestido em uma camisa verde como se o tempo não tivesse passado, contava com sentimentos ressurgidos

– Eu gritei, quase chorando, mas ele era muito sagaz. Olhou para mim e disse:

– Se acalme, e segurando em meus ombros: – se acalme seu merda! – olhando frio –, parece que não é homem. Me dá um tempo que tu vais ter a porra de tua mulherzinha de volta já, já! E eu mal acreditava que o frangote esfacelado iria enfrentar aquela gentalhada ávida por orgia. Apesar de combalido, faminto e demente, disfarçado falando em italiano, resolveu disputá-la com o campeão, em um jogo de vida ou morte, numa mesa de bilhar. Queixão já entrou derrotado, lembro-me como se fosse hoje – dizia saudoso o amigo –. Depois soube com surpresa, na agilidade de um gatuno, a boca delatada como fazem as serpentes, em certeiros e arriscados golpes, acondicionou as bolas dois e treze na garganta.

Foi um horror quando o juiz contou o jogo e constatou a falta das bolas na caçapa. Sumariamente, promoveu a desclassificação do ex-campeão, alegando trapaça e falta de lisura, sem apelo proclamou o frangote esfacelado inconteste vencedor. Depois de muita conversa e ameaças, o caminhão foi devolvido ao dono em troca das passagens dos dois até Salvador. Carminha, acatando ao conselho dos mais velhos partidários, não nos acompanhou, era apenas dois vagabundos a perambular por estradas.

Foi com custo muito alto que o velho Sargento, seu eterno companheiro, deixou escapar estas passagens sombrias, me obrigou a substituir uma fita vermelha que trazia na cabeça. Ele não negava que entre os dois havia segredos insondáveis.

– Para lembrar os tais dias de profundo amargor, Queixão gostava de descascar o coco do mesmo jeito que fazia quando debaixo daquela maldita lona impermeável, isto é, com os dentes. Depois nós dois sorvíamos a água misturada com conhaque, que era a sua bebida preferida e dávamos vivas a Il Duce. Chamávamos a massa do coco de *a hóstia salvadora*. Naqueles tempos –, falava em visível emoção – se não fosse o caminhão de coco não estaria contando esta história para você.

Apesar de manifestar vontade de esconder os segredos perante a melancolia, o velho Sargento narrava tudo como bem queria, sua carranca permanente fechada, tentava imprimir inútil temor. Desse jeito, ele conduzia as coisas, vez ou outra, misturava tempero dosado de humor. Perguntei tudo que pude dentro da restrição do tempo e ele respondeu menos do quanto ele mesmo desejava. Não tenho dúvidas, para ele a despedida foi o melhor momento do encontro. Confirmou ser as façanhas do tempo de sua juventude coisas apenas marcantes, sem alegrias, disse que não tinha arrependimentos, que ainda sentia o sabor amargo e gostoso de escapar do perigo. Quando persisti pra que revelasse certas intimidades, sua ojeriza era clara, ele escarrava, olhava feio e engolia o escarro.

Por não contar com parentes ou amigos chegados que lhe assistisse, aproveitei dos momentos de solidão na enfermaria do hospital para concluir este questionário e assim a participação efetiva do Sargento neste episódio se encerra. Lamentei profundamente não acompanhar seu corpo até o velório. Se não fiz foi por absoluta falta de confiança nas instituições de segurança, se pude manifestar a minha gratidão foi através do mais belo maço de margaridas brancas que pude pagar na floricultura, nele mandei escrever:

Até logo Sargento.

Seguida das iniciais **C A** (cronista anônimo).

Roda de prosa
Histórias paralelas – Infância de Queixão

Mal os italianos iniciaram sua volta da Bahia para Aparecida do Norte, começou a desavença entre a família. A dona Susana disse:

– *Você não vai ficar andando lá drento da basílica com fitas deste Santo baiano atados aos punhos!*

E o menino, zombeteiro, respondeu sorrindo:

– *Oxente, maínha, num se azangue não...*

– *Guarda Domênico, como sta parlando con me questo ragazzo me da fastidio!*

– *Risos... come é Cota , como é mesmo...? – vozes*

– *[Olha só Domênico, como que este piá tá falando cumigo tudo cheio deste sotaque abaianado que me aborrece.] Jornalista*

E ele: – mais num é porreta esta fala maínha? Até a senhora... parece que num me entende mais?

Dizia que a velha faltava comer ele vivo.

– *Não! Eu num quero ouvir nem ver você remedando essas tabalhoisses!*

– *Ô, Maínha, isto é sacanagem, é só uma sacanagenzinha, mais nada, coisa de baiano, sono brave persona – tute bona gente!*

E o pai olhou para o menino já roxo de raiva:

– *Te meto a mão na boca, aí tu aprende como falar com tua... vai aprender quando é mãe e quando é maínha, e sabe de uma – o pai falou irado – tira logo a merda destas fitinhas, isto é coisa de baiano. Coisa de fresco... de viado... vamos, tira logo que tô mandando..!*

– *Porra, meu rei...!*

– *O quê? O que você disse...? Taí, virando um cafajeste!*

A mãe completou ao mesmo tempo avançou na mão do menino, antes de dar por si, a fitinha do Senhor do Bonfim já estava no meio do asfalto, atirado pela janela do ônibus.

– *Porra, porra, porra... isto foi a simpatia que o padre me ensinou, agora a porra não vai dar certo... porra, porra, porra e...*

– Que simpatia foi esta que aquele feiticeiro te ensinou, minino?

– Hum... hum..., pois eu quero ver quem vai tirar a porra que foi amarrado no... no...

Risos e mais risos...

– No... o quê, minino? O pai bradava assustado pelas mudanças na devoção do menino.

– Pois eu quero é ver quem vem tirar ela daqui... – e apontou para braguilha.

– Risos incontidos

Ele tinha duas fitinhas, uma enrolada no saco, outra no pinto, já despontando alguns pelos pubianos.

– Neste momento, mesmo dentro do ônibus, ele contava que o pai sacou de uma da arreata de couro e deu-lhe enorme sova – Cota

– Mais parecendo maldição, por ser comprovadamente depravado e desde pequeno, dependente de várias mulheres esta invenção de Queixão virou crença, dia desse minha dentista veio toda cheia de dedos pedindo se eu sabia a Prece de Queixão – Daguimá.

– E tu disse o que, Dag – Enedina

– Mandei ela toma no Kraus – risos.

Ele dizia que foi para se ver livre de tanto aporrinhamento e tanto rogo, que o Santo lhe concedeu este privilégio, exigindo, como penitência, sua presença na ladeira sagrada a cada domingo, e ele teria dito: *Isto é sacanagem, Santo, onde já se viu Queixão dia de domingo nesta...*e conseguiu mudar a data da penitência para sexta-feira – Cota

Neste caso, o Santo dissera: *terás de subir a Colina devidamente acompanhado, ou seja, munido das devidas provas de tua carência*! E ameaçou: a bênção seria cancelada caso desobedeça certas condicionais: depois de duas ausências consecutivas, ou após a primeira exposição em público do órgão mutilado pela Santa – *Daguimá.*

– Tinha outra condicionante: se as fêmeas reclamassem de falta de assistência do malandro – Cota

– Se houvesse leviandade, etc –. Jornalista.

– Não podia também expor o órgão em público – Daguimá

Esta charada matamos com a ajuda de uma beata especialista em milagres e devota do dito Santo, segundo ela:

– Aí qualquer santa quereria fazer o mesmo com os comedores de beatas. Cota

Muitos risos.

Roda de prosa Enedina sobre Queixão

Clô, no instante em que Queixão te surpreendeu dentro de casa, numa hora que tu nunca esperava, foram momentos difíceis, eu sei, pois ele mesmo contava isso sorrindo se vangloriando como herói. Ele dizia que te deixou completamente pelada com a bunda para a rua, aliás, tu começou a contar esta história e não teve coragem de terminar, não foi?

– Sim, Dina, tu é quem tem coragem para falar disso... parece-me um escárnio, mas tu deves sentir-se satisfeita, pois, vamos lá, compartilhar com estas mulheres sofridas como eu, e pior, a maioria com histórias que se cruzam, prova que somos vítimas das mesmas feras.

– Oh, Clô, quem teria satisfação em uma miséria dessa? Se não me engana foi Daguimá quem te salvou da mais terrível e humilhante enrascada, não foi? Conta aí!

– Conta também o que tu sabes, para ver se a história se cruza! Hoje não estou muito boa, amanheci tristonha, solidão é uma doença!

– *Clô, fica triste assim não...! – Júlia.*

– Eu já esqueci muita coisa, mas é melhor você mesma falar – *Enedina.*

– Então vamos lá. Tomo isto como um sono de toda as minhas tristes noites, talvez o momento mais difícil de acordar sem querer lembrar do pesadelo.

– Você pensava ser um ladrão, não foi? – *Enedina*

– Este foi meu erro, a porta aberta e eu desarmada, quando percebi ele já estava na sala, sentou e começou a falar, remexer coisa do passado, me fez lembrar, e eu o reconheci, não me restaram mais dúvidas ser o mesmo frangote querendo cantar de galo. Através da sedução, tentei acalmar seu apetite, certamente ele me desafiava cobrando dívidas antigas. Pensei: será que já cresceu aquela coisitica miúdisquita, sem graça, que carregava entre as pernas?

Risos e sorriam muito.

– Adail não se alegrou com esta zombaria de vocês, viu gente – *Ruth.*

– Brinquei com a sorte, subestimei o poder de fogo do vagabundo quando pensei: *a vingança é a obsessão dos traídos, aperfeiçoada pelos desocupados.*

– Clô, deixa te falar: Queixão seguia os teus passos até onde não deveria ir. Ele dizia assim: *a vagabunda tava convencida que seu rebolado iria me provocar, mas eu queria era humilhar ela como ela fez comigo, ela foi se despindo lentamente, imaginando estar sendo cobiçada pelo olhar de um malandro, mas nada disse, mostrava as pernas de um lado e do outro, esperava me provocar até que eu a agarrasse; acariciou o corpo, enquanto eu olhava sem vontade, o que eu via era flacidez do tempo a cicatriz da mordida da cobra.* – e ele dava mil gargalhadas.

– Mas como, ele sabia da mordida da cobra?

– Ora, Queixão era uma peste, sabia coisa que nem o diabo sabia. Esta ação indispensável de sua estratégia virou motivos de muitas gargalhadas, ele contava satisfeito dizendo conhecer até tua marca registrada.

– Miserável, canalha, eu não sabia que tu também sabia tanto...

– Clô...clô... peraí, a madrinha quer falar!

– Fala minha Tuxawa a palavra é tua!

– Queria somente advertir que *o agressor sabe que a função desprezo se bem demonstrada é de efeito rápido, fulminante e duradouro, isso infunde o temor permanente deixando sequelas na vítima que facilitará as futuras ações.*

– É verdade madrinha! *Ruth*

– Não tenho dúvidas, madrinha! *Rosiclea*

– Que fala segura tia Naninha! *Tamykuyê*

– Vamos, prossigam com a narrativa! *Naninha*

– Sabe *mininas*, ele era uma peste, naquele momento agia como gato caçador acuando o ratinho, manipulando para lá e para cá, e depois, desprezá-lo. Queixão nunca aceitou um desprezo sem o merecido revés. Agiu assim com todas nós, não é verdade meninas? Ele dizia que nunca esqueceu o dissabor de um fora que recebeu quando menino de uma rapariga na casa de uma cafetina, e este tinha sido um dos casos dos quais não se havia vingado por completo! *Enedina*

– Ele falava isso aí todo dia, e eu nem ligava mais, aliás me aborrecia!– *Júlia*

– Taí, foi por isso que ele me bateu, *Daguimá*:

– Te bateu, filha? Não sabia! *Júlia*

– Queixão foi contar isso pra mim e eu disse que não queria saber... Daguimá

– Estava na hora de ir à forra, viu Clotilde?! Ele dizia: *será que aquela puta pensava que iria conservar a juventude eternamente?* Ele nunca esqueceu, quando eu me aborrecia desta lengalenga, ele dizia: *Por sorte, algum – as putas depois de velhas, arranjam um pião otário para fazer dele previdência social!* – Aidil

– Pois é, veja o que um sujeito imprestável pode fazer com tantas mulheres e depois sair por aí se vangloriando!

– É por isso que em nossas rodas de prosa não se deve reprimir a ninguém, especialmente as heroinas – *Jornalista*

Tortura nunca mais

A vítima sem roupa, abaixou-se para deitar sobre o lençol na cama de Nadinho, não como uma alegre prostituída, uma negociante do corpo, mas fingida na alma e no espírito, a estuprada que desgraçadamente acompanha ao estuprador nos seus gestos, e até afeiçoa-se ao caçador, ao laçador, ao violentador, para juntos construírem a família que nega a origem. Nesses termos, a razão desaparece e constitui-se na mais infame das miseráveis: depois de violentada, através do silêncio, trai a si mesma.

Clotilde sufocada, premeditava poder trair os dois de uma só vez.

Queixão, sisudo, desabotoou o casaco, puxou um banco velho de vime e sentou-se ao lado do leito do pecado, cruzando as pernas sem contemplar sequer a cena de um vício fatigante, iniciou, com ar de desdém outra conversa. Nem deu o direito para Clotilde ver-se contemplada pelos olhares da malícia. Com as mãos brutas, Queixão apanhou o vestido já fora do corpo fez bolota arremessando aos insultos e desprezo em outra direção, voz alterada:

– Levanta piranha, vagabunda!

Ao sentir-se desprezada, não teve outra ação senão a da besta solta, poupada do sacrifício. Clotilde avançou nua e envergonhada com o olhar turvo por toda a extensão do leito tentando alcançar a roupa que esperava estar, como trapos, ao chão, longe dos pés da cama, junto à porta trancafiada pelas enfeitiçadas mãos do bruxo satânico. Neste instante, ele detinha as chaves de saída de sua vida, descobriu-se presa do inferno, sua vida estava transformada nos aposentos de Nadinho.

Queixão, em atitude dominadora, obrigou Clotilde a ajoelhar-se a seus pés como uma cadela domada.

Expressava na face tosca gestos rudes, semelhantes aos que domam as bestas encurraladas ao prado. Agarrou-a pelos cabelos, puxou-a, subjugando sob as pernas musculosas, pisou como se pisa em uma serpente venenosa, mas temia:

– Se eu soltar, ela ataca – ele temia.

– Se eu reagir ele esmaga – ela temia.

Não faltou humilhação, nem temor a ser manifestado, ainda lhe subjugou retirando com as suas mãos as vestes que obrigava a vestir e desvestir... vestir e desvestir... vestir e desvestir. Finalmente, deixou o corpo angustiado e nu. Narrou-lhe à mingua, em raros detalhes, tudo o que interessava para aquele momento, o que ela ainda não sabia sobre a vida do espanhol e de Zilda Canhota, depois falou de Júlia e sinhá Juliana, sua velha mãe, de Nadinho e por fim de Daguimá.

Detalhou sobre a carroça quebrada, a velha, detalhou as relações que levaram Júlia a gravidez até o instante do nascimento de Daguimá, a culpa da velha índia sem noção, o peixe como símbolo atirado no quintal.

Além do passado, advertiu sobre a tragédia que lhe aguardava no futuro. Ameaçou Clotilde com mais castigo caso não guardasse seus poucos mandamentos e reiniciou outra narrativa árida:

– É preciso uma correção!

Falava, aparentemente calmo, enquanto ela acocorada a seus pés como a fera submetida, devastada nos sentimentos.

– Júlia me foi arrancada dos braços ainda virgem – continuou –. Ela sim, foi e será a minha predileta. Clotilde transpirava de indignação –. Toda a minha revolta tem início no dia em que este infeliz – e apontou para um quadro que portava o retrato de Nadinho, de uniforme branco com um cravo vermelho na lapela na avenida, à frente do bloco dos **Negos Pretos** – ousou invadir meu espaço. A senhora foi e é a única razão de eu ter poupado a vida deste maldito cafajeste – irado, aponta o cano da arma para a foto. Aliás, os evangelhos não condenam às chamas, o pecador que mata um traidor, mas como sempre vivi dentro dos princípios cristãos... tenho orações que até o santo cardeal deseja saber...!

Clotilde curvada tremia sem poder controlar os joelhos, os cotovelos e o ódio. O receio instantâneo da morte era pela incerteza de não poder voltar à vida e vingar-se da estupidez humana maior que a sua. Um enorme peso recaía sobre o seu dorso, suspirou e clamou determinada: imundo fascista! Hás de pagar com sobras! **Tortura nunca mais, nunca mais, nunca...!**

Declaração de guerra

Tudo é fruto das inigualáveis aventuras. Entre as inglórias lembrou-se do velho seringueiro que a queria prisioneira, mas lembrou também do guerreiro da aldeia que conhecia todos os atalhos da floresta, que lhe dera um diamante para depois expulsá-la a fim de continuar livre. Lembrou do comandante Jacob Willekens, aquele foi o mais perfeito e certeiro golpe de defesa depois do velho da floresta.

Após ser torturada até o completo esgotamento físico, a raiva lhe alimentara o espírito, dois dias pediu para recobrar a lembrança e construir o roteiro até chegar na aldeia dos diamantes, reconstruía o roteiro pelos rios e igarapés, era um desenho artístico, o comandante acompanhando de perto a evolução até que um espinho furou-lhe o dedo e ela gentilmente sacou de uma agulha e um pequeno punhal para extirpar o espinho. Foi o momento fatal, mais um corpo envenenado.

Pronto. Clotilde com o dinheiro do navegador, alugou um barco em direção a Belém depois Brasília e nas boleias de caminhões retornou para a casa de seu *Abuelo*.

Grande foi a sua vontade de acordar viva para ver Queixão inerte sobre o seu corpo maltrapilho, como o navegador. Um pesadelo. Sentia-se, ainda, como se estivesse embaixo dos pés imundos do opressor. Enquanto permaneceu subjugada, perdeu, por certo tempo, a noção da vida, mas aos poucos recuperou o fôlego e abriu os olhos para reaver o inferno que agora estava mudo e silencioso: todas as portas foram abertas, deixadas escancaradas, para quem passar ver, ver sua desprezada nudez. E assim foi vista, até que Daguimá entrou assustada em casa e fechou a porta após si, trancando-a convicta estar em companhia de uma louca.

Clotilde nunca soube ao certo quanto tempo ficou acocorada. O seu corpo estava gelado. Respirou fundo e teve certeza da vida, olhou e distinguiu as cores das nuvens, o céu que ainda estava lá em cima, por sorte o sol não se pôs para sempre. Depois de vestir-se, achou mais utilidade para a vida, então jurou não mais se atemorizar perante a infâmia.

Com todo rancor, jurou a mais completas das juras: fazer a devida vingança. Unilateralmente, declarou guerra a todos. Doravante, todos são inimigos declarados ou ocultos – falou alterada. Agora é só questão de juntar as armas – disse decidida para si mesma. E Daguimá somente a contemplava.

Até aquele instante, ela achava que sabia o suficiente para julgar Daguimá como uma menina pobre e infeliz, de destino triste. Por muito tempo, sabia apenas que alguém a pôs na sua porta numa madrugada conturbada de verão, mas intensamente quis saber dos objetivos: porque me entregaram este fardo – pensava – é certo que eu seria a pessoa menos indicada para amar uma desvalida, talvez o castigo de vovó.

Conhecendo o meu passado, talvez um santo queira ajudar na purgação dos meus pecados – cismava.

Sobre a existência da mãe da menina, tinha plena convicção, mas nunca importou conhecer seu nome, muito menos ver a face, apesar de saber que vivia pela periferia, melhor, nos Alagados. Da paternidade, até o fatídico encontro com o maldito Queixão nada sabia, absolutamente nada, aliás pensava – nem o pai saberia que era pai de uma coisa abandonada. Não era propósito arrepender-se de ter pecado por omissão. Lembrou-se do punhal e do velho seringueiro que dizia: *cuidado com a floresta, dentro dela tem bicho que é capaz de camuflar tão bem que nem seus donos se livram das armadilhas fatais.*

Lei da selva

Buscando chão para firmar os pés, em estado de êxtase, qualquer apelo lhe parecia inútil. Lembrou das inúmeras seduções em tempos bárbaros. Viajava poucas vezes só e muitas mal acompanhada por caminhos de alto risco, alguns onde ninguém jamais cruzará. As investidas foram várias, de ambos os lados. Sofreu assédio e assediou, algumas com agressão em outra teve até prazeres, muitas foram as vezes que viu-se encurralada, quando sem ter para quem apelar defendeu-se com a arma que dispunha. Em momento, precisou enfrentar sem permitir apelação ao agressor. Em uma dessas façanhas, logrou-se milagrosamente com vida. Estava solta em Rondônia, enjoou-se de atirar e ver atirar na cabeça de jacarés, embrenhou-se para escapar em fuga pela mata das garras dos tarados caçadores. Na fuga, procurou abrigo na cabana de um velho seringueiro *advena*. Solitário migrante nordestino que a febre amarela o havia poupado da impiedosa morte. Vivia como um ermitão, sem fé, nas sombras da selva, separado da civilização, sem esperança de retornar a ela, se é que sua origem podia ser chamada de civilizado. Por certo tempo, enganou o triste velho dizendo-lhe ser sua filha e ele a aceitou tratando-a como se fosse a herdeira afortunada de tantos pés de seringais da floresta que a envolvia.

– Daqui pra frente, do Guajará-açu até o Guaporé, do Urupá até Piruna é tudo nosso, filha.

E ela o iludia:

– *Cum tanto riacho aqui, pai, cumé qiu vô tê sodade do Ciará?*

– Isto só pode ser milagre, *mia fia*, a bondade de meu Padim Ciço. Onde já se viu, tu chegar aqui boazinha feito uma *disgrama*? Ainda escapada de jacaré!?

Há anos não via a filha, deixara magrinha durante a seca no Ceará, e agora estava ali para seu espanto, bonita e cheia de vida.

– Égua! Tu era tão franzina e agora parece uma paca de pele *ruzia*!

Passado o enfado, Clotilde foi despertando na fera o instinto animal.

Às tardes, ela tomava banho despida, trepava em árvores e delas, como um martim pescador, de pernas abertas, *espirocava*-se nua no igarapé. Mesmo olhando de baixo, nem por isso o velho teve culpa. Clotilde foi quem se aproveitou, fazendo-se de isca. Queria complementar a mais sórdida das aventuras, aquilo que nem uma aventureira teve *raça* de praticar.

Seria uma medida das mais radicais, extremamente radicaloide. Clotilde era radical, radical como o *abuelo*, radicaloide como os malucos de Arembepe, radicalíssima como ela só. Achava na aventura o gosto do sobrenatural. Ela pensou um dia em fazer um Getsêmane só para ver como sofre um cara solitário em seu território tomado pelo diabo, abandonado pelo pai, da piedosa mãe, dos amigos covardes, até dos seguidores.

Este gosto não se acha à disposição das pessoas normais, Clotilde não se achava normal, as pessoas normais são facilmente submissas a caprichos dos radicais, só os radicais conseguem seguidores radicais *ad hominem*.

Sobre as copas das árvores, ela olhava para o velho se retorcendo, quando não aguentava de tanta ereção, as dores características no escroto, ele corria para trás dos arbustos salivando e ejaculava como um desvairado, mesmo assim ele não a atacou.

Foi ela, com a artimanha do trem de chifre, que certo dia, ficando até altas horas desperta na escuridão, fingindo-se tremer de frio, foi até seu gabinete feito de paus roliços e pediu que ele a aquecesse, que a esfregasse, que encostasse seu corpo com força no corpo dela. E o velho foi sentindo um fogo, um calor extremo, um tremor insuportável até esticar toda a pele muchibenta.

Quando o velho se banhava, ficava pelado, era um homem. Só virava bicho quando punha a roupa remendada com fibras da floresta. Enrolava o fumo na palha, atava na cintura uma faca de cindir a seringueira e um facão terçado que decepavam até cabelo na barba de lontra. Um rifle de mira, um capacete apodrecido e um minúsculo punhal de bolso que dele não se separava.

A partir do dia em que o velho melou o aipim na tigela quente, quase morreu de prazer e a proibiu de chamá-lo de pai. Ela deu-se por satisfeita da aventura e pensou que o velho também se dera, mas enganou-se, ele queria mais, só mais uma vez. E ela se deu, deu-se de má vontade, mas deu. Era a contrapartida do que fizera, quando a vontade era só dela. Depois, o velho queria mais uma *aventurinha* e mais uma... só mais *uminha*. Ele só falava agora na tal *aventurinha,* como ela ensinara.

Já não amolava tanto o seu terçado, nem a faca Jebong. Raramente ia para o seringal, não defumava mais a *pela*, quando o fazia, apressava-se em tomar o banho diário no igarapé para não ter cheiro de fumaça, voltava correndo querendo mais e mais *aventurinhas*.

Dias depois, na entrada do igarapé, a barcaça deu um apito de agouro. Era o sinal que estava chegando. Vinha apenas uma vez por ano para recolher bolas defumadas da *pela* em troca deixava munição, roupa e sal, cachaça e fumo de corda como pagamento por tudo o que o nordestino solitário, com esforço de um ano, acumulava em sua cabana de prisioneiro do seu próprio eldorado.

Ao sinal da barcaça, antes de Clotilde despertar, o velho a arrastou pela mata densa. Não pretendia por nada perder a doce diabinha que lhe fazia companhia. Sagaz em seu plano, preferiu escondê-la distante, na floresta, seu pescoço atado em cipó trançado. Por uma semana ela permaneceu exposta a todo o perigo da selva. Foi salva atribuindo às preces de fé em Santa Edwiges.

Com o sinal de partida, pela correnteza, Clotilde sentiu alivio no purgatório. Pensou em não se entregar, mas sem força nem armas, viver seria sua maior vitória buscando refúgio no pensamento.

– Isto se faz é com bichinhos para iscar pintada, viu seu bobo *véio*, eu nunca vou te deixar. Balbuciou poucas palavras cheias de amarguras sem aparências de ressentimentos. Enquanto regressava traçava o segundo plano de enganação.

– Tá doida! Será que tu num sente que tudo nesta floresta foi feito só pra nóis dois? Que num vivo mais sem tu?

O velho resmungava com certo ardor, candura arrependimento e até pena.

A ordem é dos homens, mas a lei é da selva e nela só fica vivo quem a selva quiser. Depois de solta do cipó, alimentou-se como pode, recobrou as forças e consolidou no pensamento uma ampla revolucionária ação. Deixou atrás de si um rio de sangue humano.

Por interesse veio a decisão de ficar mansa, demonstrou também candura, seduziu o velho seringueiro para uma *aventurinha maior,* continuando sem roupas pelas tardes abafada do igarapé. Depois do banho ela não se vestia mais. Ele queria de todos os modos na solta, de forma selvagem e ela então falava em fazer amor. Na primeira posição, ela ficava com as mãos no chão e ele o cavalo, depois em cima e ele rolando como serpente na areia; de cabeça para baixo plantando bananeira; o giro da bailarina que ele repetiu até aprender. Escolheu o poço mais profundo para brincar de baleia assassina. Mamãe sacode. Cascavel maldito e touro na arena. Ele se deleitava com tudo quanto ela ensinava. Entretanto, quando Clotilde ameaçou parar, o velho a obrigou brincar de vaquejada. A vaca deveria correr pelo campo enquanto o vaqueiro a arrastaria pelo rabo.

Por fim, exigiu brincar de jumento no roçado e pau de arara; para não ser pai de um filho que seria seu neto a obrigou tomar chá de *Manaká* ki planta capaz que deixam as mulheres estéril.

As mesmas atividades iniciadas pela manhã prosseguiam à tarde já bêbado o velho nordestino não dava sinal de canseira. Durante a noite Clotilde ainda tentou suportar a fim de levá-lo a exaustão, sentiu, porém, haver chegado a seu limite, desacoroçoada, ela é que estava exausta sob movimentos intermitentes, como a correnteza do igarapé.

Ela dormiu enojada pela melança de um molambo velho verminoso, boca sem dente, fétida de verme e de mascar fumo, as pelancas tornava seu corpo gelado, uma coisa para se fazer no escuro, sem olhar, apesar de poder ser somente assim, imaginava estar sendo abraçada por um cadáver.

O velho mantinha-se resistente tal qual a faca de perfuração, uma máquina humana em atividade extrema. Seus músculos submetidos a alto grau de atividade parecer não ceder, as unhas sujas de borracha.

Clotilde pode como sutil esforço por a mão no punhal e feriu-lhe a unha levemente e o coração dele parou instantaneamente.

Ante o sufocante despertar do dia pelo eco da selva, viu-se sufocada debaixo de um corpo inerte. A mais cruel das sensações de pesadelo, o calor que contrasta a vida lhe pôs diante da certeza de ter sobre o seu corpo um cadáver teso e enregelado. O pavor subiu ao cume, músculos tesos multiplicando-se buscando fração de força. À custa dos mais pavorosos e inúteis gritos, retirou os braços que lhe atracavam o corpo parecendo cipó adormecido, uma parte considerável ainda que fria, permanecia estranhamente rígida, atormentando-lhe o ventre, uma fresta de sangue escura escorria de da unha ferida.

O diabo na aldeia

O corpo do velho inerte, uma sacola de palha, uma faca Jebong afiada, um terçado na cintura e um punhal mortífero, foi tudo que Clotilde herdou; como barreira natural a selva, como instrumento de fuga uma tosca jangada. Enojada de quase tudo na vida, resolveu buscar nalguma aldeia o convívio salutar, lá pintaria o corpo para não precisar de roupas nem dinheiro. Pensou, em chegando, ser recebida com festa. Acomodar-se-ia por ali, uma rede bastava, tocaria sua flauta de bambu encantaria até o pajé, um mundo de paz até que o destino permitisse ou o diabo desse mais uma ordem de despejo.

Depois da chegada deveria ou não –, teve dúvidas – tentar botar em prática o que seria o maior dos seus castelos? Iria aprender com os índios todas as artes, os engenhos da selva, uniria ao conhecimento da mágica, arte que iniciara com tio Pescara, a magia, a suprema ciência do espírito aventureiro, ou daqueles que ainda não se corromperam. Destarte, esta sim poderia ser a maior entre as aventuras. Serei – explorando o cérebro sem lanterna – a grande, a mais significante, a divindade, a curandeira que todos reverenciarão. Todos os povos têm totem, um deus, um hierofante, seu iluminado, seu pajé, a sacerdotisa, o mito, o encantado.

Foi recebida na aldeia com desconfiança, exigiu que pintassem o seu corpo, fez sumir o pincel e a tinta para depois reaparecerem transformados em cobra colorida, transformou uma fita em minhoca, engoliu um tição de fogo. Armou uma rede sem corda nem forquilhas, tudo corria como planejara.

O Pajé, que a mirava sem surpresa, depois de transformar sua borduna em uma anta, mandou que a levasse para dormir numa rede em lugar estratégico e que lá a deixasse descansar; depois, sem uma só palavra, Clotilde foi despertada e tomada pela mão por uma figura telúrica, troncudo e ágil nas ações, perspicaz, atilado, sempre pronto a ação e de poucos dizeres.

Tinha a fronte espelhada e os olhos oblíquos, cabelos pretos escorridos na testa, pés largos adaptados às contingências de seu mundo, olhar amplo e sentido aguçado. Conhecia os mais sutis sinais da floresta e os caminhos mais seguros. Andava, corria, remava e descansava, defendia e atacava. Ele foi seu guia e nele ela confiava.

Andaram duas grandes luas pelas águas, florestas e pântanos, apesar da falta de roupas não foi observada, molestada, acariciada, até o momento em que chegou ao porto onde um branco se encarregou de separar os dois.

A selva pune sem clemência a todos que por ela se arriscam. A aldeia estava salva de Clotilde e a mesma salva da floresta. Clotilde não era natureza, por isso, ambas não se pertenciam. A invasão cultural era uma rapinagem epidêmica e contaminava a tribo, como organismo vivo, o corpo estranho foi identificado e deposto, rejeitado pela selva.

– Quem dela se servir morrerá sufocado, sem ar!

Para não ver seu povo contaminado, o Pajé do povo soube isolar o mal a tempo. Clotilde era o câncer que a magia no saber ancestral recomendou extirpar ainda precoce.

Civilizatória selvageria

Para os padrões civilizados ele estava seminu, para o guerreiro, seu traje era composto e belo. Resumia-se em uma tanga na cintura, na cabeça, um cocar de penas coloridas, no pescoço um colar de conchas e um dente da sua maior caça como amuleto. Forçado pela missão era também um exilado no subterrâneo da civilização que o discriminava, obrigando calar-se, obedecer.

Apesar de visitante, o índio não aceitava o cortejo dos visitados. Rejeitava as normas da cidade grande: não atribuía para as coisas os mesmos valores, não reconhecia a soberania da moeda nem a exatidão dos números, não aceitava a restrição de acesso e não quantificava a hierarquia das necessidades, sua vida era natureza e natureza era tudo. Achava cruel a falta de liberdade de ir e vir; a constância do barulho lhe incomodava, todos pareciam doentes, tudo cheira mal, o céu não tinha estrelas, até as águas eram ruins por estarem prezas. Após cumprir a missão, precisava embarcar em um navio que lhe facilitasse o retorno, mas lhe exigiam o que ele não tinha para dar.

Por índole resistia ao mando, seu corpo resistia a escravidão do espírito, aprendera a conviver no domínio do espírito maior, na floresta, na oka dos filhos do grande espírito.

Caçador e guerreiro, era um ser curioso, imaginou alcançar a barriga do barco assim que esse se movesse. Mergulharia com rapidez até travar as mãos seguras sobre o cepo da grande ygara. Em silêncio no esconderijo, podia ver a todos, mas não era visto; os passageiros andavam como formigas na barriga da embarcação, uns balançando sobre as redes penduradas nos salões, outros atirados nos porões sem ar, misturados entre as cargas. Reconhecia as cores da embarcação, estava certo que ela estava pronta para seguir viagem na direção do alto Solimões.

O guerreiro condicionado pelas tensões, era o mais experiente da tribo para ação de alto grau de risco, o sentimento de medo não lhe abalava, seu destino era o mesmo do seu povo, um destino autoritário, cruel. Fracassar na missão que os velhos lhe confiaram seria por em perigo não apenas a quietude da aldeia, mas a sua soberania.

Enquanto aguardava a partida havia se tornado prisioneiro entre os destroços de uma embarcação avariada no porto, nem a modorra vencia sua atenção, apesar do cansaço mantinha-se alerta como um sentinela. Ele mesmo era sua própria e única segurança, desinteressado contemplava à distância o burburinho das raparigas no cais.

A agitação dizia que a embarcação estava pronta para zarpar; no costado, do lado oposto pendia uma escada móvel usada em inspeção rotineira, quando o navio partisse certamente ela seria recolhida. Olhar preso, fôlego retido, coração alerta guiado por forças mágicas, pelo jeito do olhar seria através de seus degraus que chegaria até a barriga da casa flutuante.

Bandeira hasteada tremulando no mastro, o último marinheiro embarca em salto pela proa, a rampa de acesso é recolhida, todas as amarras estão soltas, descola-se a âncora do fundo, soa o apito, o capitão manda a manobra, ordena que se mova e começa a marcha pelo rio em cheia.

Se o início é temeroso, incerta é a chegada, as longas viagens pelas estradas líquidas do Amazônia são tão estreitas como o caminho para o céu, sabedores disso, alguns contritos se apegavam a Deus, os irreverentes assobiavam.

O guerreiro, tal qual um pássaro mergulhão, de cabeça atirou-se nas águas, braçadas curvas furando a imensidão líquida. Fôlego de sobra, sentido aguçado e direção precisa para conquistar o primeiro degrau da escada antes que ela fosse recolhida. Força não lhe faltava para atingir o objetivo, sem a escada não seria possível chegar aos compartimentos de cargas nem conseguir um lugar seguro nos porões.

Vencido o trajeto, a cabeça soçobrou no topo das águas. Confiante, rapidamente galgou os degraus e pela escotilha escorregou para dentro da barriga flutuante.

Sorrateiramente acomodou-se debaixo da uma rede e sobre ela uma jovem freira recém-chegada da Califórnia, ela trazia como maior sonho estar ao lado de uma alma indígena no altar das selvas. A irmã ainda se acomodava, enquanto buscava com os dedos soltos, o terço caído no assoalho, o erro do destino guiou sua mão para um corpo úmido, e ela admirou-se ao ver que ali estava um nativo tão natural como ela sempre sonhara. Molhado, ainda ofegante, não se moveu sob a rede da religiosa. Ela sorriu achando ser a graça divina, certa das benevolências, insistiu para que os dedos roçassem o rosto de tão encantada criatura.

Tudo acontecia assim como sonhara ainda na mansão enfeitada da Califórnia. A freira não se negou aos desejos e rolou para junto do índio assustado e nu. Prostrada lhe acariciava o corpo sem ocultar a emoção. Eis que a beata, sua intérprete e ajudante de ordens ao ver tal quadro surreal elevou as mãos aos olhos, enorme alarido, duvidava de si mesma: sua superiora, freira estadunidense acariciando o troço nu de um índio brabo: mal aportara e já naquela *senvergonharia*, esta enganadora ainda diz-se freira, acocorada com um selvagem debaixo de sua própria rede.

A notícia rendeu tanto quanto poeira em ventania, a curiosidade virou festim.

– Vejam, tem uma freira nua deitada com um índio na rede!

– Olhem, a rede da freira tinha um índio dentro!

– Na rede o índio... a freira nua... o índio comeu... a freira que deitou...nua...nu...nus..!?

E todos do barco corriam para ver a freira nua com o índio pelado na rede. O cerco crescia, fleches e luzes, fotos e câmaras surgiram, a turba delirando, até que o responsável pela segurança deu ordens severas para dispersar a multidão nem que seja aos empurrões. Seu olhar ameaçava com a arma engatilhada aproximando-se, ar severo.

– Eu vi tudinho vovó – dizia o menino safado.

– É, o mundo está perdido, não se poupa nem o olhar inocente das crianças-lamentou a velhinha operada.

– Até os brutos se espantam ante a realidade da vida – proclamou o pastor.

– Inacreditável esta pouca vergonha no meu barco.

Exclamou sisudo o poderoso segurança de posse da reluzente arma.

Ágil, assim como penetrou, o índio livrou-se dos braços que lhe causavam embaraços e atirou-se, retornando de onde viera, ao leito do rio-mar que o arrastou sem rumo, enquanto a freira morta de paixão e dó ameaçava fazer o mesmo.

A escada foi recolhida aos golpes para o alto do navio que se distanciava do cais.

Sacrilégio

Atônito o indígena evitou abrigar-se em barcos atracados, apesar de saber que não venceria a imensidão das águas no braço, desviou da boia e do colete que atiraram.

Além de um milagre, que outra maneira havia para salvar-lhe a vida? Seus sentidos lhes diziam que ele seria hostilizado em qualquer uma daquelas canoas gigantes, para ele o melhor seria incorporar-se entre as águas reluzentes.

Não muito distante dali estava atracado o luxuoso barco "Coração de Onça", no convés, Clotilde se deleitava nos braços de Jacob Willekes um capitão holandês robusto de cabeleira assanhada, seu construtor e comandante. Sorrateiramente ela acompanhava a movimentação do bravo índio diante de tamanho embate, só a mata lhe seria segura.

Lamentava o fracasso do seu plano para viver na aldeia, apesar de tudo ele lhe fora carinhoso, salvara a sua vida, lhe dera um grande presente. Passiva, estava preocupada com seu próprio destino e nada pretendia fazer pelo desterrado moribundo, além de lhe desejar sorte nas águas. Ela também já lutara contra as forças das mesmas águas e vencera. Sem demonstrar compaixão, olhar fixo, Clotilde manteve o semblante inalterado na sua forma fria de lidar com a vida alheia.

Sem esboçar reação, sentia o sexo do comandante a roçar seu corpo exposto quase nu, as mãos carnosas lhe afagavam o colo, a fala, antes delicada, modificando para a dramaticidade, o capitão procurava persuadir Clotilde sobre a origem de uma enorme pedra bruta de diamante pendida entre os seios, a corrente tosca que a continha, diminuía a estética da pedra, mas não seu valor. A história do índio que ela contara não convencera por completo o sagaz Willekes, e lhe infernizava a mente querendo descobrir o paradeiro do índio fugitivo que conhecia o caminho dos diamantes.

A voz do comandante às vezes repetia juramentos falsos acompanhados de beijos estratégicos, às vezes, semblante transformado, a ameaçava com prisão, aumento da tortura e morte.

– Se no contar este histórra dirretinho..., se no me mostrar caminho de aldea, eu te entrego pra meninos divertirrem contigo lá ni porrão.

E apontava para os marinheiros do barco, sedentos por mulheres, ao mesmo tempo tomado de ira mortal, limpando o suor do rosto mudava de tática:

– *Diz minha linda, me conta este historra, onde acha este pedra?*

Inconformado, o gringo contava o tempo e inventava formas:

– Diz-me boneca que te darei um presente ainda mais valioso, bem mais valioso que este diamantesinho impuro, de baixo valor! Diz-me onde achaste, com tanta beleza posso te transformar numa estrela de cinema.

Clotilde apenas sussurrava, seu sorriso astuto fingindo o sentimento das ingênuas enquanto contemplava a agonia do pobre índio em desgraça lutando contra a morte. E em repente, desviando o foco:

– Sim, foi ele, foi ele..., é aquele que mora sobre os diamantes!

Apontando com o dedo indicador exclamava loucamente, o comandante foi desperto pela imagem aflita que os outros apenas contemplavam.

Da janela dos barcos vizinhos, coreiros de jacarés, madeireiros, seringueiros, arrais e fandangos, piratas dos segredos florestais, mulheres prostituídas, mandarins e cardeais, meninas carcomidas, arremedo de vida, freiras e turistas, militares e políticos, pastores e sertanistas, moleques e indianistas disputavam um lugar a caminho da floresta. Todos unidos para formar a macabra plateia atraída para ver um pobre índio nu em fuga pelo rio.

No seu íntimo, estava preparado para o sacrifício nas águas. Ali duas naturezas escassas se abraçavam, duas fortalezas naturais se uniam, uma lutando para seguir o trilho para o oceano, a outra para retornar ao ceio da floresta. Frágil e oscilante o olhar não distinguia bem o horizonte, mas não esquecia as regras aprendidas com os guerreiros que se foram: caso fosse apanhado, teria como opção continuar calado e ter a morte do corpo e o espírito livre ou, capitular e matar o espírito dentro do corpo. Assim sendo, melhor é oferecer-se em sacrifício nas águas a por em risco a vida do seu povo.

Turba enlouquecida

Toda esta desgraça fora causada pela presença de uma mulher frívola que invadira o domínio da aldeia. Para contra-ataques ao mal, o guerreiro fora preparado, estava disposto ao sacrifício, certamente iria ao encontro dos ancestrais, faria tudo como deveria ser feito para salvar seu povo da presença dos maus espíritos, essa foi sempre a missão dos bravos: sacrificar-se pelo seu povo.

Somente o comandante reconhecia o valor da mulher frívola de olhar sanguinolento, ela era a causadora de tamanha desgraça, quem além dela seria capaz de contemplar tamanha agonia passiva fingindo nada dever?

A algazarra dos barqueiros zunia mais alto, uns que diziam: matem, outros que diziam, pega, outros que diziam, salvem. Alguns sorriam transformando a desordem do espírito no lazer do purgatório.

Do ponto mais alto do convés, ágil Jacob Willekes desvencilha-se do corpo de uma mulher desprovida de valor, atirando-a para o lado como se fosse um pacote flácido, aparecendo solto na comoção de um raio, aos gritos, prenunciando calamidade, temporariamente fez parar a orgia:

– Salvem-no, seus imbecis, não vêm que ali padece uma vida humana, cara para todos nós? *Oh, my God! It is fatality!*

E fez para que todos vissem o sinal da cruz. Houve um silêncio de espantoso respeito entre a multidão até ouvir-se vozes esporádicas:

– É preciso salvá-lo! Dizia o sertanista.

– Deixa morrer! Dizia o garimpeiro.

– Castrem! Dizia o fazendeiro.

E as raparigas se urinavam.

Ainda no alto do convés, bradava mais forte a voz suprema e crua do capitão.

– Não toquem nele, eu o levarei de volta no meu próprio barco, o "*Corração de Onça*" – e abriu os braços apontando para o luxuoso iate – seja lá onde for a sua aldeia!

Não faltaram palmas e ovações louvando a antecipada boa ação do capitão.

Dois remadores, a braços estendidos, atiraram-se após os botes salva-vidas e seguiram na captura de um selvagem, que preferia a morte nas águas a ser submisso entre ironias dos seus declarados algozes. Depois de alcançado, apesar da fúria, foi arrastado como peixe, envolvido pelas malhas de uma larga rede, foi içado para o alto como mercadoria, onde o capitão sem as cortesias iniciais o aguardava.

–*Trragam este selvagem pra mim prresença.*

Jacob Willekes, ao trono, imitava o príncipe de Nassau, seu olhar parecendo olhar de uma fera na expectativa da presa.

– Me diz, selvagem, se não queres ir à ferro, onde fica esta tua aldeia, tua maloca imunda, a tua mina de diamantes?

E apontou uma arma branca para o pescoço de Clotilde.

De todos os barcos, apareciam rostos curiosos, não eram homens eram corvos a espera do único cadáver disponível. O índio silenciava ainda mais à medida que o grau de tortura aumentava; mais gritos e ruídos escarnecedores se ouviam.

Impaciente com a ineficiência de seu método, sem produzir as respostas esperadas, o capitão atracou Clotilde pelo pescoço, arrancou primeiramente a pequena blusa, e dela faz uma peteca para o delírio da turba. Como Clotilde continuasse passiva o comandante atirou-a sobre o corpo já ensanguentado do indígena caído, rasgando-lhe as vestes, deixando-a nua como o índio.

– Morrerão juntos, miseráveis! – trincando os dentes – Se deseja escapar com vida – disse olhando para Clotilde – convença este selvagem imundo de nos guiar por estas estradas líquidas dos igarapés até as terras dos diamantes!

Clotilde no habitual modo manhoso de agir, levantando, aproximou-se do índio, não com o objetivo de mudar atitude, desejava apenas ganhar tempo enquanto racionalizava o plano de escape para os dois e estendeu-lhe a mão.

Tomado de impulso, o índio arrebatou do seu pescoço a pedra que provocava a cobiça. Maior agilidade não cabia, em segundos alcançou a parte superior do mastro imponente, e do alto, por um instante contemplou, sereno, a correnteza do rio. Na sequência, numa atitude de respeito, primeiro entregou ao rio a pedra que o pajé havia pendurado no pescoço de Clotilde e depois bravamente o seu próprio corpo em sacrifício num salto espetacular.

A multidão recolheu-se ao silêncio das cobras tenebrosas quando saciadas, enquanto do porão de um dos barcos atracados ao porto, ouvia-se o som ritmado do maracá seguido de cantos roucos que mais pareciam gemidos do peito. Por certo tempo, o gemido de outro pajé acompanhou o maracá, até que a madrugada impôs o tumulto financeiro no cais do porto.

Roda de prosa
Volta ao Politeama

Após longos anos de andanças por mundos coloridos, dolorido foi o retorno para casa do velho *Abuelo*. Desde o último tumulto, não sabia notícia do velho. Eu estava desconfiada que já não havia casa para retornar e muito menos recepção festiva, quanto mais eu me aproximava dela, sentia aprofundar a angústia, ao mesmo tempo, sentia alegria por estar viva, doravante não mais me ausentaria do lado do meu velho *abuelo* – eu pensava.

O dissabor, durante o restante da vida, jamais me deu trégua, nunca mais esqueceria tão inquietantes momentos. O que eu trazia era uma mochila rota na mão e uma sandália gasta de borracha, calçando os pés, os cabelos sujos e uma cruz de madeira no pescoço. O vestido longo varria o chão, já não tinha cor de tão desbotado, por falta de agulha, as coxas ficavam quase nuas.

Aproximei-me pelo portão do Politeama de baixo, onde deixei em pé o imponente palacete dos Arnez, se não voltei, foi por ele me abominar, devido a mentira causadora da morte de minha *abuela*,

Mal acreditei: a mansão estava demolida, os operários se rindo quando forcei o velho portão, os gritos foram interrompidos pelas mesuras de um negro rapaz de beleza extrema, me ofereceu água para beber, um lugar para o banho, uma toalha e um par de sandálias femininas nas minhas medidas.

A turba não parava quando saí do banho, era o palco da comédia – lembrava – saí dali como uma cadela sem rumo. Fazer o quê? Decidi ir ao cemitério, lá conferi as datas em meio a um símbolo emblemático ainda fresco, sobre um luxuoso mausoléu, nos recipientes havia flores recentes. Zanzando, ainda no cemitério, encontrei umas mulheres que me chamaram de querida. Meu Deus! Foi a palavra mais linda, branda, doce, refinada que já ouvi na vida recente. Primeiro me levaram para longe dos mortos, depois me deram banho perfumado e comida, um quarto miúdo e arejado com cama e lençóis, fronhas limpas perfumadas. Trataram meus cabelos, unhas e lixaram as rachaduras dos pés, elas mesmas depilaram até as intimidades, curaram a mordedura da serpente. Dias depois, nem eu me reconhecia. Ela não me disse o que eu deveria fazer, mas não me fingi de boba, disse-lhe que estava disposta a ocupar um quarto maior e Zilda Canhota, meiga e compreensiva, dizia:

– Ah, sei, o bebezinho quer um homem, né? Agora diga: tá com vontade ou quer trabalhar?

– Doravante, choveu na minha horta. Vários homens disputavam a primazia de estar comigo, eu me fingia e eles me tratavam como menina inocente. Os jovens da sociedade pediam para que eu escolhesse qual deles; a burguesia endinheirada da colônia espanhola, de rugas na cara, mostrava as carteiras recheadas. Outros queriam disputar meu corpo a sopapos. Zilda, incomodada, interveio mandando buscar um cliente especial. Era um sujeito exigente de bigode cheio, como meu *Abuelo*, falava castelhano de Madrid. Impôs seu próprio ritual: queria que eu me despisse lentamente até ficar puramente como uma inocente, deveria obedecer ao tempo de ele declamar versos inteiros de Cervantes que eu sabia de cor e salteados. Depois, foi tudo rápido, uma vez consumado, eu ainda deitada, a cabeça no musculoso braço, disse-lhe um pequeno verso de Garcia Lorca, lembrava tanto, ouvira de meu *Abuelo*, completei que era de *Barbastro* e apaixonada por Lorca. Sem demora, ele arrastou o braço com força debaixo de minha cabeça, e disse *viva Franco, viva a Falange*, e ficou bem distante. Ainda ao meu lado, apoiou o cotovelo ao travesseiro, novamente olhou meu corpo, sem dúvidas, olhar de nojo. Tomou um cigarro e o fósforo na outra mão, em repúdio, o sujeito grosseiramente atirou o fósforo longe e espatifou o cigarro, cuspiu três vezes no lençol da cama. Apanhou a carteira e despejou todo o dinheiro que tinha dentro dela e me disse, enquanto vestia os finos trajes de que eu era uma *basca porca*, que os madrilenos odiavam os bascos.

O cartão que deixou cair sobre o lençol, nele estava impresso o emblema ainda fresco na placa da construtora que assinara a reforma do mausoléu dos Arnez.

Logo após a saída do magnata, lá fora, armou-se um fuzuê, havia disputa pelo segundo, terceiro e quarto lugar. O primeiro comeu o que quis da mesa; o segundo, eufórico e impulsivo, comeu e engoliu como um famulento exagerado; os demais procuram robalo no manguezal.

Após a festança, entrou um frangote que havia esperado até a madrugada, depois que todos se havia fartado. Assim que ele retirou as roupas brejeiras, não tive interesse e o dispensei. Por desculpas, que não aguentava mais com o corpo, foram tantos os sacolejos. Apesar da insistência, obriguei vestir-se usando como ameaças denunciar o tamanho de seu pingote. Zilda Canhota ouvia depois da porta e perguntou.

– Bebê, este frangote está lhe molestando?

– Ora, ora mamãe, para quem aguentou um barracão de seringueiros, isso é dedo de doutor – disse às gargalhadas.

Quando o frangote apontou na sala, todas as meninas sorriam e se armaram querendo retirar a roupa para ver o tamanhisquito do pingote do frangote.

Risos.

Ladrão de coração

– Deve ter sido um idiota que disse que o mal não se combate com outro mal. Se isso fosse verdade, qual é a melhor saída para o aperfeiçoamento das armas?

Também foi um idiota que inventou a máxima: "mais sabe o tolo do seu, que o sábio do alheio". Idiota é quem pensa ser todos os demais são idiotas...

Tais palavras, Clotilde falava alternando a voz entre o céu e a terra. Apesar da crueldade na alma, não esquecera o valor e a plenitude da vida. Desejou ser uma estátua de sal para não ter vontade de olhar para trás. Desejou ser dona do saber das doutrinas que agradam aos demônios. Vingança! "Nada mais que a vingança agrada a Deus e aos demônios".

Exaltada, gritos delirantes, imitando uma enlouquecida de portas entreabertas.

– Nadinho, miserável, mentiroso contumaz! Mentira antes, mentira depois e mentirá sempre! Até no inferno, tu mentirás. Dissera que estava trabalhando, fazendo horas-extraordinárias, aumentando a renda. Renda, que renda? Aumentou foi a despesa e trouxe vexame e dor de cabeça. Miserável! Como eu fui boba pensando ser sábia pensava saber o tudo sobre os meus, porque fui depositar confiança no idiota que disse que "mais sabe o tolo do seu que o sábio do alheio"? Aliás, boba não fui, eu não queria saber o que sabia, mas no fundo de alguma coisa, eu tinha certeza! Ladrão, ladrão, ladrão... mil vezes ladrão! Sim... ladrão de coração e ladrão tem que morrer, não como morre uma borboleta, mas agonizante como o cão vadio que, perdido do caçador, encontra-se no centro da floresta incendiária.

Mas Clotilde nada segredou para Nadinho.

Apesar de humilhada pela exposição de sua nudez, resolveu enfrentar a perseguição implacável do olhar das ruas, cada ouvido era uma caverna, cada garganta, sua urna fúnebre, via no silêncio da multidão o seu velório, na venda, no açougue na barraca de verdura em São Joaquim: *Olha a mulher pelada!*

– Como suportar tamanha ignomínia? Soberba esta menina, criaturinha de merda, fruto de um duplo engano. Ou Nadinho se livra dela ou eu mesmo me livro. Sabe de uma? O melhor é ver-se livre dos dois... dos dois... – repetia isolada e incontida.

Em busca de refúgio, sua cabeça traiçoeira sentiu vontade de compartilhar a dor com alguém, pensou em Júlia:

– Era ainda uma criancinha, por certo, como eu, Júlia sofreu um estupro! Difícil é escapar desta verdade: é mais que certo que ela mal saíra das fraldas quando foi comida em cima de saco de cimento naquele alçapão nojento, o tal "jardim encantado". Eu é que bem sei daquela nojeira de transa num recanto de construção, quem entra ali não sai sem dar, seja virgem ou velha. Quem entrava virgem, só saía oca como nos tempos de Colombo, do tal cabeça de Vaca, os Pizarro, o tal do Almagro, o velho, as meninas índias ocas. Júlia, naqueles tempos, seria semelhante ao que a porrinha da Daguimá é hoje. Quem sabe ainda seja uma mulher bela, apenas subjugada sob as garras deste monstruoso e impiedoso animal irracional!? Aí, oh! Eu e Júlia: a união dos frágeis contra os monstros!

Apesar do que fez, Queixão não se sentia inteiramente vingado contra Clotilde, havia pisado no rabo da víbora, mas a ponto de esmagar-lhe a cabeça.

Era um projeto feminino, a longo prazo, recheado de recortes, anos a fio pensando em consumar um crime perfeito, e depois sair dele de mãos limpas, sem deixar sinal como o velho da floresta. Tudo por enquanto, continuava transcorrendo dentro do planejado.

Nadinho chegou pela madrugada e Clotilde olhou para ele com o fingimento das serpentes. Não sentiu o tremor no corpo quando, a qualquer hora, ele a agarrava pela cintura e lambia seu cangote, ela fingia não esperar, mas era o que mais queria. Doravante, o reboliço de todas as noites virou monotonia sem atrativo. A cama já não se trocava de posição, os lençóis brancos já não exalavam o mesmo perfume nos corpos nus. A frequência passou a depender, exclusivamente da vontade dele, que ele preferia não ter motivos para ter vontade.

Nadinho pouco ligou, apesar de observador sereno, não era de fazer cobranças. Também quisera, *se não costumava pagar as suas próprias contas, como cobrar a dívida alheia?!*

Clotilde prenunciava a derrocada. O que tinha pela frente era uma guerra sem testemunhas. Tratou de rebuscar na memória as razões de seu enorme padecer. Já não sentava no sofá até a madrugada para esperar Nadinho, não exigia o colo antes de ir para a cama. Preferia permanecer vagando e deitar-se depois dele, preferia os olhos abertos. Buscava a reconstituição do passado através dos inesquecíveis casos que seu velho *abuelo* lhe contava, antes de ser enxotada de casa.

Ele fazia sempre o papel do touro e ensinava a ela, o do toureiro. Este sim – dizia o velho toureiro – precisava ser malicioso, sagaz e preciso nas ações. Ao toureiro não é permitido um só erro, o erro poderá ser seu último ato na vida. Seu avô o toureiro mais velho a abandonar a arena, um dia subestimou o *monstrinho* e mostrava o braço esfacelado, ele também subestimou a Franco e foi expulso de sua terra.

Abater o touro é preciso atraí-lo para o centro da arena, enganá-lo, fingir estar no raio de ação de sua pegada e depois encurtar as distâncias, o suficiente para que o golpe seja certeiro e contundente. Não é bom matar o touro com o primeiro e único golpe, a plateia não aprova. O touro precisa rodopiar antes de esvair-se em seu próprio dorso. Mas, um homem não, não seria melhor desterrá-lo, mandar embora para bem longe, para sempre?

Na infância, ela desejou tanto ir para Málaga onde o *abuelo* foi o rei das arenas, o velho lhe advertira que se lá pisasse, os amigos de Franco lhe cortariam a garganta, assim, com fizeram com o poeta, seu amigo e companheiro. Com altivez imaginava-se aprendiz do mais audacioso toureiro. Clotilde Arnez não pode colher a fruta no seu devido tempo.

O medo misturou-se com o espírito de aventura, o orgulho do velho avô, que foi também pai e amigo, se não fosse a mesquinhez dos avarentos, teria vida de empresária, talvez um teatro, uma escola. Saudades da *abuela,* que gostava de ver o carnaval, parece até queria entrar na folia com aquela gente alegre com *mamãe-sacode,* pulando pela avenida

Roda de prosa
Clotilde – Faca Amolada

Forjar a própria morte não é fácil. Eu estava morta e meu corpo não seria resgatado nunca mais, pois o suposto naufrágio ocorrera em lugar profundo. Se eu não fosse chorar diante daquela armadilha, uma foto estampada na primeira página do jornal, quem iria acreditar que Clotilde estava viva se não acharam seu corpo?

Só você, minha querida *abuela* para me fazer chorar, só você, minha *abuela* velha e mais ninguém.

Clotilde lembrava sem parar de seu fiasco no fracassado golpe da herança. No Uruguai, havia adotado um filho. Usando as falhas da lei ela fazia tudo parecer brincadeirinha de gente louca. Assim iniciou o plano com o qual pretendia reaver o controle da fortuna do velho *abuelo*. Julgando-se esperta mais que o próprio toureiro, primeiro identificou a figura do detetive da seguradora encarregado em resgatar o seu corpo. Era um velho índio de raiz. Nativo dali mesmo, chamado Akycé, magro e descuidado, alguns lhe chamavam de faca amolada, outros de Kicé, eu simplesmente Índio e ele me conhecia como Espoleta, o consideravam como um panaca, um alcoólatra, ele mesmo confessou não desconfiar daquela espanholinha tão sapeca que vivia ali a vagar quase sempre nua na praia.

– Vida de pescador, sabe como é, depende de isca e de anzol. Até hoje dou risadas só em lembrar das estratégias que ele usou, consistia em uma isca quase podre dentro de um quase mundéu e eu caí como um peixe direto na panela.

Um sujeito, a mando do espanhol, tratou do assunto, disse-lhe que não queria *converseiro*. Deu-lhe um maço de cédulas, com ele, o velho comprou as telhas e reformou sua cabana. *Dando certo com o dinheiro da empreitada fica garantida a aposentadoria para o resto da tua vida* – prometeram.

Coube ao velho Kicé executar todo o plano.

A notícia da morte de vovó não passou de um cantinho de página de efeméride em um grande jornal de Salvador, mas em Trancoso ela foi manchete estampada com letras vermelhas, estendida na banca de jornal; a página já estava amarela, ninguém lia aquilo, até que me aproximando da banca, guiada pala manchete forjada de um jornal fantasma de edição única, composto na mesa de Faca Amolada. Ao ver a foto com a frase em destaque: "**Minha doce netinha querida, eu te perdoo!**" desaguei, em prantos, uma cachoeira de lágrimas dos meus olhos. Nem senti que estava sendo algemada pelo *panaca* do detetive Akycé.

Quanto meu *abuelo*, sentia-se velho e solitário, odiando o mundo da solidão, sem vovó nem a neta, passou a viver na dependência da marroquina dentro de sua biblioteca, era o bem que mais gostava entre seus pertences. Nela encontrava seu refúgio, o único lugar onde não pensava na ação da guerra, na forca, em chifradas de touro, na tuberculose, na hemofilia, nas drogas, na ingratidão, nos aproveitadores, no General Franco, na morte. Durante parte da vida, fui amada como a coisa mais preciosa do mundo, até mais que todas as coisas do mundo juntas, ele desejava um bisneto e brincava como minha barriguinha crescendo.

Como a única sobrevivente da família Arnez, ensinavam-me a zelar do patrimônio genético, os bens materiais eram incalculáveis: terrenos, ouro em cofres, ações, imóveis locados pela cidade inteira, fazendas e quadros valiosos.

– Oh infelicidade medonha! Clamava meu *abuelo* em dores de solidão e diziam para ele que, como os outros que morreram de verdade: meu pai e meu irmão, minha *abuela*, agora eu também deveria morrer, diferentemente dos outros, morreria para ele diante de um parágrafo da lei: *deserdada!*

Sem a neta e sem tio Pescara que também desaparecera e Zilda, o velho tentou o suicídio, porém a merroquina era muito esperta, morrer de suicídio dá suspeita, ela preferiu forçar sua solidão. Com a morte, o golpe se consumou e o espanhol, aproveitando-se com um testamento falsificado, assumindo definitivamente os bens, consumando seu plano diabólico, assim me relatou Zilda Canhota.

– É Clô, tua vida é realmente uma tragédia, não conheço nada parecido – *Cota*.

A descoberta da Europa

Coitado de meu Abuelo, como eu gostava daquele canalha velho – pensava Clotilde. Ah, sua biblioteca: Miró, Picasso, Lorca, seu maior amigo. Quanto vale as cartas do próprio punho de Garcia Lorca? E as páginas que dizem ser original da pena de Cervantes? E o Picasso original? Ah, meu velho *abuelo*!

Clotilde inventou seis trocas de nomes enquanto perambulava por estradas. A polícia botou as mãos nela várias vezes, soltava e ela prometia piorar. Sua atitude radical provocou racha no bando e para se ver livre da metade que a jurara de morte, estimulou seu grupo, em uma fuga espetacular. Seria empreender o retorno ao velho mundo, tudo parecido com a saga de Colombo, seria **"A Descoberta da Europa"**. Para isso, ela se elegeu comandante suprema da armada e iniciaram roubando o barco-capitânia, além de capitã, seriam também piratas, assim o restante da frota viria como consequência.

Apesar do porte da embarcação, não era suficiente para tantos aventureiros, virou um barquinho, durante a confusão, a embarcação virou entre Arraial da Ajuda e Trancoso, morrendo algumas pessoas e desaparecendo outras.

Clotilde ainda não havia concluído o confuso plano para o seu temporário desaparecimento, porém o naufrágio foi o que Clotilde precisava para a boa simulação da sua própria morte e posterior aparecimento. Em vez dela, foi a velha que morreu. Quando soube da morte da *abuela*, bateu no juízo o desejo de acionar a justiça para reaver os seus direitos líquidos e certos, o dela e de seu falsificado filho. Seriam os únicos herdeiros, assim não faltaria dinheiro para sustentar a vagabundagem. Apesar de que, pensou também em cuidar do velho *abuelo* até a hora da morte. Assim receberia tudo de mãos beijadas, expulsaria o casal que se dizia administradores da fortuna que era toda sua, mas era tarde demais.

Clotilde foi presa e tudo parecia mudado. Passou a ser um exemplo, durante o período de cárcere. Além de Faca Amolada sempre assíduo em dias de visitas ninguém a visitou, senão um advogado que trouxe um papel que ela recusou assinar, dizendo ser para resguardar seus direitos.

Logo depois ela foi solta, considerada regenerada. Na saída, a alegria virou pesadelo para o advogado e o gerente do banco: em vez de uma ação na justiça para reaver a parte possível da fortuna, injuriada, Clotilde caiu no mundo e ninguém mais soube que Clotilde da Avenida Peixe era Clotilde Arnez filha do velho toureiro, também quisera, só na Avenida Peixe moravam duas Clotildes.

Queria apenas estar livre da prisão.

Por onde andou para não viver na rua, foi trabalhar como garçonete, lavadeira, cozinheira, costureira, servente de pedreiro, manobrista, secretária, copiloto de avião, enfermeira, benzedeira, ilusionista, pescadora, prostituta e cafetina, mas nem Zilda Canhota a reteve por muito tempo em um só lugar.

Quando ficou definitivamente sem ter abrigo nem onde dormir, voltou a oferecer seu corpo e como uma sanguessuga agarrou-se por amparo e fez-se de companheira do negrinho bom de bola, que tomava conta da construção, onde antes era o casarão do Politeama.

Jureciapá – O assossego

Clotilde finalmente se aquietou por um tempo e tornou-se esposa do Sr. Arnaldo Nascimento de Jesus, que a torcida, as amantes, os desocupados, os fandangos, as madames, os poetas, os bodegueiros, os jogadores, e os meninos o chamavam de Nadinho, menos o espanhol que o Chamava de Arnaldo.

Segundo seu novo registro de nascimento, era Uruguaia filha de uma bailarina e de um guarda florestal.

Passou a trabalhar com as convicções de que um dia desmancharia a volta do anzol que lhe fisgou e todos culpados iriam beijar-lhe os pés. Aí seria a hora de pisar no pescoço, afogar sem piedade e, sem piedade, jogar no poço de lama cada alma daqueles que atravessaram o caminho de Clotilde Arnez. Competência, inventividade e técnica não lhe faltavam.

– Quem descobriu o pequeno furo de pua no casco do barco daquela corja em Trancoso? O arco da pua foi lançado no mar e a cera que tampava o furo não aguentou duas milhas, o sujeitinho que fez o trabalho sujo também morreu no acidente. O barco foi resgatado, mas os corpos não, nem o panaca do Akycé, nem a polícia nem o juiz perceberam o furo. Na decoração do Barco havia emblemas de touros e a foto de um toureiro, o registro constava que o barco pertencia a RESIAM.

Tudo não passou de imprudência, de coisa de menino, "aventura com grave risco" concluiu o juiz – sem intenção de matar. Clotilde fora advertida que havia uma trama contra sua vida, era eles ou ela e tudo ocorreu como planejada, "escapou por ser eximia nadadora" – declarou a testemunha ao juiz.

A Avenida Peixe era um tédio. Sentada no chão da sala, vestindo roxo e rodado, turbante na testa, fingia-se incorporar a divindade da floresta que se chamava *Juruciapá.*

– Clotilde, você é muito sagaz, mas carece de precisão nas ações – dizia *Juruciapá* através de sua boca.

E Clotilde findava mais um dia de loucura próximo do altar de Santa Edwiges em busca da paz, por fim, a frase costumeira: *é mais fácil para uma mulher matar um homem que um homem matar.*

Olhar dos inocentes

Na luta que travava como cronista desta história atrás de pistas e relatos, às vezes parecia não ter fim, alguns momentos foram de surpresas agradáveis, uma delas foi a carta que estava no portal da janela, era um domingo de sol, surpreendente o relato, singular, a escrita de forma anônima feita em letras redondas e ortograficamente perfeita, incorrigível. Assim transcrevo como recebi:

O projeto arquitetônico de Clotilde só era menor que os seus desejos. Aos poucos, o Mestre de obras foi curvando-se perante ele, apesar de ser uma figura dispensável nos objetivos finais, estava marcado para morrer. Ao optar por continuar sendo *Mestre de obras,* nos planos de Clotilde, estaria abrindo mão de ser *o Nadinho* livre no mundo da *boemia.*

Nas reviravoltas que se dava a cada dia, diante dos traumas que apareciam como fantasmas no passado de Clotilde, Nadinho pensou em abdicar de tudo. Agindo com bom senso, vender Dagmar, mentalizava, seria o mais nefasto processo humano.

Isso lhe compungia a alma, mas Clotilde era uma rocha, em nome do futuro definitivamente o convenceu de que ele não estava pecando.

– Esta porrinha não é minha filha e nem sobrinha, tá?

E tomando-a pelas mãos disse:

– Olha, Nadinho, a melhor atriz é aquela que chega ao diretor pelas mãos do melhor dos assistentes, sabias?

– Tá bom, eu apenas apresento e o resto é com você, tá certo?

Nadinho falava olhando a cortina – aquele que faz pouca arte por não saber fazer muito, fará muito se fizer tudo o que sabe!

Triste como um covarde, traidor de sua própria causa, se orgulhava da brancura da mulher que tinha, acrescido ao saber dela lhe tornava o mais audaz dos garanhões da Avenida Peixe. Nadinho foi usado para conduzir uma menina – mercadoria para a presença do magnata rufião, o comprador – metade negra metade índia, uma beleza estranha, como muitos que mora nesta terra, ela não sabia se era índia se era negra. A menina era sua propriedade, podia dispor dela como quisesse.

Como de costume, saiu de casa cedo, naquele dia conduzia uma novidade, chegou na construção com uma menina segura pela mão. Nadinho queria ser Nadinho, mas os compromissos com Clotilde e com o Espanhol forçavam o *Mestre de obras* ser o mercador de gente, um escravocrata, esperou quase um dia vigiando sua mercadoria. Ele pouco conhecia da história de vida de Clotilde, além dos fantasmas, nada conhecia de seu passado, apenas aquilo que lhe interessasse, no instante, e nada de seu pensamento futuro, além do sonho que considerava louco.

Por recomendação da tia, Daguimá deveria fazer-se fogosa ao se aproximar do velho espanhol.

– Pois o bobo velho não saberá esperar... tá me ouvindo?!

Chegou pela tarde, ao vê-la, esqueceu-se da agenda, não mais quis separar-se dela. O negócio seria consumado ali mesmo no terreiro das obras, diferentemente dos hábitos que tinha de ler até marcas d'água, ao analisar contratos intermináveis, contendo previsões de multas impagáveis e responsabilidades inidentificáveis.

Sem importar para custos, perante seu olhar, tudo era negócio. Nunca se metera antes em obra de custos tão indefinidos, os benefícios incertos, por ela ser tão ingênua, poderia usar seu nome por empréstimo, assinar documentos e até contratos, como Ingrácia sempre fez, bastando ter rígido controle.

Não se exigiu testemunhas, avalistas, nem prazo de vigência do contrato. Daguimá tornava-se cúmplice por estar conivente com a impudência. O megaempresário, satisfeito toma a menina pensando já ser a sua propriedade, sua mercadoria, com entregue em definitivo.

O Mestre de obras, na função de procurador, havia acabado de cumprir, entre todos, o mais hediondo dos papéis.

Felipe convidou Daguimá para sentar-se em um banco de pedra entre os blocos do canteiro da construção. Ela com uma saia curta, cruzou as pernas elevando as mãos ao queixo enquanto era apresentado a matriz de um palacete qualquer. Meneou levemente a cabeça e sentiu-se dentro dele, o seu verdadeiro aconchego. Olharia para a rua a partir da janela e veria a liberdade lá fora.

– Este será seu, só seu, uma coisinha linda, um belo palacete de princesa

– Meu? E o de minha tia?

O Mestre-de-obras era o único que conduzia na face a pesada sensação de perda, os demais alegravam-se por algum ganho. Calculou o custo, se apelasse para o sentimento dos pecadores no qual há sempre tempo para arrependimento. Seu olhar recordava o olhar da mãe que solta o filho amado pelo rio plácido, dentro de um barquinho e da margem o contempla, esperançosa que uma princesa bondosa salve da correnteza, que o crie como príncipe. Contudo a mãe reza sempre para que o filho cresça e se revolte contra a sua salvadora e um dia retorne ledo para os braços de seu povo.

Daguimá recordava ter ouvido da boca de Clotildes que *suas curvas encantam e mexem com os instintos de qualquer macho.* Clotilde gostava de ensinar-lhe posturas e passos, tendo um espelho à sua frente. Daguimá sabia, por ouvir nas ruas, que seu corpo atraía até o olhar dos inocentes. O que ela não sabia era o valor que Clotilde estipulara para cada olhar, para cada curva, para cada encanto.

E o texto, parecendo uma crônica, terminava assim: *Daguimá, não tendo a quem perguntar, indagava para si: "quanto valho eu"?*

História, amor e mito

De cima, este foi um dos vários nomes que Daguimá recebeu em vida, desta vez foi chancelada pelo espanhol, não como forma de rebatismo, mas como desejo de profeta. O espanhol almejava, na falta de Ingrácia, não interromper as atividades nem os negócios: fazê-la eminência parda, princesinha majestade da periferia. Passou a ser chamada por Felipe Suarez: *De cima* – assim mesmo, dividindo as sílabas como se fosse antônimo de *de baixo* – Felipe escreveu em um papel brilhante e acentuou o *é* numa estranha codificação, podendo ser o ordinal, a décima pessoa por exemplo, ou a classificação como nota dez. Acredita-se que ele desejava domesticá-la sem a sua interferência nos negócios da empresa.

Na sua lida, acostumou-se a enfrentar as mil mandingas do poder. Para ele, a agilidade combinada com a esperteza formavam o esteio angular de sua profissão. Foi sempre agressivo nas concorrências e dominava todos os códigos de leis que regem o mundo das obras públicas.

– Esta é a profissão dos deuses – falando para amenina – um empreiteiro, para ser bem-sucedido, precisa ter bons assessores – e apontou para Nadinho – pois deve, como Deus, estar em todos os lugares ao mesmo tempo e ter certeza que a obra não para.

Ufanista, se pôs a explicar perto do ouvido da menina sem desviar o olhar do corpo esguio de Daguimá. O mestre permanecia impávido e ele falava ainda mais empolgado e gesticulando:

– A primeira empreiteira civil do mundo teve como sócios os deuses gregos, sabia? Foram Posidon e Apolo. Pois é!

E Daguimá muda, incrédula, sorria.

– É verdade – acrescentou a conversa puxando a menina de lado, sem jeito, depois para dentro de seus braços – foram eles que se constituíram nos primeiros credores do estado, juntos construíram a magnífica muralha *de Tróia*, aquela mesma que foi destruída à coice de cavalo – ele dizia enquanto amaciava os cabelos oleosos de Daguimá –, mas nem por serem deuses se livraram do calote e das falcatruas de Laomedonte, seu trapaceiro rei! Háháhá...

A conversa aborrecia Nadinho. Seus olhos vermelhos demonstravam ira, retirar os braços impregnados de cabelos brancos e pelancas que contrastava com as carnes frescas de Daguimá, os quais, Nadinho preferia nas suas mãos; lembrou de Dona Ingrácia, mas Suarez sentia-se no panteão dos deuses, acima dos príncipes, aliás, um quase deus e abafou seus pensamentos com palavras torpes:

– Já construí muito sem acordar, mas também já acordei muito sem construir nada. Receber tudo o que foi acordado sem dividir nada com alguém, é tarefa quase impossível, Arnaldo, aliás, para ser real: impossível! Tudo é questão de sorte, como o fator sorte não se põe em acordo, resta pedir a algum santo que aumente o tamanho do bolo para ter muito que dividir! Aháháhá!

Suarez tinha linguagem própria, mistura danada dos idiomas, além da presunção:

– Não gosto de dar gorjeta! Vagabundos, mando logo ir trabalhar no lugar onde o fogo não se apaga. Não suporto entrevista para imprensa, são uns vampiros, sugam até o que você não tem para dizer – e sorrindo alto –, mas, no momento, estou envolvido com uma destas raposas de galinheiro. Ela pensa que sou político, mas todo político é honesto até ser denunciado.

Daguimá fingia ser pouco ou nada o que entendia da negociata, o mestre, ávido para reverter a situação que ele mesmo ajudou a criar, contemplava o velho possuído de entusiasmo no seu aprendizado. O mestre já não tinha a plena certeza de ter feito um bem àquele que considerava – antes mesmo de Clotilde –, seu benfeitor. Os três remoeram o mesmo assunto por dias com indignação e arrependimentos e soberbia. Um imóvel e langoroso, outro enérgico e estimulado, um atomizado, outro em expansão, um vigoroso, mas fragmentado, outro sênior e ousado. Um minimizado, outro exagerado, ela quieta, obediente aos caprichos de duas víboras que lhe devoravam com os olhares venenosos e os dias se passavam, a cada dia Suarez tardava sua chegada no portão do Crisol.

Finalmente, disse o mestre desestabilizado, em som poético com tom profético:

– Olha, seu Felipe, esta mulata está na estação da floração, está com as labaredas acesas, um fogo danado, toma cuidado que ela pode te matar!

– *No... no hay problema... no hay problema... morir amando? Oh, seria uma recompensa divina...* e voltando-se de costa para contemplar os traços de quem lhe encantava os olhos:

– *Que no seja breve, mas que se morra disso!*

Foi um inesperado impacto o gesto contido na resposta do ancião. O mestre de obras girou sobre si e retornou, mortificado como um profeta desprezado pelo seu povo. Olhou o rumo da casa e lamentou a volta para perto de Clotilde.

Nadinho estava angustiado, sentindo todas as chamas na caverna da cova funda solapando a sua alma pesada. Repisava em um braseiro e trazia uma espada para sua garganta. Foi sempre comparado com a leveza das nuvens de verão. Agora transportava uma arrouba atada em cada pé. Tudo aquilo era pouco menor que o inferno puro, seriam as tormentosas agruras que doravante teria de suportar em uma casa solitária, onde tivesse de ouvir apenas a voz implacável da Clotilde, general comandante das ações.

E lá se ia um velho embriagado pela paixão. Seus atos mereciam severa repreensão. Felipe não tinha dúvidas de ter fechado o mais subjetivo dos contratos de sua longa vida, compra uma mulher, não uma mulher qualquer, mas uma menina sem ter nada além da vida; assim poderia ser tudo, até uma dama, assim como foi Ingrácia, uma aluna, secretaria e confidente, o necessário e o que ele quisesse. No entanto, o objeto deste infame contrato interferia diretamente nos objetivos da vida de ambos. Os erros eram tão visíveis que dispensavam jurisconsultos. Felipe sabia bem o que estava fazendo. Os riscos eram previsíveis, relembrou o olhar do velho Arnez assinando uma falsa procuração irrevogável pensando ser um contrato de aluguel, foi de uma insensibilidade tamanha que nem leu, e tudo estava consumado, superou a cautela, preferiu a fuga das reais consequências. Talvez por isso, não deixou intimidar-se perante a juventude de uma órfã mestiça, nem pela covardia atestada na falácia de um mestre de obras que fingia buscar aprendizado novo no arrependimento. Não precisou subornar nem deserdar ninguém, ali sim, foi um contrato sedimentado nos instrumentos da comunicação humana, na consistência verbal: toma lá-dá-cá! Não fazia sentido submeter-se a obstrução das leis, nem na fraqueza da alma. *Morir... morir... pues entonces que se muera amando!* Balbuciou sem precisar ser entendido.

Apesar da intermediação velada de Clotilde, o empresário considerou esta conquista como sendo exclusivamente sua: *deja que todo sea como una nueva decoración floral* – murmurava –, mas ainda dava passos de *flâneur* , olhou as mãos e a pele enrugadas pelos anos, como um condenado, moveu cada dedo devagar, depois olhou o horizonte amarelo inclinado no universo e queixou-se à Góngora da maldade de Deus por lhe permitir mentir:

La piel, no solo sierpe venenosa
mas com la piel los anos se desnuda
y el hombre no. Ciego discurso humano!

Completou ainda sua intimidade e desejoso de resgatar a vida doce solapada pelos anos:

Piedra muda... piedra muda... Safira soberana...!

Deu mais um passo sabendo não ser o *lustro de sua vida* e vitorioso repetiu:

Ciega razón humana!
Que viva lo hombre!

Era a resposta que um poeta reteve para dar aos sonhos passados, motivos e sentidos. Suarez remoía os dentes quando alisava a pele macia de Daguimá, era seu novo *amuletu*, uma nova descoberta para o amor, a última conquista nos seus últimos quarenta e cinco anos. As perdições passageiras não se contabilizam, sua tesoureira, sua governanta, sua capataz, sua moleca noturna, que se esqueçam as meninas do acarajé.

Ainda não decidira sobre a ideia de revelar seu desejo de fazê-la amante permanente. Ingrácia foi a primeira e a única que amou em toda sua vida, aliás, a primeira mulher da sua vida. A que lhe deu o filho maravilhoso, aquele que seria o maior dos construtores de obras públicas do Brasil, se Deus não o tivesse levado. *Coitada de dona Ingrácia* – alucinado – *coitada! Coitada? Coitada? Ora... ora... nestas horas, bem que ela merece é o eterno descanso.... coitado de mim que se não lhe encomendo é por não achar quem ascenda a vela!*

A princípio foi exagerada a esperança quando recebeu a promessa, tornou-se a razão verdadeira da vida. O sogro lhe havia prometido trazê-la do Marrocos, como soldado do palácio vivia cheio de orgulho, pois havia hospedado aquele que seria seu sogro e seu comandante na casa humilde dos seus pais, de tanta afeição dedicada ao menino que lhe prometera não só a filha em casamento, como um emprego na guarda palaciana, apesar de diferentes na fé. Agradecido pelas honrarias, Felipe, ainda menino, o único filho da família, casou-se no instante em que a conhecera. Como dote lhe, dera doze camelos que nunca recebeu.

Roda de prosa
Histórias Paralelas – Daguimá

– Hoje como eu prometi, vou contar um dos episódios que ainda dói na minha alma, Enedina, se você puder, me ajude com alguma das passagens que acredito que você conhece, tá bom?

– Sim Dag, você é um anjo bom e quanto te amo, te ajudarei.

– Pois vamos lá!

– Para mim tudo ainda era brincadeira, considerando que na vida não foi só ouvindo gritos de minha tia, – risos – na escola eu sempre aproveitava para brincar com meninas e meninos, joguei bola, nadei, joguei peteca chegando a ser a melhor do time, de noite, eu já estava acostumada, eram silêncio ou gritos, eu lia por não poder sair nem na sala, morria de medo, especialmente quando ela pegava a faca.

– Mas foi o tempo todo de tua vidinha assim...? – *Naninha*

– Não Madrinha, esta menina exagera, tinha dias que eu estava calma e fazia até carinho nela, fazia bolo, chá...! – *Clotilde*

– Bem, isso é verdade, mesmo assim eu tinha medo. – mais risos – aí eu fui para a construção com Tio Nadinho, e lá os dois começaram discutir sobre a construção, que era a moeda com que o velho havia me comprado.

– Nossa. Você ainda confessa que foi moeda de troca? – *Naninha*

– É madrinha, fui!

– Minha Santa *Madre Tierra*! Quando você me contou isso lá ainda no barracão de Periperi, eu imaginei: esta menina tem uma mente fértil, agora tu estás repetindo a história na frente de Clô e vejo que ela está calma. – *Naninha*

– Nossa, ver minha tia Clô hoje e o que ela foi é um milagre, minha Dinda!

– Milagre, milagre dos encantados Tupinambá.– *Naninha*

– Prosseguindo: o velho dizendo para meu tio Nadinho que um metro quadrado no local onde ele desejava, custa mais que toda a construção. Periperi é o melhor lugar para se morar: ar puro, gente boa, feira livre, tem até trem de Ferro! Nós faremos uma construção dez vezes mais pujante que qualquer lugar da cidade, acontece que o velho dizia sem conhecer a reação que viria de minha tia – *risos*.

E foi logo encaminhando o projeto, encaminhou a documentação fez uma placa com o número do seu CREA. Não poupou agrados, a tudo pediu pressa.

Recomendou a tio Nadinho que, de cada canteiro de obras das construções públicas, separasse o material: das estradas chegaram britas e areia, dos viadutos, vieram as barras de ferro e cimento, da sede do banco, veio vidros; vieram também louças, azulejos, tintas, portais e ferrolhos, coisa que nunca se usou, tudo sem medidas, eram tantas coisas que não tinha onde guardar; recomendou refinado acabamento, obra de prioridade zero tudo acompanhado por ele mesmo e seu mestre de obras.

Tia Clô, porém, ao tomar conhecimento da decisão, sentiu-se engodada e a revolta ascendeu ao nível das montanhas – risos.

– Não exagera minina! – *Clotildes*

– Não foi o quê tia... a senhora enlouqueceu! – risos e mais risos

– Periperi? Que negócio é este de fazerem mudanças sem o meu consentimento?

Sabe tia é que o coroa achou o metro quadrado... eu até tentei explicar.

– Este espanhol é um sacatrápia – e cuspia à procura de um culpado – *gargalhadas* –, mas porque não me comunicaram? Esbravejava.

– *Minha tia, eu achei...!*

– Você não acha, menina, aliás, acha tudo pronto! Você tem apenas de fazer o que eu mandar! Ouviu? Você ouviu...? – me balançou pelos braços

– Xô fazê contigo aí Nadi! Rrrr– tia gritava esperneava...

– Mas eu sei como enfrentar este mísero caloteiro, eu sei como reverter este jogo. O mais importante no tabuleiro de damas é dominar o carreirão, este eu já domino. Periperi..., olha só, ... eu vou sair de uma caverna para outra? Eu quero o centro e não o subúrbio da periferia!

– Nossa... é verdade Clô?

Ela gritava. Tinha um fogão à lenha e sobre o braseiro um ferro para mexer as brasas, bem aquecido, vermelho e eu tomando café, cheia de pavor, rezava, aguardando tio Nadinho que não chegava, deixei tudo e corri para o quartinho. Ela mais parecia uma bruxa possuída pelos maus espíritos, com o ferro em brasa andando pela casa blasfemando as antigas gerações.

Meu Deus que horror -Júlia
Que coisa louca - Adail
Tô tremendo de vergonha - Clô
Coisa do demônio -Jornalista

– Que pensam estes cafajestes? Eu, Clotilde Arnês, morar em Periperi? Preciso desalojar aquela raça maldita dos aposentos roubados, invasores dos Arnês, ladrões de aposentados, ladrões de bibliotecas, ladrões de coração... corja, vocês me pagarão caro, miseráveis...!

Eu tremia, não podia fala nada, me achava diante de uma fera valente no meu esconderijo. *Este Espanhol morrerá antes do dia previsto...* levantou a roupa e deu enorme gargalhada que a casa estremeceu.

Era noite, lá fora o inverno caía brando. Além dos cães, nada mais perambulava pelas ruas. Apesar do imediato risco, eu não achei prudente esperar, após meditar sobre as palavras dela, em estado de pavor, me preparei para a fuga, o perigo seria pular o muro *estuqueado* com cacos de vidros. Feito isto, deveria andar pelo quintal, vencer duas ou mais valetas, daí, por certo, haveria de encontrar alguém, poderia ser o cobrador, ou o vendedor de aipim. Pedi a Deus para não encontrar com o menino catarrento e em desespero, abri a janela, mas antes de pular, deparei com o rosto de Queixão no corredor. Eu não sabia a quem dos carrascos deveria estender o pescoço, com o fôlego preso ouvi que tio Nadinho deu três costumeiros toques na porta, era meu anjo da guarda. Apesar de decaído.

Ufa...
Tô aliviada...
Chora não Clô... quer um cha...?
Júlia...! Meu Deus... acorda... acorda...meu Deus é Julinha... Mãe!
Pelo amor de Deus, fala comigo..., vê o pulso dela...!
Se acalmem meninas, se acalmem. Vamos... meu pai, socorro...!
Nunca pensei em um dia ter de contar isso para ninguém.
Vamos, sente, ... enfim, normalizem a respiração...!

Depois da tragédia

Os dias de luto se passavam e passando-se os dias, passavam também os sentimentos; completamente arrependido, o mestre de obras queria distanciar os dois numa atitude de revolta, mas Suarez exigia a entrega como uma mercadoria e marcou dia e hora. Emocionado ao vê-la, tomando a pelas mãos, andando pelos meandros da construção, pode narrar algumas histórias de touradas para, talvez, atemorizar, como era de costume, domar a menina. Contou também o que houve na infância e o amor do pai e da mãe, mas não falou em casamento. Descreveu o céu de Madri e as lutas no sul da França e seu papel como soldado. Falou de poesia, mostrou a cicatriz de guerra, uma imagem de Santa Edwirges e no verso a esfinges do Generalíssimo Francisco Franco e uma carteira cheia de cédulas graúdas e, disse que ela poderia guardar parte do dinheiro.

Disse que queria viver até os cem e o dinheiro era como carrapicho, sempre seguros nos seus bolsos. Beijou a mão da fada mais de uma vez, Daguimá quieta, sentia-se menina, um grão de açúcar em formigueiro.

Minha tia é doida, nem tudo neste mundo é mercadoria...!

Preocupada, meu Deus! O que vão fazer conosco depois de saberem que minha tia me trocou por uma casa?

Daguimá olhou para seus pés empoeirados e sentiu saudades da casa da tia, lembrou das palavras que ouvia na rua, sem demonstrar o interesse que estava ouvindo e sutilmente solicitou:

– O senhor não importa? ... de *mim* levar pra casa?

– Pra que casa você quer ir?

Envergonhada, encenando um espanto, comovida com tanta solicitude, meigamente respondeu:

– Para a casa da minha tia, oxente!

– No... no hai problema... sim problema alguno... já mandei preparar um carrão com motorista e tudo, olha lá... já te espera, vai levar-te até a porta, tá bom assim, ou quer ir de *helicóptero...?*

O motorista acionado desconfiou dos motivos e disse para si:

– Estou sonhando! Abrir a porta do carro que minha patroa andava para uma suburbaninha polichinelo esbulhar-se nele? É muita ousadia, esta façanha pode custar caro – resmungou.

– *O siô falou cum eu?*

– *Ó, nô, ni, jamis...*

Daguimá temia aos homens mais que aos loucos, qualquer olhar estranho lhe causava temor. Trazia consigo a síndrome da agressão. Este sujeito me olha feio, isto me aborrece pensando abrir a porta do carro, apesar da velocidade.

– A senhorinha disse quê...?

– Falei nada não moço, falei não...!

Após o avançar do carro com sua nova princesa, por alguns momentos, Suarez permaneceu estático, contemplativo, tomado de recordação, Arnaldo mantinha-se indiferente, pela primeira vez distanciado na sua presença; lembrou que Arnaldo foi quem falou de uma menina linda da periferia; foi ele quem propôs o negócio, a menina por um palacete, somente o bairro foi alterado da proposta, doravante apenas consequências; lembrou que sua falta na assembleia gerou trágico desfecho; trocou uma decisão legal por uma ilegal, trocou responder as perguntas de uma petulante Jornalista pelos carinhos fogosos de uma suburbana de fala doce; trocou a pauta de uma assembleia pela sua própria pauta; as palavras da ata pelas suas próprias palavras; trocou a decisão dos presentes pelo silêncio dos ausentes; trocou o presidente que nada sabia por uma presidente que nada sabendo nada saberá;

Lembrou da corrupção do escrivão, o preço escorche para dar fé pública a uma ata privada sem fé. Como um homem de dinheiro, classificou-se como capaz de tudo; a mulher do acarajé que a cada dia queria lhe extorquir, a trama para ter uma de suas filhas, depois mais dinheiro para ter a outra, mas elas lhe odiavam.

Agora Daguimá seria a mercadoria final, a corrente do pescoço; as circunstâncias da vida havia trocado pelo peso de uma que tudo lhe deu pela leveza da outra que precisou dar tudo. Recordou vagamente da neta dos Arnez que não queria lembrar o nome, a única que nada lhe custara senão muito esforço físico e uma cicatriz permanente de dente no seu ombro.

Foi Ingrácia quem armou tudo, desocupou a casa do Politeama, confinou o casal em Arembepe, se casaria com a menina logo depois de um desquite amigável, mas ela fugiu, e isto não estava no esquema.

A morte de Dona Dilma, por pouco, não pôs o plano a perder, a sorte foi ele ter assinado a procuração para deserdar a menina.

Para não ter mais surpresas, Nadinho continuaria como guardião da menina e ela assinaria os cheques sem fazer perguntas, na hora que precisasse.

Consciência dos culpados

Com os sentimentos em ebulição, refez todos os acontecimentos da maldita data, meditou durante alguns minutos, relembrou a desculpa que forjou para quando fosse questionado: o difícil trajeto, o pneu furado, e assim refez os acontecimentos daquela data.

Lembrou da beleza da sacada da cobertura, momentos de felicidades com Ingrácia, engolindo goles de chá, imaginando imagens históricas dos primeiros navios naufragando nas pedras e os navegantes sendo trucidados pelos tupinambá, o morro, ao fundo, as espumas do mar, bem que a Bahia poderia falar espanhol, como a Argentina e o Peru, a Venezuela...

Difícil será entregar a *Real Sociedad* para ser controlada por pessoas estranhas, como Ingrácia exigia, para não abalar mais a saúde de Ingrácia, preferiu ausentar-se da reunião, não assinar a ata, forjar o livro ata, precisava garantir a solução, os bancos exigindo regularização para liberar verbas.

Finalmente, tudo sobre controle, teria quem assinar documentos sem incomodar dona Ingrácia que nem os cheques de transferências podia assinar mais. Seus cuidadores eram todos achacadores, mas tinha o Arnaldo e até o Triana, apesar de sapeca e malandrinho, mas agora com a sobrinha do Arnaldo nas mãos, tudo seria resolvido.

Alegando a incontinência urinária de Ingrácia, falando em nome dos Suarez, a enfermeira havia despedido cada conselheiro, avisando que as reuniões se restringiria as semestrais da *Real Sociedad* ao tempo estritamente necessário para tomar as decisões indispensáveis ou colher assinaturas, mesmo que nelas absolutamente nada se decidisse *sem o consentimento de seu Felipe*, apesar dos protestos de Ingrácia que reclamava reuniões diárias ou semanais.

Relembrou o horário de sua chegada, já era tarde quando entrou pelo portão secundário, tomou o elevador de serviços pela área sul da cobertura do Crisol.

Achou que estava sendo protegido pela sorte, o fato da porta lateral da área de serviço estar entreaberta, isso lhe causara estranheza, mas favoreceu a ação. Apenas uma funcionária, vestindo a farda padrão dos que ali serviam. As recordações lhe trouxeram tristeza, Suarez chorando enquanto esperava o fiel motorista que fora levar sua princesa que também seria serva ou escrava, prisioneira.

No fatídico dia, não cumpriu o ritual de marido com beijos de chegada, a partir da obesidade que limitava os movimentos de Ingrácia, recordou que os carinhos que lhe dedicavam foram perdendo calor, ela gostava de apalpá-lo, mas ele já não permitia.

Ingrácia, através do clarão da luz, sentiu a presença de Suarez na biblioteca, o que ele não desejava, ela resmungou, acionou o dispositivo, mas não funcionou, moveu-se em incomum esforço, deslizando sobre uma cadeira de rodas pelo ambiente vazio, girou até próximo ao duplo degrau que lhe proibia acesso à biblioteca, ergueu o dorso, com enorme risco e pôs o pé desnudo na soleira de mármore fria. Reconheceu ser seu o desejo dela, ver sua face, sacudir-lhe a mão, bem que poderia ter evitado a tragédia, bastava um sorriso, um beijo na pesada pálpebra.

Arrependido por ter permanecido passivo como o rei no trono. Pernas cruzadas imaginando o corpinho de Daguimá. Lembrava do leve aceno, tentou atrair-lhe a atenção, fingiu não ver. Agiu como estúpido.

Tristonha, procurou a cadeira de rodas que continha o dispositivo sonoro, misteriosamente havia se afastado sem qualquer ruído, uns quatro metros do seu alcance. A esta hora, a enfermeira já dormia, pensou em visitar uma das serviçais em seus aposentos, mas a presença de Ingrácia impedia. Se a morte não era desejada, mas era esperada.

Não havia testemunhas. Um passo à solta poderia ser fatal. O mundo que se acabasse. Imaginava os termos para validar a última ata.

Suas conclusões refaziam os acontecimentos: por certo, ela recebeu de uma mão invisível o porta-cédulas. Por impulso curioso, consultou as seções, abriu o compartimento e onde deveria estar a sua foto de noivado preservada no tempo, estava um papel dobrado com marcas de unhas, por isso pensou: mais um dos costumeiros códigos e disse: *en el décimo* **(Dé-cima)** *no hay separación de sílabas mi viejo*, estas foram uma de suas últimas palavras que trocamos.

– *No... no yo... qué sé yo! No ai abducion!*

***

Suarez sentiu-se em atitude desrespeitosa pelo estado obeso de sua Ingrácia, ainda arrastou das gordas mãos o papel e a carteira que ela mesma havia lhe presenteado como a bandeira do Marrocos e mais uma vez chorou sobre uma pilha de tijolos.

Lembrou-se como se visse Ingrácia procurando em desespero, apoio nos seus ombros, mas ele fingiu não ter força para ampará-la. A porta frontal da suíte, que dava acesso ao elevador exclusivo, abriu e fechou-se repentinamente. Suarez deu alguns passos atrás, não preocupado com o invasor, mas com a provável testemunha do seu crime por omissão.

– *Robó lo que mi viejo?*

Ainda teve habilidade para assinar sua última ata. E após estas palavras, ela abdicava do controle rígido da presidência da RESIAM

Antes da chegada do médico, Suarez apressado e solitário tomou a segunda importante decisão do dia: salvar a qualquer custo, o controle da *Real Sociedad dos inválidos de Além Mar.* Apesar da falta de quórum, da ausência de todos os conselheiros e da diretoria, reabriu a ata assinada por dona Ingrácia, elegendo Daguimá, mesmo sem o seu conhecimento, presidenta da RESIAM, tendo sido a primeira vez que esta palavra assim foi escrita.

Tudo como Clotilde queria. Fruto de sua magia?

Mudança de comportamento

Suarez já não tinha mais tempo para outra coisa. A cada dia havia um forçoso encontro. Conversa sobre interesses e não sobre o desejado:

– Escreva teu nome aqui.

– Oxente, sô analfabeta não, seu Suarez, eu sei ler, muito bem!

– Mas não sabe escrever!

– Sei, sim, também! *O siô qué vê*?

– Quero sim! Escreve aqui teu nominho, bem bonitinho, uma só vez em cada folha de papel, só serve se *no ensuciar*! Faz de conta que, bem aqui em baixo, tu tá vendo uma linha! Olha só, não é que tens uma letrinha bem bonitinha? Vou te dar muito dinheiro para todos os dias escreveres cartas para mim, *tá bueno*?

– Claro que tá bom, seu... O que há de ser melhor, faço tudo que o *siô dissé*?

No primeiro dia, Daguimá chegara em casa de carro, o motorista não abriu a porta, ela nervosamente desceu para desaparecer na proteção da porta do casebre da Avenida Peixe.

No dia seguinte, Clotilde espiava da janela.

– É, desta vez parece que o motorista foi advertido, olha lá, já lhe abrira a porta.

Daguimá desceu morosamente, como a tia mandou, era para dar tempo aos vizinhos verem o carro vermelho. A saia bonita nova, rodada e curta, vento soprou maliciosamente, ela conteve a custo, o menino abusado assobiou.

– E hoje, o que ele disse? – perguntou Clotilde.

– Disse tanta coisa, minha tia!

– Ele perguntou se tu sabe ler?

– Como a senhora sabe?

– Perguntou?

– Perguntou!

– E tu?

– Disse que sabia!

– E ele mandou que tu assinasse um monte de papel de uma só vez para ele ver se era verdade que tu sabes?

– Mandou!

– E tu assinou?

– Assinei, minha tia!

Clotilde sem conseguir fingir, cresceu os olhos sobre Daguimá lembrando os dizeres de seu *abuelo*.

– Ele perguntou tua idade?

– Sim, tia!

– Ele disse a dele...?

– Não deixe nadinha sem contar para tua titia, ouviu, meu anjo?

E beliscou fortemente a face macia do rosto da conturbada menina.

Orientada à distância por Clotilde, Daguimá levou para casa um cartão de crédito, um talão de cheques especiais e uma caneta dourada, apesar de nada saber usar. Na bolsa, muitas cédulas.

Nada desnecessário quando de um lado tem o que muito tem e do outro, nada tem. Tudo era preciso para enfrentar os custos iniciais de quem se aproxima do modelo do consumo.

São as razões internas do coração que podem explicar as mudanças que, por amor, ocorrem na velhice. Ilusão é não correr atrás do engano da juventude. Porventura, não são as ilusões da juventude que faz um corpo pulverizado pela idade, desmentir a si mesmo? A mente diz ao corpo que a juventude é a migração forçada para velhice, mas a razão que sai do coração, diz que a velhice é a síntese da juventude experimentada, carece apenas de atividades moderadas e respeito ao gosto alheio.

Suarez raspou a barba e o bigode branco de vassoura que preservava a mais de meio século. Lixou as unhas, antes sempre amareladas pelo cimento e coloridas pelas tintas úmidas das paredes dos gabinetes oficiais.

Convidou uma reunião com os credores, e distribuiu diversas ordens de pagamentos, sempre à vista, em uma salinha reservada disfarçada de secretaria, dava o *aceite*.

Procurou conselhos sobre tênis, etiqueta e marcas; meiões de algodão e bermudas ajustadas. Foi no salão e pediu massagem para os cabelos cor de neve. Encomendou óleos especiais para deixá-los escurecidos. Trocou a corrente de Santa Edwiges por uma fitinha do Senhor do Bonfim, comprou um par de óculos com aros finos de origem italiana.

Momentos na praia

O momento primo ocorreu na mansão da lagoa de Maraú, na beira do mar: de mãos dadas como pai e filha, junto das piscinas verdes de Taipus de Cima. Como nunca havia mergulhado ali, ela preferia correr descalça na praia. A vida de Felipe querendo sofrer a metamorfose das serpentes, seu andar lento arrastando pelas beiradas, equilibrando-se pelos costados, enquanto ela flutuava sem deixar pegadas pelas pedras. Ele, sedicioso, no terreno irregular, temia o tabular do mar, apesar da preguiçosa tarde nebulosa. Ela voando serena, perdida no borrifar das alvas espumas e ele, cauteloso, silencioso almejando as sombras dos coqueirais, seguia atrás da doçura sem dar-se por conta do perigoso molinete controlado à distância pelos braços mágicos de Clotilde.

Suarez preferiu sentar e fingir contemplar o azul das piscinas naturais, assim pouparia o corpo para o que for possível fazer a noite.

A casa de Maraú, praia de Taipus de fora era um encantado recanto, uma das últimas propriedades dos Arnez, incorporada, intermediada pelo próprio Suarez quando seu capataz, como era propriedade da RESIAN Suarez, apossou-se dela. No portão, uma placa de bronze visível **QUINTA DOS ARNEZ** e a imagem de uma arena em bronze reluzente, touro e toureador, como tudo nas mãos de Felipe Suarez precisava render dinheiro, transformou em um hotel de alto luxo, frequentados por artistas e magnatas. 10 suítes que rendiam por hotéis de 100. Daguimá mal sabia que aquilo tudo poderia ser legalmente seu, a mega-herdeira dos Suarez e de Clotilde.

Se o mar não reagiu com mais calor a tamanha presunção, foi por não esperar a presença de um par que mais parecia a distância entre o futuro anônimo e o presente declinante.

A docilidade e beleza da menina dava certeza de bom investimento, frutos saudáveis para curta vida.

Nas falas de gargantas soltas à sós pelas cruéis madrugadas, Clotilde discordava das críticas do *Abuelo* aos utilitaristas e concluía:

– Acredito que depois de Deus, a mulher, além de útil ao mundo, se constitui no maior anseio do gênero humano. É também a grandeza de todas as ilusões. Para melhor entender um homem bem-sucedido, é preciso ficar frente a frente com a mulher que tem a liberdade de presenteá-lo com uma carteira de couro, uma cueca florida e um cálice de *champagne*. Para entender uma mulher é preciso ser douto em finanças, dominar as nuances da moda, a escala dos aromas e a arte do humor. Ainda, é preciso conhecer os mitos e as mandingas da floresta, ter domínio do palco e a síntese das principais comédias. "Isto consumiria toda a vida de um homem".

A primeira noite foi assim

Daguimá estava encantada perante tantas coisas finas. Uma escova de dente e pote de creme ao lado, o espelho enorme e muitas pétalas na água dentro de uma banheira da cor de prata. Escovou os dentes devagarzinho para não sangrar a gengiva, como a tia ensinara; um creme gostoso, *gosto não sei de quê*; passou as cerdas na língua, como a tia mandara, olhou o nariz e ficou admirando seu rostinho transformado pelo enorme espelho, ela se achou um encanto. Segurou com as duas mãos nos dois seios consistentes massageou-os com carinho, virou as costas querendo ver o bumbum, mas descobriu que havia outro espelho que lhe mostrava tudo que queria ver de si em toda formosura.

Ficou contemplando seu traseiro, imaginando-se homem, o que teria ali para despertar tantos desejos? Disse para si que era apenas uma mulher, como as outras, os homens é que são estúpidos, ou, então, generosos.

Abriu o primeiro presente sobre o mármore, era um tecido esvoaçante florido de fina seda – sonhava ter um vestido de seda –, da calcinha vermelha desabrochava um minúsculo botão de flor desenhado na fina nesga que tamparia provisoriamente o sexo. Atrás, uma combinação de tronco e galho que dava desejo de ver a continuidade no botão. Para cobrir o dorso, uma minúscula flâmula com flores de crochê de fios dourados. Em cada peito, uma fita incrustada com as letras R M e o laço dourado; o fecho se dava na covinha entre um e o outro seio de volume delicado e pontiagudo; finalmente, um broche pontilhado com brilhantes trazia o brasão da família Suarez.

– Seu Suarez é doido, pra dormir com ele, carecia de tudo isso?

Ela vestia-se devagarzinho, sem muita vontade, esqueceu-se do tempo, olhava cada detalhe; ao lado no móvel de vime, uma sacola, era um par de sapatos, cor de vinho com fitas da cor da calcinha e uma fivela brilhante, tão mais brilhante que até piscava na combinação furtada da luz. Ela sorriu um sorriso redondo e olhou os sapatos com os saltos enormes e pensou não se aprumar em cima daquelas forquilhas grandes, mesmo assim calçou sem pressa, achou que deveria sair assim mesma, para ela estava tudo bom, mas ainda havia outra caixinha delicada, era um vidrinho minúsculo de perfume, *tia disse para não deixar perfume cair direto na roupa.*

Daguimá fez respingar no pulso, depois na covinha do seio, duas gotinhas no pescoço e uma gota debaixo do queixo. Alisou suavemente a fita que tapava a covinha do peito, olhou o umbigo, aquela coisa que ela acha feia. Como ela se envergonhava do seu umbigo, *tia disse que foi ela mesma que cortou.* E alisou o pescoço: – *Nossa Senhora, tô me esquecendo do pingente que o homem deu!*

Dizendo estas palavras mirou-se e sentiu-se indelicada pelo atraso, como se fosse entrar no palco ou no salão do leilão. Reencontrou-se com o remoto passado neste momento presente e viu-se no seu quartinho e depois escrava da agência da ganância. Esforçou-se para não chorar, não devia manchar a maquilagem.

Precisava sentir-se segura, mulher como nunca fora, coberta de perfumes e joias, aguardada como uma princesa *assim como tia mandou.* Deu vários passos, tia disse que era para se acostumar com a altura dos sapatos.

Tô parecendo uma vitrine! Mercadoria de mostra, ah! Que seja, o que fazer se sou tão desejhboada... já fui avaliada, agora vou ser consumida!

Amor e poesia

Suarez, impaciente, permaneceu sentado recostado sobre um almofadão ao lado da cama do hotel. Um luxo que ele estava acostumado a usufruir, mas nunca trouxera uma suburbana para ali, a beleza de Daguimá fazia a diferença, como as índias de Colombo e Cabral, de Cortez de Triana, este sim foi o primeiro europeu a ver o paraíso, todas nuas, as mais belas fêmeas, todas índias, acreditou ter chegado ao paraíso. Na cama lençóis de cetim em cores pastéis, esticados, que ele levantou para depois cobrir os pés. Apesar de ter calculado o tempo, certamente seria uma longa demora. Um banho perfumado, a abertura dos presentes íntimos, a sequência do ritual de abrir, contemplar, admirar, retirar etiquetas, experimentar, olhar demoradamente cada combinação... enfim, todas as mulheres são lentas para se prepararem para o amor.

"Às vezes, a demora é apenas uma fuga do conceito de mulher fácil", Suarez murmurava enquanto aguardava.

Para ter certeza de não estar metido em um louco sonho, apanhou a valise e lembrou-se que dentro dela havia uma encomenda. Sacou, então, um volumoso despacho internacional que os correios entregaram e que não teve tempo para abrir. Sabia, no entanto, tratar-se de um presente de um parceiro apaixonado que morava em Bilbao, como ele, seu amigo gostava de arrematar em leilões livros raros e outras coisas valiosas. Abriu o envelope e dentro, um Dom Quixote, de Miguel de Cervantes Saavedra, datado de 1627, uma relíquia. Uuuuu... Seus olhos brilharam e parece que o mundo se resumia agora dentro daquele espaçoso apartamento de hotel. Se por um lado tinha nas mãos uma relíquia, por outro, como Dom Quixote, sentir-se igualmente esperançoso de ver uma mulher como nunca vira antes. Ah... o sonho de estar com Dulcinéia! Suarez folheava tão delicadamente o secular papel que mais parecia o corpo perfumado que já sentia à distância, a amarga suburbana que se tornava doce como um pêssego maduro. E olhava para uma página e olhava para a porta esperando abrir, as folhas quando se passavam lhe atraiam como o brilho de um cometa. *Este sim, é a verdadeira relíquia!* Louvava. Quando a doçura que se preparava para entrar o fizesse, teria motivos para deixar por um instante as folhas do Cervantes de 1627 e lá foi-se para o centro da sala e procurou sua preferida página no meio do livro e leu as linhas com ardor:

Em mil conceitos discretos
A dulcíssima Poesia
A alma cheia de afetos,
Vivos, suaves, te envia,
Envoltas entre mil sonetos.

Aí havia um ponto, mas não acabava o pensamento do encantado poeta superior. A porta se abriu. O vício que sempre o dominou pela leitura o impedia de retirar o olhar da linha, eram só mais cinco e o versos de paixão se acabava, mas o desejo carnal o impedia de prosseguir olhando os versos de quem foi tão superior, aquele a quem nada neste mundo se compara em grandeza e eloquência. Os passos dóceis, um vulto sedutor cruzou toda a extensão do ambiente iluminado em tons turquesa. Os passos doíam em sua mente, não podendo acordar do pesadelo, lia ainda mais rápido, achando motivos para declamar, e como não teve força para erguer as pálpebras, declarou-se romântico cheio de compleição. A loucura do leitor em volta com seu alfarrábio, nos olhos turvos, a mão a imitar o Cavalheiro de Mancha:

Se acaso te não enfado
Por não porfiar teu fado,
Que de inveja a muitos dana,
Levantarei de Diana
Sob o disco prateado.

Suarez tinha de cor este enredo e não permitia que seus lábios fornicassem. Primeiro, a lealdade aos divinos, depois que se cuide dos humanos, era preciso a resposta da Liberdade para a Poesia, e continuou:

Chamam Liberdade
Ao dar, quando se recusa
A ser prodigalidade
E ao contrário ser, que causa
Tíbia e tímida vontade

Mas eu, por te engrandecer,
Hoje pródiga hei de ser,
Que, se é vício, o vício honrado,
E de peito enamorado
Que no dar se deixa ver...

Quando Suarez deu por si, estava nu no centro da ampla sala da suíte preparada para a noite de amor, a declamar poemas retirados de seu relicário, que de tão antigo e roto soltava as folhas como papel incinerado.

Daguimá olhou a cintura exposta e desgastada, os ralos pelos pubianos, o falo desafogueado, o peito retorcido em dobras, abdômen saliente, puxou rapidamente o lençol e disse:

– Seu Suarez, posso *durmir? Tô cum* sono!

Roda de prosa
A guardiã – Histórias Paralelas – Tuxauá

Quando a conheci, aliás eu a conheço desde a mais tenra infância, a vi nascer.

– Ah, é, você foi a parteira de Daguia _ *Jornalista.*

– Peraí, quantos anos a Dinda tem? – *Ruth*

– Que curiosidade, menina – *Daguimá*

– *Eu tenho a idade das estrelas – risos.*

Anos se passaram até que os encantados nos reuniram. Se pelas mãos de Clotilde, ela deu os primeiros passos no chão, pelas mãos desta velha aqui, deu passos largos na evolução da consciência; minha sorte é que ela gostava de ler, era sabidinha, mas falava mal, lia como uma máquina, muitas besteiras, iniciei orientando seu pensamento, depois a leitura, dei-lhe uma gramática de presente; os aconselhamentos contínuos e isso faziam vira voltas na sua cabecinha. Eu dizia: antes de responderes, deves pensar nas últimas palavras que falaste. Se Felipe não perguntar do seu passado, por prudência, nada deverás dizer!

– E se perguntar?

– Diga-lhe que o que interessa é a vida presente!

– Mas estarei mentindo!

– Mentira é a omissão da verdade perante a justiça!

– E o que é a verdade?

– Ora, nem o Cristo quis responder! – *risos.* Não há justiça onde são os interesses particulares que prevalecem!

A menina nada guardava para si sem me consultar, tornei sua guardiã do seu corpo e Deus da sua alma.

– Mas a Clô reclamava o direito da primazia, de ser tia, de ser até mãe dela, Dinda! *Cota*

– Êpa! Mãe nunca... nunca mesmo, se eu não pari, homem é que é pai sem saber que é, mãe não, mãe sabe quando não pariu, pode até não conhecer, mas sabe...! Clô – *risos e mais risos.*

– Clô é uma fera,... mexe com ele... mexe! *Dinda*

– Mesmo porque a mãe sou eu! *Júlia*

– Eu recomendava: dos teus segredos *nunca negues nada a sua tia!*

– Se contar tudo tia me mata – risos – aos poucos, deixou de se intimidar com a cara feia de Clotilde – risos –, foi assumindo pouco a pouco o caráter da piedade. Eu como guardiã, como Dinda, incentivava a se abrir, não guardar mágoas, rancor, ira, daí a história do sal – mágoa é como sal. O que eu sabia do seu passado e tudo que há de novo, nada lhe neguei.

– Dinda, a senhora contou a história do jegue? *Júlia.*

– Sim! Claro, Julinha!

– História do Jegue? Que história é essa? Quero saber. *Enedina.*

– Depois se conta, tenha paciência! O que a menina não sabia, a velha, aqui, pacientemente ensinava, assim elas sabiam mais sobre a vida de cada um dos mortais, pareciam bandos de gafanhotos a rodear-lhe querendo devorar a seiva.

– Peraí, a senhora ficava no Barracão, e quando Queixão chegava?

– Eu nunca mais cruzei com ele! Nascida nas bandas dos Alagados, era uma alagadiça; criada na Avenida Peixe, era pisciana, agora também era periperiana, ou seja: era uma suburbana. Assim que na boca das gentes ela passou a ser a *Menina Divina D'aguia.* Ela não esquecia dos tormentos da Avenida Peixe, de Clotilde com insônia, armada de punhal perambulando pela casa, riscando tudo que encontrava pela frente, solitária, descalça, as vezes nua, soltava agouros: *oh, noite cruel!* Tudo isso ela me contava ainda apavorada e eu a acalentava.

– Tão exagerando, não ... não era bem assim! *Clotilde*

– Era sim tia, não negues não, ara sinal que o tio Nadinho não tinha chegado. Na fase mais aguda a senhora se aproveitava destes momentos para tecer pormenores do seu plano, de tanto ouvir do quarto, tão tristes lamentos, parte do projeto, eu conhecia na íntegra, e ficava com vontade de fugir, morta de medo, mas sabia que ali planejava o *seu projeto futuro*, e eu lhe queria bem. Só não sabia quem era o Espanhol que a senhora tanto falava.

– Coitada de tu minha filha ...coitada, porque não foste para casa da mamãe! *Júlia*

– E assim se foi como uma aluna. Eu ia orientando, pitando meu cachimbo, teu futuro tá traçado desde o dia do teu nascimento, eu a confortava. Um dia Clotilde, abriu o coração: *olha, minha velha, de ti eu só exijo paciência com esta menina doidinha que bem poderia ser tua filha*.

– Aí, certo dia, deitadas numa rede ela iniciou: então, minha tia, foi assim, o primeiro assédio, o primeiro beijo forçado, a primeira mão no peito, a primeira mão lá; o primeiro...; os primeiros sentimentos e depois, a perseguição, a raiva, o medo, vontade de beber veneno.

– Veneno? Que horror. *Júlia*

– E achei bom ter com quem prosear, abri o seu travado coração. Expôs pela primeira vez a uma mortal os sentimentos. Narrava como se estivesse lendo, se houvesse arquivado com a certeza que leria um dia para quem lhe desse ouvidos sem gagueira, e esta pessoa era eu, a sua Dinda.

– Ela não ficava vermelha quando contava tudo isso para a senhora? *Rosiclea*

– À medida que ela ia lembrando, ia relatando com sede de desvendar, como um novelo de linha. Um discurso retilíneo e eu disse ser a verdade hermeneuta, o discurso calcado no respeito e sem emendas. Inicialmente havia um certo pudor, depois, oh...!

– O que é hermenêutica, Dinda...eu esqueci! *Clotilde – risos*

Pois é, na presença piedosa desta velha aqui, ela fazia-se mais dócil e humilde, sem arroubos recém incorporados com a nova vivência de tesoureira empresarial. Sentia-se esperançosa e encorajada, pronta para assumir o papel que a ilusão da vida lhe oferecia. A gente via que ela esperava ter nas mãos a chave do portal que a levaria à saída desta vida rude.

– Quanto a Dinda chegou em casa parecia que nos conhecíamos e me disse: *a estrela que me guia me fez alerta, eu sempre estive à tua espera*! E me beijou com amor na face, tive susto. Fiquei em pé como se ouvisse a voz de um anjo, a voz da ancestralidade.

– Que maravilha, Daguia! – *Rithe*

– *Quem não queria ter este encontro? – Rosiclea*

– Isso me emociona! – *Tamikuyê*

– Que nesse lugar reine sempre a paz! – *Tuxawa.*

Senhora presidenta

A fim de melhor tocar a construção, o Mestre desejou mudar-se do conjunto aglomerado e úmido da Avenida Peixe para um amplo barracão de tábuas sob as lajes do prédio que se erguia velozmente em Periperi, onde um batalhão de músculos agitados esticavam, a pulsos, o edifício. Daguimá, já se acostumando com a liberdade, num tristonho lamento de órfã pagã, implorava, querendo acompanhar o tio para o barracão. Diante da feroz resistência de Clotilde em desejá-la como sua refém, Daguimá ajoelhou-se a seus pés. Intimidade que nunca teve, arrastou-se pelo chão, lamentou, quando não encontrou mais apelos ameaçou com as próprias unhas dilacerar o seu rosto núbio por inteiro. Nadinho, comovido, assumiu o risco, apesar de não ter aplacado a ira de Clotilde em um grau sequer. Com mais ferocidade, estendeu a ameaça para os dois. Na chegada, olhares maliciosos do batalhão de operários, o Mestre foi logo explicando suas intenções:

– Com ela aqui será mais fácil garantir as verbas, tão necessárias ao rumo da obra.

Espalhou-se o contentamento geral. A menina serviria de arco-íris diante da chuva de olhares embriagados de pecados.

Ainda não se haviam acostumado com as mãos entrelaçadas, assemelhando dois adolescentes. Apesar das diferenças, lá se foram, sem graça, aos canteiros das construções. Ela pulava e saltitava, enquanto ele, empolgado, apresentava pormenores das obras para *De Cima,* afinal, ali estava a máxima autoridade, a Senhora Presidente que assinava os contratos e os cheques, mesmo sem saber *praquê*. Perambularam por todas as obras da construtora e, por fim, regressaram a Periperi. Em relação ao que vira por onde andara, aquela era uma obra modesta. Certo, na periferia não havia apenas pedreiros, carpinteiros, encanadores e eletricistas, havia outros profissionais: azulejistas, jardineiros, artistas plásticos, vigias, e decoradores de ambientes e mulheres, muitas delas.

Um verdadeiro batalhão de operários, técnicos e artífices, todos à disposição do mestre de obras, o representante de dona Clotilde, a mentora inteligente espiã dos bastidores e dos negócios.

Enquanto a construção subia, o construtor não retirava o olhar, avermelhado pelos anos, de sua infanta – *bella construcción!* Dizia admirado, tentando um clamor sensual e malicioso.

Olhava de cima para baixo, na esperança de ver o que os operários viam olhando de baixo para cima. Dardejava primoroso abraços, procurava um santo que fizesse o milagre da melhor sincronia entre o amor e os negócios, entre a fragilidade do corpo sênior e o núbio, a esperteza da mente experiente para os negócios e a volúpia. Pagaria quanto necessário fosse. Seus músculos reagiam lentos às provocações ingênuas nas gingas que o corpo como serpente no calor da areia.

Ela se tornava rigorosa diante da lentidão das reações próprias da maior idade. Enquanto ele subia em cautelosos passos, ela descia a saltos os andaimes em funambulescas acrobacias. Tomava a colher de um pedreiro e o tijolo do outro, arrebatava o chapéu cúbico, feito de jornal, da cabeça do pintor. Calçada com meias brancas, pisoteava em cimento escuro. Pingente no tablado do andaime, forçava para ver se a corda vibrava e sorria pousando macia, imitando o trapezista.

Metros abaixo, enquanto ela sutilmente requebrava os quadris, o vento esvoaçava o vestido de seda sem estilo e moda, alinhavado por uma velha costureira que lhe aparecera. Excitados, uma rede de operários de braços lentos e olhos ágeis. Turbilhões de delírios contidos pelos suspiros profundos na contenção dos membros rijos. O ousado silêncio atraía a ira do velho, mas por fim, ele a tudo encarava como fruto de uma escolha gloriosa, sem deixar de conter a dose de furor contra os mais extravagantes.

Foi neste ambiente que uma velha solteirona, sábia, de ossatura saliente, reapareceu na vida de Daguimá. Doravante seria respeitosamente a sua guardiã do espírito e da honra, corpo e de todo o saber. Sua altura estava acima da média; rosto arredondado e os cabelos longos maltratados, um turbante azul, vestindo cores caramelo. Lia os almanaques, a Crestiomatia e o Palióqrafo, as bulas de remédios, e o livro de Dr. Alberto Seabra, lia Smith e Homero, o velho e o novo testamento. Como *mãe de pegação,* só atuava por encomenda. Pintava e bordava sereias e cobras, desenhava cavernas e acreditava nos mitos, dominava os segredos das bruxas através das histórias góticas. Conhecia os túmulos e as antigas passagens, as façanhas dos heróis, dos vampiros, dos fantasmas, dos lobisomens e dos pajés. O Saci com quem dizia conversar tinha pernas e se comunicava com intimidade. Classificava um morcego pelo seu voo e não temia as cobras. Nos dedos, enumerava as funções de cada deus Inca ou Maia, conhecia os deuses helenos e recriava histórias de tons medievais. Nunca se desfez da biblioteca que recebeu de herança do negociante mexicano que diziam ser seu pai. Gostava de homens, contanto que mantidos a uma relativa distância. Distinguia o saber fechado no passado do conhecimento aberto do presente. Colhia no campo suas próprias folhas e construía muitas botijas e jarros com o barro escavado pelas suas próprias mãos. Dominava as nuances das cores e os nós da tapeçaria. Preferia dizer que "a vida, ganho entre a costura e a feira, a louça e o tear, entre a arte e a magia." Vendeu na feira lavanda e água de cheiro. A pedido revelava a sorte dos amantes. Para purificar o sangue, combinava no xarope, folhas de pitanga com jatobá, crista de galo além das coisas não reveladas. Recomendava arnica para curar os distúrbios traumáticos, dizia ser a flor de hortelã o remédio dos deuses, a guaçatonga, o mais completo de todos, combinações com sementeiras capazes de transformar o molengo graveto numa alavanca.

Após encontrar-se com Daguimá, a velha passou a ter novo emprego: além de parteira, lavandeira e costureira, ceramista, virou também governanta e conselheira, a Estrela Guia de Daguimá. *Da Guia* foi como a velha a chamou antes mesmo de ver nascida.

Vindo da construção os comentários reticentes, como zuir de abelhas na toca, ela assumiu, pela ausência de Clotilde, a materpaternidade, a proteção e se faz prisma separador das cores turvas embotadas de poeiras que opacam as estrelas.

– Não se deve privar da obra de arte a sua própria áurea, mas o excesso de manipulação e exposição vulgariza a arte – a velha dizia baseada em seu saber estranho, refinado e cauteloso.

"Como pode ter tanto saber assim, deve ser coisa do *diengue*... uma velha *descachimbada* com cara de *num sei das quantas*... tem olhar rasgado de k*ayapó*, beiço longo de botucudo, cabelos de kiriri. E num é mesmo? Que diacho que ela é? Só Deus *pra exprìcar* como esta coisa doida pode saber tudo *direitim*..." eram os comentários dos operários.

Enquanto o prédio subia, a vida da Estrelinha da Guia ia mudando da solidão privada para uma vida emprestada e pública. Fazia de sua liberdade vigiada, tempos de alegria; sorridente, mas consolidada; admirada, mas resguardada, vigiada, desejada, mas abnegada. Daguimá, *Décima, De cima, Da Guia, Guria, índia, menina*; o nome não importava muito, eram todos circunstanciais, apesar de múltiplos e diferentes, cada nome tinha um significado e por isso era respeitada pelos habitantes do subúrbio. Já não era mais um símbolo de pecado. A mutação contrastava com os efeitos negativos das previsões. Sua energia atraía visitas, apesar da deselegância nas algazarras daquele populacho, ela retribuía com mesura e presentes sem valores. Sua atenção era como uma vela acesa: não clareava muito, mas iluminava todos.

Unia-se à mutação reflexiva na confusão do espírito com a alegria da ascensão visível do corpo, ainda em formação. Em formação, estava um caráter dúbio tal como o vento, era possível seguir o sentido oposto de onde a pressão fosse dominante.

Os vestidos de seda que a velha alinhavava, caíram rapidamente de moda e amontoavam-se como peças históricas de um passado que à sua vida não foi dado tempo de viver melhor, em seu lugar chegavam acomodadas em embalagens luxurientas, as finesses dos ateliês da Pituba.

As sedas e tafetás, brocados e miçangas, chapéus e sombrinhas coloridas. Sandálias de saltos finos que a custo, Daguimá nelas se equilibrava. Meias transparentes de finíssimos tons delicados, ela usava com sandálias de dedos para passear pela construção.

Colares e perfumes, braceletes e bótons; sombras e batons de sabores adocicados como ela pedia. Anéis e relógios, óculos em dúzias para as variações solares.

Todas as coisas acomodadas em um barracão improvisado em Periperi, aguardando o fim das obras do edifício que se erguia para abrigar a princesa e a esperança de liberdade e de vida longa.

Para evitar o assédio, tantos que eram os pretendentes, ela marcou uma data especial de visitação, como se fosse a cerimônia do beija-mão. Traziam presentes de perfumes ordinários, *lingeries* de qualidades baratas e sabonetes. Aumentava a lista de objetos que ela acatava e redistribuía. Aprendeu a conservar um sorriso permanente de alegria, parecendo a rainha do reino dos *tumbalalá*.

Aceitava os beijos das crianças breadas de poeiras, em troca devolvia seus encantos a toda comunidade. À distância, *De-cima* acenava com a mão em saudação gentil e carinhosa. Todas as ocorrências pareciam cheias de considerações, de forma a proporcionar prazer em simultaneidade. Investia no projeto do momento, pois nele passou a acreditar, aquilo que Clotilde chamava de *seu futuro e* que não incluía seu passado.

Despestar da consciência

Nem tudo o que aconteceu estava previsto no planejamento de Clotilde: Daguimá foi sem a contrapartida, não foi devidamente incorporada ao patrimônio contábil do capitalista; sentiu a sensação de vê-la, aos poucos, escorregando entre os dedos. Mudara-se, definitivamente, para o tal barracão; não acompanhava Nadinho nas suas raras voltas para casa, preferia ficar por lá mesmo; na Avenida Peixe pouco pisava, apenas para atender o seu imperioso chamado, e quando o fazia era acompanhada de motorista e uma renca que Clotilde não deixava entrar.

Mesmo assim, ficava sem ação, com aquele monte de homem lá fora. Precisava falar baixo, quase nada podia especular, mas Daguimá sabia que continuava sendo serva e como tal vigiada. Apesar da mudança de aparência, cada vez mais arredia, ainda assim cumpria suas exigências: não faça isso nem aquilo, não fale sobre... nem de..., não fale com... finja que...! Um dinheiro para tal coisa, outro dinheiro para coisa e tal. Ora, não era com dinheiro pouco que Clotilde planejou encher as mãos.

Teoricamente, houve uma falha em sua ação por erro no planejamento: ela não tinha recibo de venda, não soube controlar o pós-venda. Sabedora da incapacidade do manuseio, certamente manteria o controle. O que tudo apontava para ser eterna escrava.

Mas houve o despertar da consciência, desenvolvendo conhecimentos e habilidades, Daguimá foi adquirindo forças capazes de desfazer as correntes que lhe prendiam, seu desejo era tornar-se a última das escravas da periferia.

Roda de prosa
Clotilde

Depois da fuga para o vale dos Barris até a mochila nas costas, foi só questão de tempo. A primeira indumentária foi um par de sandálias de cangaceiro que me deram, ao pular o portão perdi a sandália, estava de roupão sem calçola. Deram-me uma calçola apertada e uma calça velha surrada, tomei a estrada com meia dúzia de vagabundos. Montanhas e serrados, mares e campos, Amazonas e Xingu, Colômbia e Peru. Bem que desejei ir até a Espanha. Nem imaginava o que poderia acontecer mais do que já estava acontecendo.

Não calculava bem o grau de sagacidade do avarento que me expulsou de casa; ele era um touro robusto ante uma toureira inexperiente, não sabia dar a volta, apanhar o toureiro no contrapé.

Eu precisava das lições de tio Pescara, na cama dele, mas o canalha interrompeu as aulas, sequestrou meu tio querido, confinou em Arembepe o velho *abuelo*, enganou minha avó, roubou sua fortuna. A tarefa caberia a um bom toureiro, ou um bom artista, deveria ter ensaiado melhor o golpe da espada por cima do pano vermelho, o toureador não pode odiar o touro, precisa, na hora certa, tê-lo ali, oh, nas mãos, brincar com ele na arena, ver o povo dando olé.

Mas por sorte ou por azar, veio esta índia miscigenada que não conhece seu povo, a Daguimá, e tudo parecia fácil, ou seja, ela foi usada como meu pano vermelho, inicialmente parecia uma japonesinha, depois uma peruana, mas só me interessava sua pele vermelha com um pouco de tinta preta – *risos* – na luta aprendeu melhor que a branca aqui, a colonizadora, pois lutou sem punhal nem espada, usou o corpo pintado, o tacape e a borduna. *Risos*.

– Caramba, Clotilde, como tu é fria, hein, mulher!? – *Jornalista*,

– Meu Deus, você é uma cobra, Clô – *Enedina* ,

– Nossa, bota cobra nosso – *Jornalista*..

– E tu teve coragem de vender tua sobrinha? – *Adail*

– Isso é um crime hediondo! – *Jornalista*

– Minha filha, vixi nossa mãe santíssima! Esta mulher é, fria, um demônio – *Júlia.*

– Veja se estou entendendo: durante a vida, tu preparava tua sobrinha para um dia se aproximar do velho e matá-lo? Fazer o trabalho sujo? – *Rosalina*

Roda de prosa crônica – Jornalista

– Irmãs, na última assembleia foi deliberado que deveríamos esboçar os capítulos da nossa história, fiquei sabendo que o filho do Pery, o índio, está dedicado a esta tarefa, ele tem mais informações que eu, no entanto, quero ler para vocês a crônica que escrevi para esta roda de prosa. Posso ler?

– Vamos filha, queremos te ouvir! Cota.

– Pois vamos!

– Esta aqui, que chamamos de Tuxauwá, Dinda, Naninha, Madrinha, YãkôaAna *su padre ilamava de La Bruja! risos.*

– Pois é, descobri que estamos diante de uma mulher Xamã! Na verdade, ela é uma índia urbana filha de *el brujo Aymara* peruano, dono de grandes riquezas tendo ela como herdeira; o homem tinha uma *sabiduria* dos deuses. Falava mais de dez idiomas, inclusive o tupi.

Apesar de peruano vivia no México, andava o mundo em companhia de um monge indiano comprando pedras preciosas, passou por Andaray, Utinga, Jacobina, Campo Formoso e diversas serras da Chapada Diamantina, sempre acompanhando do indiano, outro *brujo; na aldeia d*o Marakáyá engraçou-se com uma índia, voltou para o México deixando uma criança grávida de outra.

Cinco anos depois do nascimento da filha, ele retornou, mas a mãe tinha sido definitivamente expulsa com a filha da aldeia e o avô da menina prometera matá-lo se por lá pisasse. Por motivos não muito claros, ela veio morar em Periperi.

O aymara, tornou-se frequente nos garimpos da Bahia, em uma destas vindas adquiriu este terreno aqui e construiu a primeira oka para Pery; isso atraiu índios de outras regiões. Deixou na Oka um arsenal de figuras e esculturas do tempo pré-colonial e uma boa mesada para a filha. Ensinou além da língua *aymar aru*, artes e preces sagradas, esculturas e muito mais.

A mãe, morando só, não esqueceu o que aprendeu na tribo: artesanato, rezas, benzeduras, mas teve morte precoce: gripe espanhola, a menina se salvou.

Viajou com o pai pelo México, Peru, Equador, Colômbia, conheceu seus irmãos e avós aimarás, cursou línguas na casa de Garcilaso, – El Inca – adquiriu notório saber, dominando vários idiomas, histórias, textos sagrados, marcas rupestres, apesar do apego aos andes, preferiu voltar para Periperi. Por diversas vezes o pai lhe visitara.

Estes conhecimentos foram ensinados a Daguimá, inclusive fingir a morte.

– Fingir morte, que é isto? Quem disse que fingiu morte aqui foi Clotilde, Daguimá também? – Cota.

– Eu vou explicar, minha mãe!

Ela usava uma saia curta e subia no ponto mais alto da construção, não pensem mal dela, isso era estratégico, desviava a atenção dos operários, ela estava treinando uma ação homérica.

Do outro lado da construção, haviam dois riachos, quando chovia ou a maré alta os riachos dialogavam com a morte; a velha bruxa – *risos* – ensinou as meninas da cabana costurarem um lençol forte para aparar duas mulheres que deveriam chegar do céu na hora da maré ou da tempestade, recomendou para nada dizerem senão a magia não daria certo.

E assim foi feito. Depois do enterro do espanhol, a morte de Queixão e o velório de Nadinho, tudo, tudo planejado, tudo consumado, tudo num só dia, a profecia se cumpriu: todos pagarão o preço justo!

– Minha filha não é melhor tu parar com estas histórias, não? *Cota*

– Porque maínha? Deixa elas chorarem, estou contando o que aconteceu! Ora, deixa chorarem, quem sabe se arrependem do que fizeram!

No dia fatídico, choveu como nunca havia chovido ali, YãkôaAnã com duas *marakas* em mãos deu o sinal e as duas saíram correndo pelo espaço, no tempo que foi calculado, subiram a construção por duas escadas paralelas, atingiram um andaime superior, como estava previsto, gritaram alto como tinham ensaiado, deram-se as mãos, e como gaivotas saltaram confiantes no combinado com a *bruja*. As duas mulheres não morreram.

Para Dagiomá, a bruxa dissera que *uma velha santa irá te acompanhar para que não morras no salto*, para Júlia, dissera que *um bonito anjo iria te proteger para não se afogar no rio*, as duas caíram sobre o lençol como haviam preparado; foram arrastadas por uma carroça estacionada, assim como foi planejado.

Não houve testemunhas assim como foi proposto; transportada até a velha oka pela carroça, a mesma velha carroça que transportara Juliana e Júlia anos atrás, quando deu à luz a Daguimá.

Júlia sorria ao chegar na casa da velha bruxa dizendo:

– Ô tia Naninha, tudo deu certo, tudo deu certo, deu certo, tia Naninha... eu disse que iria fazer como o anjo mandasse, tudo como a senhora ensinou... eu disse... eu disse, não foi meu bebê?

E nesse instante desfaz-se o mistério, mãe e filha se encontram.

Em vão bombeiros procurando os corpos, aliás, foram encontrados muitos corpos entre os riachos Simóis e o Escamandro, revoltosos os dos riachos tragaram barracos, casas, corpos e construções; atribuíram as roupas com cheiro de urina a Júlia, a louca; de Daguimá, sapatos e uma carteira com desenho das escadas e cédulas de dinheiro – pareceu suicídio.

Apesar de serem vizinhas de cabana, a velha Naninha retardou o contato entre Clotilde e Dagmá, primeiro ensinou as lições que cada uma deveria seguir, Clotilde ensinou a humildade e a palavra perdão, era mandona, metida a hippies, dominava a função dos punhais; na infância, teve boa vida, conhecedora dos dois mundos, apesar de que Naninha sabe mais da vida que Clotilde. Quando Clô falava em espanhol escorregando na gramática, Naninha corrigia, se esquece as estrofes de Cervantes, Naninha completa; tia sabe até cotação de ações, sabe fazer previsões do tempo; somente Dinda para desfazer as mandingas de Clô. – *risos e aborrecimentos.*

Daguimá aprendeu ser mais confiante, depois de meses as duas se encontraram e se abraçaram e se amaram respeitosamente.

Dagmá que estava acostumada com os projetos de Clotilde, agora passou a se acostumar com as lições da madrinha, histórias, cantos, banhos de folhas, exercícios matinais, leituras lúdicas e espirituais, texto de economia, as teorias do Bom Viver que tia nos recomenda como dever. E assim tudo ficou bem e em paz.

– Terminou, filha? – *Cota.*

– Não, quero ainda falar um pouco do velho Pescara: ele desconfiava de Felipe, a quem chamava de *comandatezinho de mierda,* e passou a guardar cópias de documentos, plantas das fazendas, dos armazéns; números das contas bancárias, valores iniciais, apólices de seguro.

– Pescara foi o mais fiel escudeiro de dona Dilma, ele era apaixonado por Clotilde, apesar dela ser uma criança!

– Mas isso é uma infâmia, peraí menina... *Clotilde*

– Infâmia, infâmia...! É a mais pura verdade! Mas, isso são detalhes, vamos em frente!

– Sabedor que Dilma só tinha uma herdeira, começou crescer os olhos, tentou convencer a velha fazer um seguro milionário em seu nome, tendo ela como beneficiária, e a recíproca, tendo ele por beneficiário, mas nenhum dos dois poderia morrer senão de causa natural, ou acidente insuspeito, *não precisa morrer para viver bem* – ela disse.

– Isso é verdade Clô? *Amélia*

– Coitada, Clô não merece isto não! *Júlia*

– Como ia dizendo, o Felipe queria matar eles, o Carrascoza levou um tiro e não morreu porque prometeu se exilar no prédio da construção, e lá ficou até a morte por envenamento; o cônsul acolheu Pescara mesmo assim levou oito tiros. Tudo isso acontecendo e, por muito tempo, Clotilde foragida, como hype, desaparecida.

– Foi aí que o Cônsul se empenhou entrou na causa, pagou a empresa que investigou os pormenores, o relatório dava de conta da enorme fortuna à disposição de Clotilde e, para sua surpresa, a procuradora era Daguimá, sem elas saberem. Após encontrar com tia Naninha ele ficou impressionado com o conhecimento dela, não foi *véia*?

– É, isto é verdade! *Naninha.*

– *Mas que história miserável -Tamykuyê*

– Que tal convencermos estas mulheres para, unidas, usarem esta fortuna em uma fundação? Fundarem uma escola da vida, aprender e ensinar o Bom Viver? O Cônsul dissera.

– Eu adiantei para ele que já planejava criar uma universidade para os povos indígenas das Américas – *Naninha.*

– Isso, isso...! E Daguimá havia dito: Apoio, se a universidade for para ensinar a salvar o planeta Terra! Não foi Dag?

– Sim, foi verdade – *Daguimá.*

– Dagmá foi consultada antes de consultarem a Clotilde e a mim, pois não sabiam ainda que minha mãe tinha participação na empresa. Clotilde pensou um pouco e perguntou. Onde será o Campus? E Dagmá mesmo respondeu: em Periperi!

– Ótimo, será a Universidade de PERY, eu completei.

– Seria uma homenagem a meu pai? A irmã do índio teria dito.

– Esse debate deveria ser considerado como a assembleia fundadora da Universidade de Pery – *cacica Yuwara*

– O Cônsul saiu impressionado com o desapego pelo dinheiro, especialmente vendo o cacique Arayitã Alsuba e a cacika *Yuwarasu*, sopraram fortemente a flauta convidando para a cerimônia os bons espíritos reverenciando a Mãe Terra, a esposa do universo, a mãe de todos nós.

– Interessante, a cada dia surge uma novidade. Agora vê esta menina com minudências que desnuda a gente – ah! menina danada. *Dona Naninha*

– Parece com mamãe não é filha, linda! – *Cota*

– Realmente suas crônicas, menina, são de arrombar – não sei onde tu acha tanta coisa para desenterrar, umas nos machucam, mas depois tudo fica bem – *Clotilde*

Ameaças

Queixão instalou-se no Bar do Sargento, perto da estação do trem. Preferia assim, não queria expor-se à curiosidade pública. Havia combinado todos os detalhes com a Guria em um rápido encontro, aproveitando-se do descuido dos olheiros de Clotilde: ela deixou a Guria solta no subúrbio. Reconhecia que um simples vacilo seu, Clotilde o pegaria no contrapé, preferiu a cautela.

– Olha aqui, Guria, vê se não te mete a besta tentando me tirar da jogada!

– E tu já não tens uma chusma de amantes, pra que quer mais uma?

– Mas, que diabos tu tens na cabeça? Amantes eu as tenho em abundância, agora eu quero é uma *di-amante*!

Deu-se por conta do efeito que a palavra tomou e sorria, levando a mão na boca, escondendo os defeitos da dentição.

Contra Daguimá, o elemento surpresa estava sempre em atividade, indefesa, em situação de inferioridade, com seu espaço invadido, dando sempre sem receber, satisfazendo sem ser satisfeita, ouviu sem poder falar o que desejava; depois da convivência com a velha Naninha foi aprendendo a importância de pensar enquanto o outro falava. Somente ela não se surpreendia consigo mesma diante de inexplicável mudança.

A cada dia, aumentava o espaço livre para ver a vida, relativa liberdade, achou que havia chegado a hora de testar a linha do seu próprio raciocínio. Deveria impor-se para ser ouvida e, franzindo a testa, entre dúvidas e acusações, exclamou:

– Quatro mulheres?! Um glutão! Nunca saciará a fome de nenhuma...!

Permanecendo moderada diante do farsante.

– Quatro não, Guria! Para contar mesmo é só com Enedina que tem muita força nas coxas, com lenha para fogueira, as outras são fogo de palha.

– E a Adail? Você disse que ela tá na casa dos cinquenta...

– É verdade, mas idade de mulher sofrida se mede em exponencial. Hoje ela é uma bruaca, já embuchou muitas vezes, perdeu umas e pariu outras três, agora tá ficando mais *muxemba* que sanfona de esmoler de feira.

– Isto quer dizer que ela já teve seis filhos... agora então tá na hora de descartar...! Sendo assim –, murmurando – se eu ficar contigo será por pouco tempo... Ficar contigo então... é correr risco permanente!? E lembrou um dito que Clotilde atribuía a sua *abuela*:

Ter três santos de devoção
É como ter três pombas voando
E nenhuma segura na mão
Na hora que o couro come
Não sabe pra quem tá rezando,
O santo zangado some!

Queixão deu um sorriso ardido e gritou:
– Por que tanta ironia, guria? Os meninos são do marido, eu só ajudei fazer, aliás, ajudo na educação...!
– Sei... então... quer dizer... que!?
– Quando eu a conheci, ela parecia uma sereia, uma cabrocha da baixa da égua – começou a caçoar com o efeito das palavras – hoje é uma baleia sem encanto, emperrada na praia.
– E Júlia, me conte dela! – Daguimá falava áspera e sem rodeios.
– Guria – riscando com o pé, como fazem os galos para submeter as frangas – vê se não inventa, mesmo porque eu quero continuar contando com todas. Júlia era da limpeza pública, deixava o suor no *pustemado* e assassino cabo de vassoura, deu nó no espinhaço, só dá uma em troca da prece, milagre do Santo, ela tá acabada, só presta agora para depósito de segredos! Sabe como é que é, né? Sobra mesmo é você, e *tamos* conversados!
– Júlia tem quantos filhos? – perguntou sisuda.
– Queixão não admite interrogatório – tentou dissuadir.
– Quantos filhos tem Júlia, vamos, eu quero saber! – ela expressou-se em tom de revolta.
– Não sei! Aliás... uma... ou..., acho que me enganei, na verdade ela tem uma..., ou, de direito, nenhuma!
Queixão, dissimulando o olhar, esgotou a respiração, dando pequenos golpes com a mão fechada em concha sobre o peito, depois andou dois passos miúdos e chutou um pedregulho com a biqueira do sapato, e disse com a voz de quem está quase aborrecido:
– Não vejo razões para maiores interesses nisso!

Fez uma pausa e prosseguiu com arrogância:

– Queixão não veio para interrogatório – alterando a voz – aliás, parece que tu já foi contaminada com o veneno da bruxa – levou um dos dedos às narinas, olhando de relance, ameaçando com voz grave: com Queixão não se brinca, bruxaria desfaz-se assim, oh: *pá, pá, pá!*

Com as duas mãos abertas, deu vários tabefes corretivos na face de Daguimá. Como defesa, ela limitou-se a comprimir os olhos. O peso das mãos robustas lhe causou imensa dor na alma. Ascendeu a revolta no mais profundo da sua alma, revoltou o silencioso espírito solitário. Quase não se contendo diante da mais árida angústia que o escárnio provocara, suspirou até ascender a chama que apenas latejava dentro do peito; teve, porém, controle e pode evitar a inútil reação dos frágeis músculos circunstancialmente impotentes. Vontade de mandar o cafajeste para onde a velha guardiã disse ser as profundezas, onde não tem luz, onde vive o velho capenga.

Daguimá, sentida, repassou também as lições aprendidas na cartilha de Clotilde; mediu as dimensões do touro e concluiu que sua arma, ainda, era impotente para sangrá-lo. O novo espírito propôs cautela e resolveu preparar-se melhor para a luta como tia Clô dizia, em arena apropriada, no lugar que tivesse completo domínio das dimensões da arena. Onde pudesse controlar os passos do touro, mantendo-o a curta distância.

Despertando a consciência, iniciou seu plano: ensaiar um golpe preciso contra um sujeito ardiloso, a tia disse que se o golpe falhar, a reação será fatal. Precisava dar um golpe sereno onde a penetração fosse indolor e a sangria interna, longe da visão frenética da multidão a gritar olé. Um crime sem provas para não haver condenação.

Daguimá e o touro, sem plateia para ver o touro agonizando, tombando sem asfixia nem sangue na arena! Afinal como dizia tia Clô:

Com sabedoria é mais fácil para uma mulher matar um homem que um homem matar.

Queixão, com os braços musculosos, os bíceps salientes, imitando o gesto de Il Duce, cruzados no alto do peito peludo, aliás sua mãe o achava parecido com Mussolini, e como Il Duce portava-se como um carrasco que não se dá fé do cadafalso, contemplando da vítima o pescoço e o cepo sem olhar o seu próprio pescoço.

De prontidão, mirava a infâmia intimidativamente. Seu olhar de lobo não deixava dúvidas suas intenções para com o chapeuzinho vermelho, mas Daguimá não se moveu. Indócil, mas resignada, olhando fixo para os poros abertos da barba ruiva alongada da víbora profana, víbora que em silêncio enganara a tantas, submetendo-as, todas frágeis, agora atormentava mais uma alma.

Após longa pausa, Daguimá, impulsionada pela única ação que seria do seu interesse, postou-se convencida da desvantagem desafiadora, reagiu com a postura dos indomáveis, reatando o diálogo interrompido pela cor rubra da dor.

– Mas Queixão...,

– Tô sabendo: o coroa já passou o casarão, conta no banco, ações, tudo ali, oh, preto no branco, escritura e tal; carro e muito conforto, sem deixar pra lá a grana que não faltou mais prá titia...

– Pois é ...!

– Pois é, o cacete! Você é ingrata, agora que tá numa boa quer detonar o pobre do Queixão? Não e não..., rapariga nenhuma virou as costas para Queixão e continuou perambulando por aí; quero te dar uma chance: vamos dividir este conforto todo em partes iguais, metade teu, metade de Queixão, mas quero tudo contabilizado! – e como peralta, sacudiu Daguimá pelos braços, como se sacudisse uma árvore para roubar-lhe os frutos.

O seu espírito, vagando pelas inconveniências da vida, não ficou por muito tempo sem demonstrar temor. Instantes depois, pensativa, ar de choro, no íntimo ela temia a reação extrema, tal era o peso do discurso ameaçador. Transtornada e lenta, levantou os olhos, recuperando a voz, como se ouvisse os conselhos da madrinha:

– Tá bom, – resoluta – às quintas-feiras ficam para nós dois! Só às quintas-feiras, tá bem entendido?

Repetiu pausada e sem temor, acrescentando: *estarei de plantão a tua espera no barracão da construção.*

Depois do amargo dia em que Daguimá foi conduzida por Queixão para trás do muro do armazém das docas, ele não ousou mais furtar o favo do seu doce mel. Deu por cumprida parte da missão, faltava acertar as contas com o resto da laia. Não precisava vingar-se da menina e sim segui-la, fazê-la de guia, não perder de vista, ela seria a estrela para lhe guiar até botar as mãos naqueles cafajestes. Queixão nunca ousou aproximar-se da Guria tendo Clotilde por perto. De peito aberto, não ousava enfrentá-la. Clotilde era uma tempestade imprevisível. Ela já mostrou que na arena manuseava melhor que qualquer uma outra as armas secretas das mulheres. Queixão não a temia, mas respeitava.

Com sabedoria é mais fácil para uma mulher matar um homem que um homem matar.

Queixão conhecia este discurso.

Feliz foi a coincidência: quinta-feira era o dia da semana que Queixão tinha livre. Não podia ser melhor, foi como soltar o galo no terreiro, sentiu-se dono da fechadura do cofre.

A mão como uma mola, puxou Daguimá para junto de si, ela sem resistência encostou a cabeça no peito largo cheirando suor; em júbilo, roçou os dedos por entre os fios longos dos cabelos turvos dela, sem pedir licença retirou da bolsa o maço de cédulas que lá havia, deu-lhe um beijo na testa e saiu. Daguimá presa no silêncio, permaneceu imóvel e não viu para onde Queixão se foi. Sorrateiramente, tomou um atalho, olhando furtivo para todas direções, satisfeito, como uma raposa sardenta que acaba de atacar uma ninhada, desapareceu remoendo uns versinhos toscos que ele cantava para suas mulheres.

Sambinha Do Queixão

No ócio, delas sou o afazejo,
Debaixo é o mar que vejo,
No xale destas donzelas.
Curto vida de sentinela!

O caixão, prefiro sem flor!
A vida melhor quem tem?
Ninguém serei sem elas
Sem elas eu serei ninguém!

Prece de Queixão

Queixão foi um sujeito atrevido e perverso, para ele não tinha hierarquia, idade, momento. Na puberdade, colecionou as mulheres que pode, na idade adulta já não dava conta das que tinha então inventou a tal de prece – universalmente conhecida como *prece do Queixão.*

Oficialmente tinha três mulheres, apesar que elas não lhe pertenciam, nem ele a elas, as relações sempre conturbadas entre obrigações, obediências e normas rígidas. Aos sábados e domingos, ficava em companhia de Júlia, segunda e terça com Enedina e quarta com Aidil.

Júlia, mesmo não sendo a mais velha, estava mais degenerada. Envelhecida pela opressão em permanente dor, tinha os passos curtos e as mãos calosas. A depressão aguda aumentava indefinidamente. Ainda morava no mesmo barracão dos Alagados que a mãe lhe deixara.

Raramente se dirigiam palavras, quando faziam era de forma áspera, levantando a voz. Para esperar o almoço, deitava-se numa tarimba e sacudia o corpo embalado pelo rito das ondas do mar batendo nas estacas da palafita. Demonstrava completo desprezo pelo ambiente e pela moradora, passava o dia calado, ou sussurrava um sambinha que Júlia fechava os ouvidos com cera para não escutar:

Nuvens de Procelárias

Estas mulheres me seguem
Mudas, como segue o eco à fala,
A fé é quem me persegue
Nas noites distantes delas,

São mariposas falenas,
Eu sou o cavalo de cela;
De dia são águas marinas
Soçobrando a caravela.

Rosas não feias nem belas
Cachos negros, rosa amarela,
Na cama todas donzelas,

Na língua roseta e espora
Na mesa meu pasto verde
Sossego no balançar da rede

Se não se amavam, tão pouco pensavam em radical separação. Eram fortes os compromissos. Só a morte para os separar, ele mantinha esta esperança viva, prometera ajudá-la a travar os olhos na hora de cruzar o rio das trevas; com a sobra de tábuas do barracão, havia construído um caixão no qual pretendia sepultar o corpo dela coberto com flores que ela mesma conservava em vasos pêndulos na parede.

Caro lhe custava mirar o espelho, nele via a imagem enfadada do seu próprio corpo e lhe causava repulsa. As rugas e estrias, os lábios roxos. Os braços como uma rocha sedimentar fraturada pela opressão. Dos cabelos negros, da encantadora franja na testa, sobraram os fiapos como fuligem de chaminé. As ancas, que antes, excitantes tal qual geleia, balançavam na avenida, agora murchas e pêndulas, os seios decaídos.

Difícil para Júlia era a lembrança deste mesmo corpo, quando flanando, conduzia um rosto de princesa, isto lhe aumentava a fadiga, a vontade de morrer.

Destes momentos dóceis, sobraram imagens amareladas de uma revista enfeitando a sala do barracão umedecido pela maresia, perfumado a mofo e acarpetado com o limo lodoso; era permanente a sua cruz. Quando contemplava o seu passado, não o reconhecia no seu presente.

Júlia buscava na lembrança uma senha que a infâmia lhe omitira. De um lado, sofria a dor por ser mãe solitária e, por outro lado, ter como companhia o protetor que também era seu inquisidor, seu juiz, seu carcereiro, seu carrasco e prometido coveiro.

Nem por tudo isso, esquecera-se da semente que germinou no seu ventre no último dia do seu último carnaval. Sentia-se bem na sexta-feira da vez, subindo a colina sagrada ao lado de Queixão para fazer a prece, neste dia até que ele parecia belo, neste dia ela era Júlia e Júlia era ela.

O cano de água não chegava até o barraco, uma tina aparava água da chuva. Queixão contribuía com uma porção de feijão fradinho para a mariscada. Segunda-feira, logo a partir das primeiras horas, apresentava-se perante Enedina, moradora no bairro do Uruguai, como as outras, carregava mágoas e sofrimento.

Na sexta-feira da vez, fazia um bolo e neste dia ela fingia que amava Queixão. Conhecera Queixão no velório de sua madrasta, ela chorava muito a perda daquela que lhe criara; ele aproximou-se sussurrando em voz tristonha que, doravante, ele, Queixão, – assim mesmo se apresentou – seria seu protetor, que o considerasse amigo. – Foi esta a última recomendação que a finada fez! – e apontou, em lágrimas, para o caixão.

Fez de Enedina uma cativa e deste cativeiro ela nunca se livrou. A seu lado, Queixão lambuzava-se vivendo dois dias da mais intensa anarquia.

Quartas-feiras, ele levantava cedo e marchava a pé para a Ribeira ao encontro de Adail, negra fogosa e sedenta, que na cama não se cansava. Seus capetinhas gostavam dele. Quando pequenos o faziam de cavalinho e obrigava a pular com cada um sobre o pescoço pelo espremido quintal, só depois podia dormir o sono dos amantes nos braços da mãe. Ela preparava uma gemada quente com canela e guaraná, caldo de feijão e pimenta de passarinho, e mais tudo fingia prazer.

Queixão era um sedutor contumaz, mesmo podre de cansaço, desnorteado e confuso, desejava sempre mais, pois as quintas-feiras lhes eram solitárias sem ter onde dormir, é por isso que precisava da Guria dos vestidos de seda e o perfume de lavanda, para ocupar sua única folga semanal.

Nas sextas-feiras, tinha compromissos com o Santo, vestia branco marchando entre turistas e baianas com Adail de obesidade crescente, Enedina sempre sorridente e Júlia tristonha, rompiam e ajoelhavam-se ao pé do altar. Não permitia mais que uma por vez.

Pensando bem – ele dizia – seria possível acusar todas estas mulheres de exploração sexual, estão abusando de um homem pobre, indefeso que envelhece a cada ação delas.

Sem dúvida, eram muitas mulheres para um único homem! A rigor, era sempre uma tarefa de difícil cumprimento.

O que se conhece, durante a vida nunca produziu absolutamente nada de valor. Vivia para suas mulheres, exigia delas cama limpa e mesa farta, mas aceitava tudo que lhe desse prazer, contanto não lhe custasse esforço. Para satisfazê-las, seguia planejamento rigoroso; apresentava-se perante o Santo dizendo que através do milagre do santo, mantinha-se vigoroso, por ser comedido nas palavras, era um homem de poucos pecados; o segredo da prece de Queixão era bem camuflado, quanto a sua essência nem todas elas conheciam.

O Ritual sim: tomando a mão da companheira da vez, cabeça erguida, peito estufado, mãos postas abafando a voz diante do Santo, pronunciava com contrição frase repetida pela cúmplice num cochicho quase inaudível, cuja versão está sendo revelada pela primeira vez e de forma definitiva neste relato, apesar de ter me comprometido com minha fonte nunca revelá-la, mas após o que ficou chamado de "O Relatório Daguimá" tive a permissão para liberar:

PRECE DE QUEIXÃO

Meu Senhor do Bonfim,
Ajudai Queixão pegar no arranque,
o melhor mesmo é subir de vez,
mas, se um dia a fraqueza bater
e Queixão tiver de pegar no tranco,
oh, meu bom Santo!
ajudai Queixão ir até o fim,
mesmo com solavanco
e viva nosso
Senhor do Bonfim!

A Guria, ao tomar contato com a prece, sorriu de sua ingenuidade, mesmo assim manteve-se no ritual. Ele prometeu a ela que *estando contigo jamais haverei de precisar de Santo nem de prece alguma, Guria*!

Dizem que esta prece nunca falhou, mesmo quando Queixão, de tanto repetir a façanha, teve a deturpação através da imprensa.

A Guria de Periperi era sua reserva e, além disso, lhe devia favores, todas quintas-feiras, tinha dinheiro como pagamento por serviços prestados, ou não, com o que recebia da Guria, ele contribuía para as outras que tanto necessitavam.

Os objetivos do grupo nem sempre eram exatamente os mesmos: em alguns momentos Queixão desejava o repouso como um guerreiro fugidio, se para ele era a chegada para o merecido descanso, para elas era a euforia que vem com o chegante. Quando os papéis se invertiam, Queixão ameaçava: *Cada uma deve estar disposta para atender em seu dia.* Só recorriam à prece para resolver questões objetivamente mais agudas. Apesar da proteção santificada, que seria a garantia do desempenho, vez ou outra Queixão reclamava do diacho do Santo.

Roda de prosa
Jogada de Mestra – Daguimá

Aprendi com minha tia o significado de "jogada da mestra", ela não é impossível, mas é imprevisível. Clô aprendera com seu velho *abuelo* – risos. Se fosse um tabuleiro de xadrez, eu sempre jogava com as pretas, depois de observar o lance de abertura dos homens.

O Espanhol queria uma rainha que protegesse o rei. Para entender minha função vasculhava a velha agenda repleta de rabiscos, decifrava os códigos mais sutis, ao assinar papéis em branco, ofícios, cheques, duplicatas, que ele pensava eu não saber o que assinava, Dinda e eu criamos um código, quase infalível, que ajudava dominar dezenas de lances, ainda faltava a "jogada da mestra". *Risos.*

Doravante para cada abuso, exploração, assédio do rei branco, estudava-se o lance das pretas – *risos.*

– Dag, não poderia ser lances das amarelas...? – *Tamykuyê*

– Sem dúvidas, Tamy, os lances foram das amarelas...! *risos*

– Sei lá, no tabuleiro, ou na arena, precisava preparar a contra-jogada, daí surgiu a ideia do jogo da cama.

– E quem deu a ideia para disputar a partida na cama, Dag? – *Rosiclea*

– Fui eu – *Clotilde.*

– Foste tu, Clô?, só podia ser...! – *vozes*

– E para que tanto espanto? Fui eu e não me arrependo. Está se falando em "golpe de mestra", enfrentar homem com canivete? Com borduna? Não! O melhor e com comida e canivete limpador de unha! *risos.*

– Pois é, já sabem, foi minha tia. Vamos em frente. Aliás, aperfeiçoada pela madrinha.

Uma vez senhoras do terreno, conhecendo com antecedência todos os valores, os credores, seus compromissos, trabalhamos por um bom tempo preparando jogadas.

O miserável do Queixão foi mais complicado. Só tinha as quintas feiras, ele chegava, o vigia no portão, ele ficava lá fora, se tio Nadinho tava, pior, nem encostava, numa sacola de pão botava umas notas graúdas e eu mesmo ia levar, dava e ele dali mesmo se mandava; um dia, o vigia disse: *o mendigo quer entrar*; e eu disse: deixa! Aí eu falei: *rapidinho que tio Nadinho vai chegar*. – risos.

O Espanhol aparecia sempre. No início da semana, geralmente precisava participar de reunião com a "diretoria", a diretoria era um mestre de obras, um carpinteiro e eu, só para assinar papéis, o resto ele decidia com políticos, empresários e gente grande. Sempre tinha almoço regado a vinho; visitas às obras, encontro com políticos e mulheres, muitas mulheres que me olhavam como se eu fosse a serviçal, uma até mandou eu pegar água para ela.

– E tu pegou, Dag? – *Jornalista*.

– Sim! Depois ela disse: o-bri-gaaaa-da! *risos*.

Apesar do excesso de compromissos, nada, porém com rigidez de horário que o impedisse de uma passadinha por Periperi, com exceção das quintas-feiras. Neste dia permanecia no escritório e à tarde visitava a capela de Santa Edwiges, a menos uma quinta-feira por mês, dia que visitava o seu amigo senador em Brasília terminando em um cabaré de luxo.

Às quintas ficou era para acostumar Queixão, que foi o primeiro abusador atrás do muro das docas.

– Quantos anos tu tinha? – *Júlia*

– Acho que uns seis ou sete!

– Miserável! – *Júlia*

Mas teve aquele menino feioso e catarrento para me apertava a garganta, prometendo me matar; o vendedor de pão que todos os dias oferecia um pão doce, em troca queria cheirar minha calcinha; o dono da farmácia me buscava em casa para tomar vacina. O homem que media a luz, o que vinha trocar o gás, o que consertava a pia. O médico ameaçou fazer exames de toque quando no lugar nem o dedo mindinho cabia.

O médico quem mais abusou. A cada quinzena, sem motivos, exigia uma consulta; abaixava o zíper e mandava tocar dizendo ser termômetro, que precisava encostar para ver a temperatura, remexia até molhar.

– Ele era o satanás, cafajeste vestido de branco. – *Júlia*

– Canalha...; *Cota*

– Criminoso... oportunista... *vozes*,

– E Clô não sabia disso? *Tamykuyê*.

– Revoltante...! vozes

Vinha com papo de açúcar no sangue que a língua... e não sei o que mais lá. Eu sabia tudo o que ele fazia, tinha raiva e medo, um sem vergonha.

– Bem que o cara poderia ter aberto o jogo, *quem sabe até não rolava?!Enedina.*

– Pois é , a gente não teria até se enroscado e fazia juntos...?

– Pro diabo com estas ideias! Eu mataria um cara desse, mataria todos – *Jornalista*.

Uma vez até parece que achei legal, ele me abraçou, beijou, tive tesão, mas era egoísta, não me deu chance, era tudo ele, rápido, tenso, do jeito e no tempo dele.

– Onde já se viu abusar uma criança desse jeito? *Enedina*

– Pois fiquem sabendo, com onze anos eu fui abusada assim também – *Rosiclea*

– E eu com 13! – *Ruth*.

– Tu, minha filha? E como nunca contou para mamãe? *Cota*

– É certo que nos dias de hoje as meninas já nascem sabendo tudo sobre o seu corpo, mas um médico? Foi por isso que incluímos este calhorda no rol...! *Naninha*

– Tio Nadinho (ele odiava ser chamado de tio) nas madrugadas, vinha me acariciar, se não fosse o velho, um dia desses, ele já teria partido pra dentro.

– Chora não Dag..., você tem a coragem que não temos, expor tantas mazelas, dar nome a estes canalhas – *Jornalista*

– Seu choro é relembrar as ações do Nadinho – *Clô*

–Mas o miserável do Queixão foi uma peste na tua vida, não...? *Amélia*.

– Foi! Quando eu menos percebi, me tomou pela mão e tudo foi feito, um ato de vingança, do jeito que ele quis. Sem ninguém ver. Nem tempo de sentir dor. Daí em diante, me olhava de longe como a novilha da sua reserva, quando tia descuidava um tiquinho, ele encostava, eu morria de medo; o melhor de suas ações foi a proteção contra o menino catarrento. Meu Deus, que nojo, que medo!

– E este monstro dormia ali do teu lado...? – *Júlia*

– Era um corredor insalubre e ninguém sabia, Júlia! – *Clotilde*

– É por isso que ele sabia tudo sobre a vida de vocês e saía fuxicando! *Adail*

Homem invisível

Apesar do cerimonial, Queixão desejava ser um homem secreto, sem ser notado. Após a queda e morte de Il Duce na Itália, a família perdera a função de AFFB – Agente Formadores de Fascistas no Brasil, seu Bartolomeu, especialista em explosivo foi trabalhar em uma fábrica de explosível na cidade de Piquete e, por ironia do destino, morrera em uma explosão; a mãe dona Felipa, por não poder voltar para a Itália, refugiada, foi acolhida no convento de Aparecida. Queixão tinha pouca atração pelo fascismo, odiava comunista e nenhuma atração por militância alguma; apesar de receber apoio dos integralistas, a proteção e a tolerância do sargento, o mais fiel camisa verde, discípulos da AFFB.

Tudo dele era *sigiloso*, tudo ocorrendo com absoluto segredo, como se tivesse um comunista em cada esquina querendo cortar-lhe o pescoço. Com um canivete escreveu, em uma tábua na parede da casa de Júlia, o que seria seu epitáfio:

> Queixão teve vida de gelo
> *Que o sol ardente consumiu*
> *Seu nome ninguém sabe*
> *Seu rosto ninguém viu*

Passava-se despercebido, como o homem invisível, o que come e não mastiga, tudo bem escondido; gostava de entrar e de sair pela porta do fundo. Preferia a casa de portas trancadas, a chave em suas mãos, a janelas com dois ferrolhos. Nada permanecia aberto. O pouco que falava, pedia sigilo e levava a mão à boca de quem falasse alto em sua frente. Os óculos verdes de aros grossos escondiam o estrabismo que tanto o envergonhava, até seu verdadeiro nome ninguém sabia. A bebida tanto faz, gelada ou quente, preferência para as de percentual alcoólico elevado, ao alcance da mão; tudo com fartura e muito chamego, seu maior segredo estava na sua prece vitoriosa.

Havia desencontros nas versões sobre o suposto milagre.

Entre as diversas historietas colhidas, destaco uma que mais chamou-me atenção: Queixão conhecera pai e mãe (pois, existe a outra versão: *Queixão é como Adão*). O pai Domênico Bartolomeu Cristóforo e a mãe Felippa Parestrelo Moniz Suzana; além de embaixador de Il Duce a pedido de um soldado brasileiro, tornaram-se devotos de N. S. de Aparecida, servindo no seu templo. Certa feita na Bahia, a serviço do partido, resolveram visitar a sagrada colina. O menino rebelde encantou-se e rezou para o Senhor do Bonfim pedindo para o mais poderoso dos Santos baianos livrá-lo daquela zona fria e sem graça, intermináveis corredores, vias barulhentas, detestava multidão que só sabe lamentar, aqui não, é tudo alegria. E inventou uma escabrosa história.

O Santo por piedade do menino disse "Tudo que desejar serás atendido", como ele escutava a mãe cobrando ao pai: "isso nem nossa senhora dá jeito", ele pediu ao poderoso santo branco que desse jeito naquilo que nem a poderosa santa negra dava jeito: que ele nunca fracassar perante as mulheres.

O garoto, ao voltar ao grande convento, tornou-se um devasso. Quando a Santa soube da ação entre as noviças, não podendo revogar a promessa do Santo, diminuiu seu pingolim e por isso infernizou ao pai e a mãe para voltar para a Bahia.

Não mediu as consequências e voltou com extrema soberbia. Provocou o Santo de cá dizendo: Você vai deixar uma Santa negra desfazer tudo o que você prometeu ao seu servo branco?

A invenção da prece tornou-se mito e lenda, motivo de engrandecimento. Inúteis se tornavam as investidas dos amigos e dos parentes, dos sacerdotes e dos conselheiros oficiais; por nada dissuadiam o estranho grupo monolítico, em defesa daquilo que considerava seu domínio intelectual.

Ouvi de um alagadiço que certa feita o mais poderoso senador da República, foi aos Alagados procura de Queixão a busca do milagre, prometeu melhorar a vida dos alagados, construir as casas em um bom lugar, mas Júlia avisou que ele estava em repouso. Uma das acompanhantes do senador insistia, até que Júlia perdeu a paciência e gritou:

– A tábua vai se lascar e vocês vão se arrombar na merda, viu moça!

Depois de muitas tentativas, o Senador foi obrigado a desistir da amante, tudo por falta de um milagre.

Queixão advertia com severidade: *o lazer da terceira idade acaba com a idade* – dizia –, *mas com a prece os nossos continuarão* – gabava-se graças a oração. Sentindo-se forte disse que: Para Queixão, a *morte é a última fêmea a ser tratada com a tática do mais profundo desprezo.*

– Como é a vida de quem sente prazer na hora que bem quer? – perguntaram. Uma vida santificada! – respondeu.

Um empresário de ônibus que sofria do mal da subida, ofereceu passagens gratuitas para a "família". Em troca da exclusividade, um Jornalista ofereceu percentual no valor da matéria; um político prometeu emprego; o padre, a salvação eterna; uma rede de supermercados, uma cesta básica permanente; o Coronel Rapouso prometera submetê-lo à tortura no pau-de-arara; um Juiz de Direito o acusou de obstrução da justiça. Mas Queixão a tudo resistiu. A reza era uma relação sua com o Santo. Certo dia, ele, aborrecido, declarou:

Aqui tudo ocorre como o Santo quer
Dentro desta relação de dois:
Não deixa Queixão sem arranque
E a cozinha delas sem arroz

– Repete, repete, insistia o Jornalista:

– Nada a declarar!

Eram suas únicas palavras audíveis desaparecendo em seguida como fazem as andorinhas.

Covarde, muxumba, avarento, que o sol não te veja mais a face, que o dia escureça para ti, que uma cova não te ceda a terra.

Quando voltava para estar em uma das casas advertia: *Que tudo ocorra, mas que o Santo não me deixe sem o almejado arranque de entrada nem o desempenho da subida. Aháhaha...*

Este episódio virou lenda na Bahia, muitos vendedores de fitinhas ensinavam a tal prece e não faltou quem pagasse qualquer preço pela cópia apócrifa.

Roda de prosa sobre Juliana – Adail

Nas primeiras rodas de prosas, a gente ficava sem saber o que falar, imagine vocês nas reuniões formais para decidir sobre o que fazer, se a gente nem sabia o que se tinha na mão; os encontros, sem sequência lógica, era contínuos, quem mais falava era Clotilde e tia Naninha, a pauta pouco rígida e menos objetiva, demorava-se um dia para definir a compra de um balde de areia – *risos* – mesmo assim a gente jogava duro, olhem nas atas, algumas de surpreendentes encantos, algumas escarafunchavam a vida de muita gente.

Uma certa reunião relatada com precisão, o ponto de pauta era para que o recém-formado Conselho de Mulheres propusesse o melhor investimento, mais desejado, para o capital da nova organização. Quem discursava era Aidil, tremendo ala dizia: *acredito que o melhor investimento é garantir o término das obras inacabadas antes que acusem a gente de fracassadas e venham nos tomar o que conquistamos* – exemplificou – assim como fizeram com sinhá Juliana.

A proposta de Aidil foi aceita, mas ela não explicou sobre minha mãe.

– E hoje eu queria que Aidil, tanto tempo depois, mais sábia e solta, aliás como todas nós, completasse sua fala. – *Júlia.*

– Ô Julinha, você é um doce, e tu ainda recorda disso? – *Aidil*

– Claro, é minha maizoca querida que deve estar mandando calorias para todas nós, – pode ser Dai? *Júlia.*

É real, naquele dia a pauta se acabou com minha fala, mas não queria falar de Tia Juliana, porém como é você Julinha, quem tá pedindo...

– De onde se conclui, Dai, que nosso maior prazer é ouvir histórias de vitórias ou sofrimentos e superação de cada uma, e nada terá maior importância – *Tamykuyê.*

– Falando em superação, Tamikuyê, quando chegou aqui não abria a boca, agora se superou, é uma mestra – *Clotilde*

Eu me lembro de Juliana chegando na rua onde morávamos, me assustei com a sua cor dourada, as ancas salientes, peitinhos estufados, cabelos grossos de franjinha e um colar de sementes no pescoço, era estranho; como era diferente a beleza daquela sertanejinha parecendo índia.

Juliana morava com seus pais numa terra que não se sabe onde, mas veio a catapora e uma família querendo ajudar, carregou a menina, a única que não tinha pegado catapora, ela foi parar numa casa cuja mulher do homem se chamava Cici, parece que isso era quase tudo que ela sabia da mulher, passou a viver sem pai e mãe em lugar que não sabia onde, foi cuidar da casa de dona Cici, ali aprendeu lavar, passava, cuidar da casa e das galinhas, virou a empregada que a dona queria, mas nunca deixou de cantar músicas imitando pássaros e bicho do mato.

Lá um dia a dona desconfiou do filho um pouco mais velho que ela, de olho na menina de ancas arrumadas, e disse ao filho: *se eu discubro tu irrabichado com esta trigueira eu te torço o pescoço, viu!?*

Tempos depois, a coisa ia ficando muito à vista, a mãe deu de botá panela, vassoura e até chocalho na porta do quarto da menina e do menino, mesmo assim não teve jeito, *ela pegou os dois no mato e aí voltaram debaixo de chicote*. Apanharam os dois. Mas todo mundo sabe que *filho de patroa é filho de patroa* e *cabou*; a empregada é quem leva a fama, é quem é a sem vergonha, a puta, a cadela destrambelhada. Dias depois, dona Cici disse para Juliana: *oia minha fia, vou te mandar para casa de teu pai*. E Juliana ficou toda satisfeita, pois já fazia quase dez anos que não sabia notícias da família e nem sabia onde moravam nem se estavam vivos. Enfeitou-se de colar e pulseira, em uma madrugadinha dona Cici acordou Juliana e disse *olha minha fia te arruma que teu pai já tá te esperando, avia, avia...!* E montou Juliana num cavalo manso e o tropeiro noutro mais bonito ainda, tocando um burro com duas bruacas, dentro delas tinha de um tudo: Mala com roupas, duas esteiras, e uma colcha de retalho prá ela se cubrir, além da trempe, o caldeirão uma chocolateira e bule de café, durante os três dias de viagem, quando achavam uma sombra de pé de pau paravam, ela preparava a farofa e os dois comiam, tinha também requeijão, carne seca e café; tudo que dona Cici mandou tava dentro das bruacas, depois chegaram numa cidade cheia de gente.

O tropeiro levou Juliana e a mala, deu também uma bolsa com pente, ruge e brilhantina, e disse: *ela disse que é pra tu ficá bunita prá teu pai vê! Fica sentada aqui no banco da estação* – era a estação do trem *da grota – que eu vou procurar um pasto para sortá os animais e volto já.*

Juliana sentou-se e nunca mais soube do tropeiro, viu por ali tanta coisa desconhecida, gente lorde esperando o trem, umas com aió nas costas, mala na cabeça e outros trens nas mãos e ela olhava: *hi! Eu também tenho mala mais bunita!* O trem chegou, mas o pai não. O tropeiro também não chegou. A locomotiva sim e como veio partiu, depois chegou frio, o chefe da estação disse: *moça você não embarcou porquê?*

Meu pai não veio me buscar! E chorou. Ele vem no outro trem da grota daqui a três dias. E ela ficou na estação fazendo colar de semente, comendo requeijão com farofa até quando tudo acabou. Juliana chorou, pois o pai não veio no trem da grota três dias depois. Tinha dia que o trem passava e o pai não vinha, até que o homem da estação ficou com pena e disse:

– *Tem um homem que disse que ele sabe onde encontrar teu pai, você quer ir como ele?*

O foguista da Maria fumaça embarcou Juliana e deu comida, feijão com toucinho e abrigo, depois queria chamego. Dois dias correndo na linha e o trem chegou na estação da Calçada, como o pai não estava na estação, o foguista chamou Juliana para morar na casa dele que ficava fechada quando ele viajava, era vizinha a nossa casa.

– Mãe, Sinó foguista trouxe uma *minina* parece uma tabaroa toda vermelhinha de sol!

– *Cala tua boca minina, deixa este diacho para lá!*

Dias depois seu Sinorino embarcou de novo e deixou Juliana sozinha e foi aí que nós a conhecemos. Ela era bonitinha e minha mãe gostou dela, ajudava maínha lavar roupa, passava ferro tão bem nas roupas que mãe lavava de ganho.

Seu Sinorino ficava uma semana em casa e três viajando, quando ele descobriu que Juliana estava grávida, a barriguinha já tava grande, ele ficou com raiva. Seis meses depois, Júlia nasceu, quer dizer que não era dele, ele até cuidou de Júlia por um tempo, mas nunca mais foi o mesmo.

Júlia crescia e minha mãe cuidava dela até que um dia seu Sinó viajou e nunca mais voltou. Por não ter o que fazer, sinhá Juliana começou a varrer terreiros das casas, depois varria a rua inteira e as pessoas davam comida, roupas e remédios.

Um dia chegou um homem branco, bem vestido, bonitão e disse: *mulher cadê teu marido! Ele me deve o aluguel da casa.* Nós nunca vimos aquele homem ali, minha mãe dizia: *a casa foi Seu Sinorino foguista quem construiu.* Mas ele exigiu de sinhá Juliana o aluguel, como ela não tinha o papel da casa e não pagou, ele jogou as coisas dela numa carroça levando para um barracão lá prós alagados, derrubou a casa de seu Sinorino construindo um armazém de secos e molhados no terreno.

– *Júlia, tu sabia que Adail sabia toda esta história? Enedina*

– Claro que não, se nós éramos inimigas, inimigas por sermos exploradas pela mesma mão, pelo mesmo homem branco, o mesmo escravizador!

– Desculpem! É desabafo. É choro fora de época. Pobre mamãe. *Júlia*

– Daguimá, como você vê esta história que tem tudo a ver contigo, minha doce filha? – *Naninha*,

– Revolta, madrinha, revolta só, raiva, ira..., nojento... se pudesse estrangularia um por um destes exploradores contumazes...! E depois somos nós as mulheres carniceiras... somos as assassinas... as vampiras... as loucas, as taradas, as serial killers! Minha mãe, a senhora sabia alguma coisa disso? – *Daguimá*

– Alguma coisa sim, mas não com tantos detalhes! *Júlia*

– E por que você não me contou, maínha? Porquê...? Tia Clô você sabia? Você que é minha heroína, apesar de tudo, aquela que luta com base no seu passado, na história de seu *abuelo. Você omitiu tudo! Nada sei do meu passado, nem se tinha passado.* Pobre vovó Juliana!

– Dinda, você me deu *sabiduria* e criatividade, me apresentou maínha, Júlia a louca, agora Aidil fala que minha avó foi roubada de minha bisavó, que não sabem quem era, onde morava; a minha avó enganada, estuprada, desprezada, por fim, expulsa da casa... quanta maldade, quanta estupidez, quantos crimes! Que diabo é isso? Quem são estes monstros? Onde moram? Seus filhos estão vivos? Se orgulham deles? Uma trilha de perversidade, maldade que não tem nome, e somente na minha idade adulta, depois de sofrer na pele a soma de todas as repetições do passado, me contam estas maldades? Mesmo assim dentro de um barracão onde reina repleto sigilo! *Daguimá*

– Loucas... aliás todas somos loucas! Deixem eu abraçar vocês minhas loucas! *Jornalista.*

– Dag, me orgulho de ti. Vou pedir perdão em nome dessa raça bruta, aqueles que te chamam de bárbara, pedir perdão pelas ações do homem e da mulher branca, por meus *abuelos*, pelo energúmeno Suarez, por Nadinho e por mim que juntos num só propósito vivem para explorar os nativos; por dona Cici, o chefe da estação, seu Sinorino, o ladrão da casa de Juliana, todos poderiam ser considerados traficantes da mesma quadrilha, traficantes de mulheres indígenas indefesas. *Clotilde*

– Vocês dão conta pessoas, de quantas maldades na vida de duas ou três mulheres? – *Amélia*

E pior, além da omissão, hoje se conta como se cada uma destas maldades fossem coisas normais, perceberam? *Rosiclea*

– Todas crianças, perceberam? Pegaram, comeram, engravidaram, abandonaram! Nos perdoem, por favor pelas nossas, as minhas omissões! *Naninha*

Quem pariu Mateus

Na espreita, Queixão vigiava os calos de Clotildes, ela passou a segui-lo de longe. Os dois em contínuo entrecruzar os seus próprios caminhos com regularidades, amedrontados e de forma viciada, afirmando não serem vistos pelo outro: na porta da escola, na feira de Águas de Meninos, no consultório médico ou pelas várias trilhas e becos escuros, onde Queixão sentia-se em seus domínios. Na sequência sutil dos passos dele, um dia desses foi possível avistar Júlia: que quadro tétrico, que espanto fétido, que corpo vil. Imagem esquálida de uma impureza doentia. Não se conhece ser mais corrompido, que lixo humano.

Clotilde respirou profundo, procurando ocultar sentimento de compaixão e espanto na sua face, procurava manter-se serena, deveria precaver-se da ação da contra espionagem.

Caso fosse apanhada nos becos dos Alagados, o fim de Clotilde poderia ser semelhante a sinhá Juliana. "Fora da arena, há de se manter uma relativa distância do touro", dizia o velho *abuelo*, e acrescentava: "somente os caçadores e os assassinos sentem prazer em abater uma fera longe dos aplausos das multidões".

Vestida de enfermeira, Clotilde caminhava cuidadosa, pelas ruelas dos Alagados. Enquanto andava, por um instante, pretendeu incluir na sua vingança o quadro que acabara de contemplar como parte da cota de maldade. Aquilo é o que sobrou de uma vida, restos, migalhas; precisamente está na sua condição mais sórdida, isto poderia ser considerado crime contra a humanidade, é a mais intolerante essência do fascismo, o prazer em fazer sofrer; a maldade é coisa humana, ou seja, a maldade no seu estado mais latente, mais pura é paradoxalmente chamada de ..., pura maldade! Coisa de Franco, assim dizia meu *abuelo*

Pobre Júlia! Por um momento, desanuviou o pensamento sobre um vendaval de cinzas e reagiu reconstituída da fraqueza dos temerários: pobre de mim... ora esta! Quem pariu Mateus que embale! Foda-se! Está provado, a porra desta menina é fruto de uma raiz podre e venenosa. Se não for podada, dará continuidade a frutos venenosos... eu sou seu antídoto, depois de exterminar com o espanhol, serei a detentora do poder sobre todas estas vidas!

Clotilde almejava ausentar-se flutuando pelos caminhos escorregadios dos Alagados, maldisse os sinais de merda, de cocô espalhados pelas tábuas que ocultava um fascista camuflado. Sentia-se obrigada a ver com olhos abertos para não escorregar e cair com a bunda na merda que ela estava enojada. Seria a sua última vontade de viver perto da miséria, maldita a hora de visitar um lugar miserável, comparando, a Avenida Peixe era um céu.

Maldito espanhol. Maldito dia que precisou fugir para poder sobreviver. Maldita quadrilha que enganara o velho toureiro, hão de pagar pela merda que fizeram a uma branca, cidadã de duas pátrias. E as índias dos alagados? São todas invisíveis, envolvidas na inocência, aposto que nem sabem se é ou não é, aposto que não sabem um ritual, aposto que nunca viram um pajé, aposto que não sabem o que é um maraká, mas elas são indígenas, assim como Daguimá, elas não são cidadãs e nunca serão!

Mas hão de pagar, engolirão gota a gota esta merda dos Alagados. Pagarão, nem que para isso precise contratar o próprio nariz de fogo, o oposicionista de Deus. Enquanto isso, Queixão aproximava-se do barracão saltando com habilidade pelos tabuados dos alagados.

Esta visita foi marcante, deixou como legado as duas grandes partes do projeto de Clotilde e o da Tuxawá, unidos e teoricamente concluídos, precisavam executar. Seus pensamentos fumegavam fora de uma ilusão de vida naturalmente terrena.

O plano imediato, cheio de maldades e imprecisões, grosso modo, seria prometer a Nadinho o reencontro com a mais linda das mulheres de sua vida experimentada, depois enganar Queixão, sequestrariam Júlia mantendo a no isolamento. Quando Nadinho entrasse lá, estaria ela despida, nua, o restolho de sua maldade, o que foi beldade agora carcomida, a imagem da beleza que o destino comeu o osso..., mas só isso? É pouco! E Queixão, o que vai pagar? E se atrair Nadinho e Queixão para um encontro singular, deixar um único punhal amolado de dupla lâmina para quem primeiro pegar e os dois que se acabem? E se sobrar um? Bem, aí tem o caraxixu! Ou o outro punhal!

Ótimo! Combinado!

Com sabedoria é mais fácil para uma mulher matar um homem que um soldado matar um rei

Qual a melhor forma para uma mulher matar um homem? *Com uma chave de perna*!

Primeiro confronto

Daguimá aprendera a ser decidida e evoluiu até o ponto da exigência:

– Tem que ser quinta, tem que ser quinta! Adrede dos compromissos do espanhol.

– Tá bom, que seja, mas à tardezinha!

Cede mais uma vez aos caprichos da menina, sem prever o valor do prêmio que lhe prometia como recompensa da cega obediência.

– Pois sim!

Regozijouse vitoriosa, constatando que, no horário combinado, o empresário estivesse preparado para tomar banho de cheiro com água de bacia preparado pela bruxa madrinha.

Enquanto isso, Queixão sonhava com o vinho de manhã de quinta-feira. Além da mesada, se não fosse o vigia poderia até deitar-se sobre lençóis novos e perfumados e, quem, sabe ter a guria em seus braços.

Ela mesma exigiu sua presença mais cedo do que costumava sair da casa da Nega Dai.

– Tens de madrugar! Estarei de plantão na entrada do barracão para o vigia não te ver entrar.

– Madrugar? Por quê?

A Nega Dai, resmungando como uma fera na hora do coito, exigente, como sempre, quis saber os motivos,

– Fica só mais um *tiqui*!.

– Peraí Nega, tenho compromissos, são negócios inadiáveis!

Adail não aceitava a saída de Queixão tão cedo para a rua. Conhecia todos os seus direitos, estudou até psicologia na escola normal. Ainda era menina quando, debaixo de uma tempestade, encontrou Queixão em uma sinaleira quebrada. Ela nunca esquecera de sua mão pesada e gentil, ajudando atravessar a rua debaixo de um guarda-chuva, sem dúvidas. "O hábito é que faz o monge" dizia a mãe, ela se habituou a esperar pela mão amiga de Queixão, mesmo quando não carecia guardar-se da chuva. Passou a detestar os domingos sem avenidas para atravessar e implorava à mãe um pouco mais de liberdade, sem Queixão tomando-lhe pela mão sentia-se prisioneira da mãe que era ainda uma criança quando foi mãe pela primeira vez, Adail como a mãe eram crianças e Queixão aproveitou-se das duas. Noites festivas de quartas-feiras nas mãos sujas de Queixão.

A depender da vontade de Adail, a noite de quarta-feira não acabaria com os raios do sol da quinta, mesmo assim, Queixão bateu pé firme, querendo sair mais cedo. Inconformada, ela escondeu todas as coisas: roupas, sapatos, carteira com uns trocados que mal dava para o conhaque. Queixão foi aluno AFFB E de convento, sempre um bom estrategista, não se submetia aos caprichos de mulheres enciumadas, também evitava defrontar-se com elas de peito-a-peito. A situação piorou quando ele alegou ter recebido uma proposta de emprego.

– De quê?

Que não se duvide, de toda a trama, era a única verdade. Houve sim a proposta. Interferência de Daguimá para o tal emprego que ele rejeitou alegando outros princípios: não estava acostumado, poderia perder a patente. Trabalhar? Vigiar construções alheia? Era demais para Queixão.

– Isto é perda de decoro, Guria!

Afinal, para que Queixão tinha as três obreiras? Para produzir excedente! E a autoestima, *onde fica*? Precisava era tornar-se mais eficiente, melhorar a administração do tempo, otimizar os espaços e os recursos da Guria, manter a boa relação com o Santo, estar em paz com a vida, *pois a vida é bela, curta e única!*

Segundo confronto

Daguimá não esperou Queixão bater na porta. Estava de prontidão, aguardando onde tudo deveria acontecer. Sua arma era secreta e eficaz, assim como a Dinda ensinou, somente ela tinha a habilidade para manuseá-la. Seminua, ainda na penumbra, ali seria o começo, encostada no portão da construção como Queixão ousava fazer, enquanto isso o vigia dormia. Queria que Queixão imitasse o médico, que tinha muita coragem e habilidade para manter a porta sem a trava enquanto experimentava o *teor do sangue.* A tensão era maior, a porta destrancada, um perigo. Quando a enfermeira tocava na maçaneta, ele sabia como disfarçar, era um farsante sempre fez dela uma idiota, agora não, agora veio armada, estava quase pronta para matar, repetia a velha Dinda: *matar se preciso, morrer só em luta!* tia Clô dizia: *Com sabedoria é mais fácil para uma mulher matar um homem que um homem matar.*

Queixão tentou tomar as rédeas, impor, amenizar as coisas, pediu para ela falar baixinho.

–Aquela Nega é uma vampira, Guria!

– E esta roupa, Queixão?

– Ora, isto é um lençol roubado do varal. Ela escondeu tudo, mas o que tu quer tá aqui guardadinho, são, eficiente e limpo, Guria!

Quis logo ir entrando para o barracão. Daguimá o interrompeu, pondo-se à frente, não cedeu passagem. Seu propósito era começar ali, conforme o planejado pela Dinda. Seguir o plano, primeira vingar tia Clô, depois queria vingar o dia em que ela, ainda menina, foi forçada encostada em um muro cheio de espinho, sem reação faz tudo o que ele quis. Agora era sua vez, aprendera enfrentar situações adversas. Ouvira de Clotilde que primeiro deveria cansar o touro, desorientá-lo com o grito da turba, humilhá-lo, levá-lo a exaustão, só depois viria o golpe fatal.

Queixão apelou para a memória e lembrou da infalível prece:

– Meu Senhor do Bonfim...

Ela completou em voz alta, mas adocicada:

– Ajudai Queixão pegar no arranque... e sorriu, o que era considerado blasfêmia.

Queixão, preocupado com a atitude da Guria, mesmo assim..., pumba, subiu.

– Tá vendo que a porra fica tesa mesmo?

–E não é que funciona?

Daguimá extasiada, assustou-se ao contemplar o *milagre* ali, diante de seus olhos. Apesar das medidas cautelares, resolveu levar o plano adiante. Consciente do treinamento, aproveitou: deu-se de pé, recostada no portão, deu-se com ânsia, força, atracação, mordidas, as unhas... O sangue... a dor... inicialmente era como dor de amor, mas era a dor, depois a esperada expansão para qualquer dor: incômodo.

– Para quê tanta usura, hoje não é quinta-feira? O gringo está longe, Guria, terás o dia todo para ficar com Queixão... matar este fogo... hoje é teu dia, dei um dia só para ti!

– É... é... mas... eu...

– Então vamos mais devagar...

– É... é, só... pra... pra... maaatar... desejo de matar...

– Guria, você é ou tá ficando louca?... Tu já tá é nua e temos o dia... pra matar...

– É... é, sim... sou e tô!... deixa pra matar... no fim... do... dia!

Tudo acontecia no beiço largo da rua estreita da periferia, ali onde todos se cruzam devagar. No subúrbio, onde o olhar não tem receios. Daguim,á quase nua, vendo o operariado chegando para compor a arena. Queixão inconsciente, além de assegurar o lençol precisava defender-se de unhadas, incômodas eram as mordidas, os dentes curtos e afiados penetravam na carne, escorria sangue, mais suor... ânsia.

Acabada a primeira, no portão, quando os operários estavam mais pertos, uns descendo do trem suburbano, Daguimá tentou interferir no andamento da obra: empurrou o portão de madeira rústica e penetrou sendo penetrada no recinto, antes do horário ordinário. A esta hora, o vigia já estava atento, desperto e a tudo vigiou, pediu desculpas por ser vigia ocular, tão perto viu toda aquela encenação –, *sorte do mendigo* – havia dito – quão estranha lhe pareceu. Ele agora só queria bater palmas com as mesmas mãos que aplaudiram a ópera "**Operário de Construção**", de um poeta que ele esquecera o nome.

Daguimá, sabedora das ordens superiores e compreendendo a emoção do vigia, que tão de perto a vigiava, foi se despenetrando e apesar de cobrir apenas parte do seu corpo nu com o lençol deixou Queixão em maus lençóis. Enquanto isso, considerava todas as desculpas apresentadas pelo vigia, demonstrava-lhe grande simpatia e nada contestou. O vigia, com o olhar lambuzado pelos movimentos rebeldes do lençol, atraiu a ira de Queixão, não pela exposição da nudez de sua pequena, mas, talvez, pelo espanto do vigia ao ver a pequenez de sua nudez, talvez, – pensou – estivesse ali a razão da milagrosa prece, a causa única, aquilo que de tão ridículo, foi capaz de comover até um Santo de tão respeitosas comunhões.

O desespero de Queixão não tinha mais fim, havia perdido o decoro, uma das exigências do Santo: *nunca fazer exposição pública do objeto que tanta angústia lhe causava.* Queixão, irado, chispava os olhos como se ouvisse uma gargalhada de sarcasmo de um baixinho sorrindo da estatura de um anão. O vigia desviou o olhar deste quadro surreal e tristonho para observar outro quadro de maior simbologia, de atração fatal. Um olhar rápido como deve ser o das sentinelas, visionário como o olhar dos lunáticos, penetrante como o olhar da águia, viril como o olhar dos amantes, preciso como o olhar dos felinos e se alegrou. Inquieto, acomodou as pernas. Como um narcisista, contemplou o seu próprio *eu* espeço, agitado mais até que os cambitos das suas próprias pernas nordestinadas. Isto lhe trouxe pulsações ritmadas. Olhou para o seu todo, comparativamente, sentiu-se gigante demonstrando tudo que tinha para Queixão e sorriu.

Queixão jurou vingança, sentindo o brilho do nascer de um dia que, sem saber, muito ainda tinha por acontecer.

No barracão, ela não esperou pela sua ação. Agiu. Não aguardou seus movimentos. Moveu-se. Não respeitou as limitações do corpo, relevou-se na fronteira do tempo. Não permitiu que o silenciar das vozes impedisse o eco de se propagar, cultivou o brilho na cintilação do olhar. Subjugou a sensação da dor, a Dinda ensinara que o gozo carece de sete vagos minutos, o prazer não, este necessita de uma vida inteira. Fosse o gozo um prazer, todo ele seria longo, sentido pelos corpos inteiros e não somente pelos egoístas. Quem convive com estas limitadas marcas não cultiva o fim do gozo como reinício da vida.

Daguimá, sentindo prazer na morte, produz centelhas capaz de consumir os últimos suspiros de uma das duas vidas, refazia o caminho da sua vida, era uma imagem espúria de um malvado e impiedoso, sem respeitar o tempo da infâmia.

Queixão já pedia água em vasos cada vez maiores. Muitas frutas e vinhos, conhaques finos ao alcance da mão, o ventilador borrifando-lhe o corpo com água morna de veneno parecendo cheiro de lavandeira. O corpo dolorido já não se aguentava com ele, as pernas, um molambo, as costas exangues. Sentia que o corpinho de Daguimá já não mais flutuava aquecido como dantes flutuara. Repentinamente, transformara-se em toneladas de gelo sobre o seu peito e tomem-se beijos e tomem-se braços e abraços e tomem-lhe trancos, e tomem mais... e mais... e mais...

Lambuzava-se de chantilly impunha a Queixão a missão de lamber; caramelo e canela, sorvete de morango – logo de morango? – ele detestava doces.

– Abre a boca, abre...abre mais...!

Ela lhe enfiava porções cada vez maiores de chantilly, mais caramelo e canela, sorvetes ao suor. Animalescamente ficava em pé sobre seu abdômen, exigia em um rato branco a ereção de um cavalo do serrado, conduzido por uma catingueira de esporas ao encontro da égua no vício-de-sete-dias.

– Trota cavalinho... trota!

Como Queixão não dava mais no trote, ela dizia: *cavalo de velha só trota com pancada,* experimentou bater na bunda de Queixão. Ele não reagiu e ela bateu mais e depois bateu como se bate no peito de Il Duce, como tia ensinou, na barriga na face e por último no queixo... no queixo de Queixão. Daguimá brincava de bater, sambando, batia, sacudia o corpo e entoando a canção que a Dinda compôs para o momento:

Melô Do Bate-Queixo

Acerta cavalo o passo
que a carga tem dois birrotes
o peso da esponja d'água
pesa mais que dois corotes

a pedra amola o fio do aço
que corta culhão e ova
vaqueiro velho sem braço
perde a noção da prova

trota cavalo roto
trota que o caixão tá pronto,
mulher nova mija na cova
mulher velha reza o defunto

Confiante ela batia com mais vontade de bater e ver Queixão sofrer em ser batido na bunda, como se bate cavalo de montaria de velha, que já foi de carroça e hoje sonha com a cela. Se Queixão corria para a cama, lá estava sobre seu abdômen segurando o membro, esticando como se faz com linha da pipa; se bambo, forçava dando um nó; se teso, começava tudo de novo e se não subia no tranco, antes de Queixão lembrar da reza,

Daguimá inventava graciosidade cantando o *melô do bate queixo* e outras armadilhas para Queixão esquecer da reza: com seu próprio dedo enfiava no merdômetro e lambia uma, duas, três vezes ou mais – nunca lambia o mesmo introduzido – exigia que Queixão a imitasse. Ele tentou fazer, tinha cheiro de merda, reclamou. Ela repetiu mais de uma vez, tinha a agilidade da mágica que aprendeu com a tia e quis que Queixão participasse. Tomado de mau humor, Queixão, sem observar o truque, amerdalhou-se, vomitou chantilly frito em sorvete, feijoada com sorvete flambada em vinagre, adoçado em rapadura, mistura de uvas-passa e paçoca salgada, rabada com pirão espermeada. Queixão já era uma verdadeira merda...

– Oh, isto não foi nada, estamos ainda no perímetro da manhã! – disse enquanto desfechava um chute no saco.

– Oh, Guria...!

Eu não sou Guria, eu sou Walter Audísio, ou se quiser, Coronel Valério, *partisan*, filha da Clotilde Arnez Munhoz, a mulher do punhal, foi eu quem executou El Duci, o teu mais admirado protetor, agora quero executar o seu sósia!

.

– Miserável... vou te matar! Traidora! Vou te mat.. vou...!

Queixão sabia que na cama é mais fácil para uma mulher matar um homem que um homem matar um rei.

Roda de prosa a morte e a morte de Queixão – Daguimá

Eu nunca pensei que aquele miserável fosse sobreviver. O vigia ao ver Queixão cambaleando como um bêbado no pátio, na chuva arrastado como entulho, evitando complicar a vida da patroa, arrastou o até a calçada e da lá, foi recolhido por uma ambulância como indigente para uma o sanatório, a notícia chegou primeiro nos Alagados, depois no Uruguai e por último Adail ficou sabendo, Enedina e Júlia de tristeza ou de alegria choravam; o protocolo exigia responsabilidade pelo doente, a equipe de saúde comovida vendo a disputa de três mulheres pelo moribundo; mulheres degradadas, empobrecidas, Queixão enfaixado, suspeitos hematomas, marcas pelo corpo, partes intimas dilaceradas e três mulheres reivindicando a guarda.

Eu havia saído do enterro do espanhol sem saber o de Queixão. Tudo rápido, protegida pela Dinda, não vi tio Nadinho no velório; vestia um costume vermelho e sapatos altos, pensei em voltar para o Barracão, mas a Dinda não aconselhou, falando-me do estado de Queixão no leito de um hospital e marchamos para lá.

Cruzei com pessoas do bairro chorando, mas não levantei os olhos até que tropecei com uma mulher cheirando urina, me chamou atenção pela cara de felicidade que ela fez ao me ver, Dinda olhou demoradamente para ela, como Dinda olha para qualquer mendigo... – *risos*

Desapontada por não achar um cadáver, no atendimento identifiquei-me disse que estava à procura de meu amante, a atendente sorrindo perguntou se eu também era mulher dele, e eu fingindo susto, olhos arregalados: tem outras,

– Sim, mais três!

– Maldito! Fingindo choro: moça, me deixa vê-lo.

Olhei para o lado vi Enedina e Aidil fuzilando pelo olhar e eu procurando Júlia. Desconfiei que era a moribunda. A enfermeira ausentou-

-se deixando-nos à sós, deitado sobre o quase cadáver chamei seu nome com doçura. Ele despertou –, que espanto! *Eu sou Walter Audísio, ou se quiser Comandante Valério, partisan matador de il Duce, protetor de Clotilde Arnez Munhoz! A mulher do punhal!* E mostrei um punhalzinho de brinquedo.

Os olhos de pavor, o medo estampado, naquele instante ele teve o coração dilacerado.

Não chamei médico, mas gritava apertando fortemente o seu peito por debaixo do lençol. Quando o médico chegou, nada mais pode fazer. Tava morto.

E lembrei de minha tia: *Com sabedoria, é mais fácil para uma mulher matar um homem que um homem matar um rei!.*

Minha tarefa não estava completa, parece que as cavernas do tempo clareava o ambiente, conheci o médico plantonista através de um crachá: José Mengeli, tinha um bigodão, minha tia não gostava dele, dizia que ele parecia o anjo da morte. Não tive dúvidas, era ele, sim, era ele, o anjo da morte. Olhar furtivo como um cão ladrão, mas eu o encarei, toquei no seu avental branco, cheirando esperma e disse:

– Eu quero você lá em casa, hoje. Hoje!

– Meu Deus! Que mulher é esta! E tua guentava Daguimá? – *Cota – risos.*

Ele olhou para mim amedrontado.

– Deixe para depois, depois, vamos enterrar este, depois..., quem sabe!

Satisfeita por intimidá-lo, saí para o pátio encontrando Enedina chorando, Aidil se martirizando, voltei para junto de Dinda que conversava cm a mendiga. ... disse: *minha tia, o safado não morreu?*

– Não...!

– Mas agora tá morto!

A mendiga sorriu me estendendo a mão. Mas, ainda faltou encontrar o miserável do Triana!

Que tragédia – *vozes*

– Esta história é macabra, isso é execução por tortura, Daguia! – *Amélia*,

– Estas mulheres são carniceiras, filha do demônio – *Aidil.*

– Esta história é desumana, diabólica, – *Enedina*

– Concordo Dina, concordo, mas também eu penso, quantas meninas esse vagabundo estuprou encostada naquele maldito muro... Alguém se apiedou delas? – *Rosiclea.*

– Inclusive vocês, Dina e Dil foram vítimas! – *Tamykuyê*

– Eu acho que isso se chama execução, assim como fizeram com seu chefe na Itália, eu não vejo como se interromperia as ações deste fascista, considerando o tempo que ele vem praticando seu maldoso machismo – *Jornalista*

– Posso revelar, aqui, um segredo, gente?

– Claro, tia Cota, abre o coração! – *Daguimá*

– Já não faz sentido guardar este segredo, não cabe mais na minha alma, apesar de estar na presença de minhas queridas filhas: pois é, este tal de italiano, assim eu o chamava, eu fui uma das vítimas do muro...!

A Morte e a morte do espanhol

À noite, zombeteiramente, apresentou-se antes do habitual momento travando as ações do dia. As nuvens sobre o mar se uniram formando uma cortina azulada e marchavam contra os humildes que se abrigavam na Colina de Periperi, lugar que os do centro escolheram para ser a periferia. A chuva caiu intermitente destroçando o canteiro de obras. Ruas alagadas, o tempo ameaçando aos sobreviventes. A obra em completo silêncio e os operários recolhidos como gado sob as lajes umedecidas. Um raio incendiário provocou rugas em cada face, o som do trovão. O espanhol arrependido por ter obedecido ao chamado de Daguimá.

Daguimá banhada, trocara o forro afastando com rigor o mal cheiro dos lençóis; enfeitada de penas, dizia palavras serenas no ouvido do vaidoso empresário, assustado com a ressaca do dia:

– Tudo passa... tudo é passageiro na vida.

A tempestade caindo no chão e ela caída sobre um homem sem desejo de estar por baixo.

– Quero apenas... e mais uma só! Só mais uma rapidinha!

– É esta a última...

– Mas eu não quero mais...

– Mas eu quero...!

– Quando um não quer dois não brigam...!

– Brigam...!

– Eu mando te matar...!

– Manda...!... é... só... eu prometo, é só esta e você me mata...!

A noite sendo consumida pelas horas, e o trovão batendo como um bumbo e ela ali, querendo, em cima, puxa e repuxa, estica, empurra e enfia, recolhe. E ele, decaído, gemendo, pecando, irado, vencido, sofrendo, o dominador agora dominado, subjugado, o estuprador de infantes sendo estuprado na velhice. Para cada ação a reação com sobra de vigor e de vingança.

Enquanto gemia de dor lembrou da guerra, de Ingrácia implorando a sua mão, a enfermeira cristã que não queria pecar, a mulher do acarajé, suas duas meninas, a filhinha do índio que o motorista lhe trouxe. A neta do Senador, a secretaria do deputado, e por fim, lembrou-se da neta do

Velho Arnez, precisou tampar a boca para não gritar, mesmo assim quase estraçalhara-lhe a sua mão, ainda tinha as marcas de dentes no ombro.

Uma felina.

–Tenha pena...

– É só esta... eu prometo!

– Tá chovendo...

– Pois é, espera a chu... p... irritava ao não completar as palavras.

E tampava-lhe a boca e trepava como se fosse a primeira vez, o clarão ameaçador do raio, águas pelas encostas, pelas bicas, pelos andaimes. Lá fora, gritos e agonia, o céu cada vez mais tempestuoso, o tempo e a noite, o vento e a dor, a ânsia da morte.

–Ai! Agora é sério, pára! A dor aumenta... bem aqui! – e botava a mão no peito.

–Tá? Eu sei que é sério, vou devagarinho... eu pro... meto...

– Mas, tá doen... do... aí!

As palavras saiam espiraladas, fugindo pelos cantos da boca úmida de cuspe, seus gestos lentos, enquanto ela se esfregava ágil com palavras secas e língua afiada, o cérebro ocupado com o punhal da louca tia Clô, com o método sábio da Madrinha YakoãAna.

– Calma, já, já... passará... eu prometo... (*palavras de arrogância*).

– Assim não... vai... passar... (*palavras de conhecimento*).

– É só está pra... matar... (*palavras da incerteza*).

– Tenha pie... da... de, De cima, dói... dói! (*palavras do condenado*). E rezou para Santa Edwiges: *minha santa retira este demônio de mim!*

– Eu não sou De cima, eu sou Clotilde Arnez Munhoz, a neta de Santiago Munhoz Romero Arnez *matador de toro,* sou miliciana, guerreira, tupy, (*palavras de recordações*).

– Trai..ra...tra...i...dora... comunista, vou te...te matar...! (*palavras últimas do fascista*).

Morre, morre, em nome de Santiago Munhoz Romero Arnez, *el toriador*; morre em nome de tio Pescara; morre...em nome Dilma Gonzales Arnez, morre em nome de Clotilde Gonzales Munhoz Romero Arnez... moooorre miserável...... ! morre... canalha...! (*palavras do carrasco*).

Morrer, morrer, mas que se morra amando... (palavra de zombaria)

Sem nenhum punhal, o espanhol morreu depois da tarde tempestuosa onde as nuances do azul que ficam além das nuvens se ocultaram e transformaram em sombra o que parecia claro e em rubro o que foi por longo tempo vida.

Morreu no mesmo espaço onde se misturou poder e opressão, vingança e fé, exploração e lucro, força e fraqueza, amor e arte, unidade e aversão. Morreu na mesma quinta-feira turva depois de repartir o pão da discórdia com Queixão. No mesmo leito, depois de provar do amargor onde pretendia o doce, o trágico onde desejava o lúdico, o mórbido onde desejava o tépido.

A tudo isso Daguimá sobreviveu!

Estava provado:

Na cama e com inteligência é mais fácil uma mulher matar um homem que um homem matar um rei!

Depois de Helena, eis a melhor forma de uma mulher matar um homem sem cometer suicídio!

Palavras de Clotilde

Roda de prosa
Lembranças do carnaval

Júlia, de olhar fenecido, viu Daguimá de frente pela primeira vez pensando ser um anjo. Uma comoção sublime bateu como uma fagulha certeira na banda aparentemente inativa de seu cérebro ativo. O conflito para ela tinha a idade dos séculos, se não conhecia a moça, mas também não conhecia o anjo.

Como anjo decaído, relembrava em agradáveis sonhos o passado no paraíso, mas acordava angustiada com o inferno presente. Na periferia, o diabo é mais agressivo.

As filhas dos outros, ela reconhecia como suas. Diariamente rondava pelos lares, escolas e creches, em busca da prole que nunca vira. Marcava no calendário cada aniversário e nunca um deles ficou sem o bolo e a vela. Acompanhou seus hábitos de acordo com a idade apontada no calendário. O berço foi finalmente substituído por uma cama que ninguém dormia e que ela trocava todos os dias. Guardou as roupas juntas com os calendários amarelados em um armário úmido e bolorento. Enterrou sinhá Juliana sem chorar. Dia 23 de novembro, Júlia chamava as crianças dos Alagados para partir o bolo. Era o bolo da filha de Júlia, a louca. Todas as tardes, andava por sobre as passarelas de madeira, perambulava por cada palafita procurando seu nenê.

– Alguém viu meu nenê por aí, alguém viu? Dona Bilu, meu nenê está aí com os teus? Dona Filó, meu nenê está na sua casa? Seu Zezé, meu nenê andou por aqui hoje?

Anos e anos os Alagados conviveu com esta missão repetitiva. Era Júlia, a louca. Primeiro abandonou o calçado, depois os cabelos, unhas e dentes. Por fim esqueceu-se do banho, mas nunca esqueceu de seu nenê e achava que o Santo não se esqueceu dela.

Em verdade, presume-se, não esquecera das imagens marcantes nem das circunstâncias sofridas que fez dela uma menina moça e uma moça mulher. Cultuava com amargura suas fotos amareladas como um espelho do passado. Foi a protegida no barracão do bloco carnavalesco

Os Índios **da Boa Viagem**, seus passos mágicos arrastavam a massa em delírio pelo bairro, pela avenida. Os anos passaram por ela como um fogaréu na floresta, deixou marcas profundas quase impossíveis de recompor. Júlia nunca mais pisou na avenida, senão e por ironia do destino, como serviçal anônima, supervisionada por um cabo de turma que aos berros, determinava o tempo exato de lavar a passarela, purificar o espaço com água de cheiro, transformada temporariamente no altar de Sodoma para o sacrifício à Gomorra. Mãos passsadas segurando o cetro, agora *malaventurada* pesada vassoura; dever a cumprir, tempo calculado, em hora exata será retirada, empurrada, às pressas, para não sair em fotos, ao lado das beldades de bundas largas desejosas de serem desejadas.

Júlia, também já foi beldade, já teve as nádegas expostas na avenida, sacudida como tranças de Galatéia, já encantara multidões que projetava beijos, retribuídos num sorriso árduo, permanente. O prefeito lhe dera uma faixa encarnada de passista e a revista uma foto de capa. Hoje, Júlia refletia, magicamente, o último carnaval que encantou a multidão. Seus pensamentos falhos, apesar de sofrer a condenação pela ação julgadora do tempo, faziam-se presentes. Algum dia olhando pela falha da janela na intenção do santuário que se ergue no promontório clamou uma prece fervorosa ao divino santo:

Meu Senhor do Bonfim
É Júlia quem fala aqui:
Até qual geração me visitarás
Na tua promessa de castigo?
Quantas pragas ainda faltam
Para completar meu padecimento?
Neste peito restou a dor
Deste a mim na pior das horas,
é isto até que me consola –
O que deste a Nossa Senhora:
A mesma dor e um estábulo imundo
Para a seu filho moribundo,
Por sofrimento deste a cruz
E a missão de remir o mundo

Mas deste um pai para suplicar,
À mãe que lhe enxugou o pranto
Deste o corpo para sepultar!
Dai-me, senhor o dela,
Uma lençol e vela
Perene e acesa
No Teu Altar.

Queixão duvidou, invejando pelo que ouvia, ante o despreparo, o desespero de Júlia, fingindo-se de nada saber preparou a resposta que disse ter chegado do além, viajando em envelope lacrado, tendo como mensageiro um anjo. Ela abriu o envelope e nele o Santo alegava nada poder fazer:

O que foi feito foi feito
E isto não se desfaz
No entanto, para servir de consolo:
A tua sentença de morte
No livro já está lavrada:
Ao sair para viajar,
Terás de companhia,
Na mesma carruagem
Contigo par cova rasa,
Um terço de reza,
O rol dos pecados,
O pai do rebento,
A filha também,
A cruz de finados
Amém!

Na velocidade, beirando à da luz, em tempo condensado, Júlia viajou por alguns segundos até encontrar-se com ela mesma na avenida, numa madrugada arrepiante de carnaval, estava diante da mais encantadora das estátuas vivas, deteve-se: era um tigre manso de pele de azeviche, olhos de jabuticaba, tronco saliente e pernas torneadas. O coração acelerado agitou seu cérebro, dramatizando como se remexesse as páginas do diário imaginário, releu os capítulos que nunca escreveu, achou-se perante as provas que tanto desejava como trunfo na hora exata de decidir, voluntariamente ou não, pela sua autopunição.

A dor, no primeiro parto é a mais inesquecível delas. Júlia era menina quando *fui enfeitiçada pelo olhar de um troço maldoso que me deixou afogada na secreção das suas entranhas.* A mente lhe trouxe recordações que foi ela mesma, no ápice da imprudência quem atacou o garoto, enquanto a banda incendiava a avenida. Barrou a evolução dos passos cadenciadas do Bloco dos Negões. Atirou-se como uma pomba aos seus braços por cima de todos aqueles moços belos que se assustaram.

Certamente era filho de uma divindade. *Foi o moço mais bonito entre todos que já vi.* Ele a reteve ao colo, estendendo duas mãos precisas, como os trapezistas fazem nas alturas. A multidão toda delirou, o mundo rodopiou, ela se deu em beijos de primeira qualidade perante a TV que espalhou pelo mundo.

Os pensamentos de Júlia ainda deslizavam em engrenagens flácidas quando as cortinas do tempo fecharam-se de vez sobre si mesma. Foi como se um deus danado, repleto de inveja, cumprisse a vingança que prometera por não dominar a arte de se apaixonar movido por um simples olhar.

– Aquilo nunca foi pecado! É o que eu penso! Dizem os que estavam na avenida, que o que se seguiu foi o ressoar de um só berro de multidão, como um coral de anjos; aplausos em cascata, o olé do sacrifício. Fez-se um eco como na hora do gol. Não houve tempo para o *bis* que a turba enlouquecida exigia. A multidão não sabia que para a prática do mal há sempre uma ação motivadora.

Julinha, minha mamãe querida, você foi maravilhosa, surpreendeu a todas nós, uma das melhores histórias já contada na casa de Pery – *Daguimá.*

Encantadora, Julinha, apesar de lamentável história, não imaginava tanto saber acumulado em uma mulher tão sofrida, é este o verdadeiro dom dos encantados, dos Xapiris, das deusas das matas – *Tamykuyê*

Lindo tua fala, Júlia, você falando na terceira pessoa, como se não falasse de você mesma, isso é difícil. *Jornalista*

Parabéns meu amor..., lindo de mais, te amamos Julinha...! vozes

A Universidade de PERY tem transformado nossas mulheres. *Tuxawá*

Passado como vingança

Tudo que aconteceu, foi explicado assim, isso bem depois de tantas andanças, na roda de conversa onde não havia mais pudor, nem segredos e as participantes sentiam-se soltas para esclarecer as mandingas históricas onde os negociantes da periferia já estavam sofrendo as consequências de seus atos.

O bairro dos Alagados estava quieto, em silêncio. A estrela da manhã brilhava, céu azul sem manchas sobre o mar de ondas fracas. A lua em crescimento. A previsão estava para um dia sem anormalidade térmica. As dores de uma mulher, em hora de parto, não poderiam ficar alojadas num abrigo. Nem o mais completo conhecimento dos fatos determinará a ordem precisa das coisas. A realidade constrangedora é mais farta que a predestinação do destino. Na periferia, a maternidade não se comemora com festa. Nos Alagados, a maternidade é sinônimo de abandono e angústia, de tristeza e desprezo, solidão e sofrimento, há de se fazer uma exceção: o coração das mães, onde a maternidade é sempre uma bênção divina e assim aconteceu naquela noite. Todas as mães dos Alagados já foram carregadas pelos caminhos suspensos da dor. Um olhar para o passado fazia a dor das mães recomeçar.

Era preciso afastar, correr antes que os Alagados acordassem. Júlia foi socorrida por Queixão, um aparente herói de braços fortes, um homem destemido que cumprimentava sinhá Juliana, mãe de Júlia, de longe. Foi a oportunidade, para Queixão, dar início ao que prometera: vingar-se daquele capiau da construção civil, *nego* intruso e abusado, besuntado de cimento e cal. Ninguém mandou se irromper em seu caminho sem permissão, alimentando-se no prato alheio sem fazer esforço. *Júlia ainda era criança e ele* – murmurava inconformado – *fez-se de ousado, sempre dediquei e respeitei as crianças. Estava guardando, deixando ficar madura para depois traçar, coisa para um futuro próximo, uma próxima oportunidade. Mas também tinha de aprender mais esta, é como dizem: vivendo e aprendendo. Bastou perder de vista e soltar a bezerra por uns instantes e lá se foi o que tinha de mais precioso.*

Queixão não perdoava nem a si, nem a velha Juliana: *mãe tem que cuidar de filha, especialmente quando é bonita. Aquele gigolô de gringo, operariosinho de merda* – bufava.

Logo após o carnaval, os enjoos trouxeram os primeiros sustos para a menina, depois a dor nos peitos que nem califon usava, foi uma vez única, lá estava ela, por fim, crescendo a barriguinha.

– Agora não tem mais jeito, minha filha, o que entrou tem que sair – disse Sinhá Juliana – tirar antes do tempo, nem pensar!?.

Durante meses, a menina não mariscou, não foi a escola, não brincou de boneca, não sambou no bloco. Júlia e sua barriga foram escondidas na palafita. Queixão fazia o planejamento para o longo prazo e dividiu seu plano em etapas:

Primeiro ato: encontrar o vagabundo, monitorar à distância sem perder de vista, depois cobrar tim-tim-por-tim-tim a farinha do pirão comido. Precisava de muita sagacidade e paciência, o mais difícil era vigiar a todos e ao mesmo tempo. Queixão vigiou Nadinho durante bom tempo sem ele perceber. Era como um gato acompanhando o coelho para surpreendê-lo dentro da toca. Foi assim, com muita paciência que chegou até a Avenida Peixe na nova morada do nego Nadinho casado com uma espanholinha neta de um toureiro anarquista. Motivo para despertar ira.

Segundo ato: vigiar, também, a menina e a evolução da barriga. Procurar um meio de estar presente quando o fruto não aceitasse mais ser escondido, o mais certo seria em meados de novembro, nove meses depois do carnaval e Queixão acompanhava em um calendário que ganhara da oficina mecânica.

E assim se deu. Em uma madrugada de novembro – nove meses após o carnaval – as dores iniciais ameaçaram romper o silêncio e contar o que Júlia fizera fora da avenida, deitada sobre sacos de cimento, em um recanto do barracão de construção civil no Politeama de baixo, era aquilo que o neguinho se gabava ser *seu jardim encantado*.

Queixão, tal qual um fugitivo equilibrando a saltos largos, cruzou os ganchos de pau à pique que faziam flutuar as nesgas passagens entre as palafitas dos Alagados. Ele transportava um fardo vivo, envolvido, em lençóis baratos. Desejava transformar o grito de dor em um ilusório silêncio. Ninguém saberia que seus braços hercúleos cingiam uma mulher em sua insuportável dor. Sinhá Juliana, em sua fragilidade decadente, acompanhava apreensiva, relembrando o seu passado sob ameaça de um menino debaixo de um pé de jurema: *ou tu me dá ou eu te mato*. Desejava não contribuir com a boca maldita. Para espalhar um boato, a suspeita era suficiente. Queixão evitou o hospital com o consentimento de Sinhá Juliana, preferia a parteira. Um jumento de carroça foi devidamente desapropriado da olaria e preparado para conduzir a parturiente até Periperi. No caminho, uma velha parteira os aguardava para levar até seu diferenciado castelinho, enfeitada de vasos com flores do campo, estranhas figuras. Queixão, sem conhecimento prévio dos encantos que habitavam os sete abismos, havia se entregado a todo o ritual de submissão. Faria tudo como a velha ordenasse, recebendo em troca a promessa de transformar o dito em não dito e o que for dito virará silêncio. Ela nunca perdera um só menino, mas diante de tantas recomendações e pedido de sigilo tudo virara suspeita, preferiu esperar a parturiente na estrada.

– Uns nascem para serem felizes, outros, para serem divinos, a divindade nem sempre é feliz. Ela será divina! – predissera a velha parteira ante a notícia de mais uma *pegação* consumada em noite de escuro.

Foi o balanço da carroça e os passos lentos do jerico que apressaram a chegada da visitante. A noite ainda turva, Queixão pretendendo modificar o seu destino, levou em seus braços, para a casa do pai na Avenida Peixe sem permitir à mãe o maternal olhar e sem dizer para onde, tornando-se o determinante de tão sofrido destino.

A criança foi conduzida ainda banhada em sangue materno, umbigo pendurado, sem roupas, imitava o pescado extraído do fundo de uma lagoa suja. Sinhá Juliana, desejosa de pagar com a vida, abandonou o jerico e a carroça, retornava trazendo a tempestade para os Alagados de onde havia saído exigindo o mais cauteloso silêncio; a mãe de pegação, pateira agastada, traída por um homem branco de rosto largo de falar turbulento, um conhecido desconhecido, entoou uma canção no meio da estrada, frente para o luar implorou perdão a Yacy pela mais descabida fraqueza. O ardil do homem branco é menos previsível que a do diabo. Na bolsa, as trinta moedas depositada que ela não queria receber, a parteira deixou ali mesmo bem perto da marca de sangue de parto da criança que ela não sabia o nome.

A primeira etapa do plano, meticulosamente maquinado, estava concluído. Fora executado no tempo certo com o sucesso esperado. Restava a consumação na continuidade dos fatos, que seria acompanhado cada um em seu tempo apropriado. Apenas Queixão dominava os pormenores nos quatro atos de seu enredo.

Clotilde contraíra uma dupla dívida perante Queixão. A primeira, nunca saíra de sua memória, tinha Zilda Canhota como avalista. Por sorte de uma e azar da outra, Zilda pagou primeiro: um dia, quando já velha e fora do mercado, Queixão a pegou de jeito. Com palavras bonitas, perfumes falsos - que ela identificava - e carinhos, iludiu Zilda, estimulando-a a ficar pelada.

– Cria juízo, menino! Minha época já passou. Tu vai é ficar com nojo das pelancas da velha.

– Para mim você será sempre a mesma Zilda Canhota que marcava hora e não aceitava atraso.

– E tu já esteve comigo menino?

– Ora minha velha linda, se foi tu quem me iniciou! Tu é quem bem sabes que o desejo é uma coisa permanente!

Apesar da tenaz resistência, Zilda não imaginava traição, sim na loucura de uma fantasia recolhida no guarda-tempo da vida. Queixão queria apenas escarrar entre suas entranhas. Transtornada pelo infame desrespeito a uma velha prostituta de respeito, ela sofreu um fulminante ataque do coração.

Zilda morreu roxa de desgosto, com as pernas abertas na posição que mais gostava de estar, pelada como nasceu, tudo como Queixão quis! Ele regozijava, mas fingiu-se em inconsoláveis lágrimas. Dizendo sentir-se abalado, mandou chamar uma carruagem para conduzir o corpo ao IML, que não tardou em atestar a *causa mortis: sofrera uma emoção mais forte que o coração pode suportar.*

Foi constatado que na bolsa, ao lado do corpo, havia trinta moedas. Queixão de camisa preta, turbante e lenço, uma cruz gamada no pescoço e diversas fitas do Senhor do Bonfim nos pulsos, seguia à frente do féretro, ao lado e ao centro dos amantes prediletos de Zilda Canhota. Ele mesmo cobriu o caixão com flores *colhidas em seu jardim.*

Queixão, no centro do círculo, propôs um brinde à Zilda Canhota e apelou comovido ao vigário, pois não deveria haver exceção, *todos os que dela se serviram um dia não se omitam, pois esta foi a última e declarada vontade da morta!* – palavras que o vigário repetiu tomando como confiável as declarações de Queixão, seu suposto mais leal e declarado amante. No altar, improvisado e fora do templo, o padre rogou o perdão para cada pecado da puta defunta. Amantes de todas as idades, categorias, religiões e poderes, uniram-se em uma desconhecida simbologia – até então – e urinaram para encharcar a cova fechada da mais famosa das profanas do Santo Antônio.

Roda de prosa a morte e a morte de Nadinho – Jornalista

Ah! Antes de terminar a roda de prosa de hoje, quero ler para vocês minha última crônica, foi minha mãe que insistiu para que eu lesse.

– Sintam-se a vontade, minha filha, sentem-se, nós vamos ouvir uma bela crônica, aliás é um poema – *Cota*

Esta crônica pode parecer um confrontar com os relatos de Daguimá sobre a maldita data da tríplice vingança, mas não, é mais um parecer, talvez a última roda de prosa antes da inauguração do monumento a Pery.

Daguimá andando pelos corredores do hospital tomada pelas mãos da Dinda, desviando de acompanhantes, médicos e pacientes. Queixão era passado e o espanhol já se achava na luxuosa mansão da morte ao lado de Ingrácia.

Ela sentia-se só, apesar da multidão; a morte transitava ao lado.

Foi forçada fazer uma pausa indesejada, estava frente a frente com Júlia. Mas quem era Júlia? Vendo-a, cuspiu. Era um quadro tétrico, ela o classificou como um corpo esponjoso, frio, espantoso. Implorava uma migalha de sua atenção. Cheiro forte de urina, roupa suja, moribunda. Não podendo desviar-se do empecilho, fez da Dinda escudo.

Apesar de desconhecida, sentiu na alma a ressonância de voz materna. As mãos gélidas e úmidas ao tocar-lhe os pés, mexeu no lacre que selava seu dilúvio de dúvidas.

Ante tal estranha reverência, ouviu o clamor de Júlia num grau acentuado de loucura, em prantos:

– Maínha, sou eu, sua filha!... sua filha! Apesar da existência da maldade, eu sou a tua única e verdadeira filha... não me deixes, maínha... não me deixes...

Estava provado. Era uma louca.

Depois soube ser esta ladainha que se repetia pelas ruas dos Alagados em um encontro imaginando entre mãe e filha.

Júlia esteve diante da senha que esquecera, mas não soubera decifrar. O seu rosto de menina ficara impresso como tatuagem na face de Daguimá. Júlia já não era mais Júlia, Daguimá sim, era Júlia no carnaval, e era também Sinhá Juliana na estação, Júlia é que não era ninguém.

A demência apoderara de seu ser, cauterizara-lhe a mente. Apesar do corpo, só havia o espírito purificado pelo sofrimento. O encontro mais esperado não foi festejado.

– Só Queixão para tolerar uma louca! Exclamou Daguimá sem saber que a loucura era o reflexo da tortura iniciada na paixão de um olhar:

– *Oh, louca razão humana*! Repetindo lições da Dinda. Nisso ouviu um chamado costumeiro.

Lhe pareceu o desespero de Clotilde no seu cotidiano. Espanto: era Clotilde que se desmanchava em tufos de fingidas lágrimas, pelos últimos suspiros de Nadinho.

A maca abrindo caminho em disparada pela calçada. As angustiantes discórdias que separavam os dois corpos femininos, uniram-se em profunda angústia.

Duas mulheres aquecidas em desesperadas lágrimas, banhavam os ombros que se davam como recurso último. Amplos e irresistíveis foram os comovidos suspiros, cada voz em seu próprio timbre, imagem de desalento ressoava. Predição maldita: *quem te mandou prever este instante?* Daguimá clamava.

Que importa? – replicantes, as duas solidárias amantes completavam-se.

Quem desejaria ver Nadinho sentir-se obrigado a morar na mesma catacumba velhaca com o amo, apenas para cumprir uma profecia? *Nadinho, tu amas mais a ele que a nós duas* – dizia Clotilde estridente. Alguém, que ninguém lembra quem foi, avisou: *Nadinho está morto*!

Oh, perpétua maldade perpetuando a servidão! Oh, coração sofrido, oh, irreparável perda. Se maldição não fosse, talvez fosse um desejo idiota de algum daqueles deuses impotentes, quase humanos, que se alegram em ver o humano sofrer, ou quem sabe, fosse o último recurso dos fascistas: *que se morra, mas morra amando!*

Ele amava este velho e doentio fascista!

Eram a expressão de uma ré confessa que preparara o cumprimento da profecia: o momento da desgraça.

E as duas falaram em dueto, soltas: *Ninguém se ate para sempre perante a servidão sem repúdio e asco! Oh, Nadinho, que a servidão perpétua não submeta para sempre o teu destino!*

Com estas palavras, Clotilde deu por encerrada a encomendação do corpo. É na hora da morte que a vida se torna mais atrativa, creditava.

Os muitos amigos, quem tinha apreço, acorreram para lamentar a fuga de Nadinho rumo ao desconhecido.

Apesar da multidão, Daguimá tornara-se alvo dos olhares, Clotilde fora aconselhada a evitar sua exposição; como pretexto puxou-a para o salão de espelhos e não ocultou na face a leitura dos seus pensamentos. Parece que ela mesma mandou copiar na pauta cada interesse que poderia desfrutar com a tríplice tragédia.

Clotilde adquirira boas informações sobre a seguradora, as ações e os bens. Os valores e depósitos à vista, o comportamento do ativo e as contas de futuro. Carteiras de ações e as ações imediatas que pretendia retomar. Falou disso e daquilo, pediu verbas para financiamento e para o custeio do cemitério, exigiu casa com mordomo fora da periferia, distante do subúrbio. Queria, entre as duas, direitos iguais. Por fim, apresentou a Daguimá uma caneta e a procuração irrevogável em vida e perpetuada na morte. Aproveitou para estender-lhe o seu cartão de visitas: Sra. Clotilde Arnez, vice-presidente da RESIAM.

Era a melhor oportunidade dos Arnez reassumirem o comando da sua fortuna que um dia os Suarez roubaram sem obrigatoriamente sujar as mãos com sangue sobre a terra.

O sol começava seu trajeto oblíquo. Daguimá andou em passos tristes, sem segurança, sobre as pernas trôpegas. Procurou um ângulo e recostou o corpo fragilizado pelas hercúleas atividades do dia. O cheiro de morte se confundia com a podridão dos desejos. Conhecia cada capítulo da lei da escravidão que vigorava em toda a periferia, em seus mais arrogantes princípios, então, num clamor sereno predisse seus temores:

– Todos os nossos sentimentos já romperam a barreira do razoável. Nossas dores comuns não existem mais. Em breve, serão os nossos olhares que não verão os nevoeiros que as tardes trazem do mar.

Daguimá aprendera com longas preces com a Dinda que lhe aguardava ansiosa:

– Eu imploro ao Deus, que me aponte o caminho para onde vai os que dormem o sono eterno! Independente do desejo, um dia dormirei com eles.

Prefiro estar com aqueles que fingiram me amar neste mundo, para não conviver com os traficantes de corpos que nem fingir sabe.

Quem sabe, os que foram servidos na terra, não *pagarão, sendo cativo de seu servo para a eternidade?*

Enquanto Daguimá declamava, Clotilde buscava recursos, trancas do cativeiro depositados em seu cérebro:

Se é assim o teu desejo, por que não partes agora e te juntas aos que, dizendo amar, mataste? Apressa-te alma profana. As almas pesadas dos pecadores voam devagar. Eis refém de quem pagou carro pelo teu corpo. De um, serás a eterna escrava, do outro, amante e o terceiro teu infeliz defensor.

Clotilde fez escapar uma colossal gargalhada. Depois de arqueada, evitou o olhar dos que reclamavam reverência, os que pranteavam sobre o esquife de Nadinho.

Sádica! A tua língua não tem respeito nem pelos mortos, e como haveria de ter, se tua língua foi a espada que feriu as vítimas!?

Como ousa, cativa do demônio, enfrentar com palavras torpes aquela quem te deu os seios que até tua louca mãe negou, quem te acolheu na hora do sol escaldante, quem te resgatou do cativeiro ao ser vendida pelo teu próprio pai?

Daguimá emudeceu. Trêmula, buscou uma imediata relação com os últimos fatos ocorridos na soleira do mármore frio, lembrou-se da negociata dentro do prédio em construção. *Que loucura atormentadora!* Olhou duvidosa para o piso de mármore frio e viu Júlia estática, um corpo demolido pela aflição.

– Foste concebida no pecado. Tuas palavras não têm sabedoria. Guias-te pelo discurso alheio. Não aprendeste a pensar. Teu fogoso corpo é frágil, serve apenas como pasto par os canibais. Neste sentido, tenho de fazer justiça: aprendeste sem mestre a usar como arma o que as mulheres usam como singular prazer.

– Cretina!

– Apressa-te, então. Deves ir agora, antes que mude a cor do fumo do crematório. A flor roxa que cultivei será para teu velório!

Em gestos comedidos, Clotilde sacou cuidadosamente a lâmina escura do punhal assassino que limpara a unha de Nadinho, ainda com cheiro da *pela* do seringal, de rastro infindo de mortes, que lhe acompanhara durante todas as horas, até no silencioso leito.

–Toma! Tenha cuidado, não exagere no ferimento. Por menor que seja a incisão que faças no teu corpo, ela cederá lugar para o veneno lento percorrer todos os espaços vitais. Esta arma não te fará sentir a angústia da morte como os teus sádicos métodos – e sorriu.

– A justiça é cega, enquanto a injustiça enxerga demais!

– Basta uma incisão sobre a unha e partirás sem mais demora.

– Tu és um cão que persegue sua vítima como um vírus caprichoso.

– Deixarás como recordação a arte de seduzir para matar. Só tu – apesar de menina – tens o direito de reivindicar o trono das verdadeiras guerreiras vadias.

– Víbora! Não vês que foste tu a mestra de meus muitos erros?

– Aprendeste mais que a mestra. Por reconhecimento, mandarei construir uma tumba que caberá nós duas. É lá onde as individualidades desaparecerão. Contrariando as leis naturais, ocuparemos o mesmo espaço, serviremos a um só propósito, juntas seremos capazes de render todos os homens a nossos pés. Se nosso destino foi amar sem sermos devidamente correspondidas em vida, que amemos sem amarguras na morte! Teu maior pecado foi amar quem não devias!

Clotildes mantinha o punhal untado da seiva de caraxixu com seiva da raiz do velame roxo da Chapada, além de ingredientes secretos que o tornava uma arma letal, bastando um simples toque para se tornar fatal, tinha o instinto das serpentes venenosas. A arma, travada entre os hábeis dedos, atraiu Daguimá para a soleira do mármore frio, longe dos olhares de quem chorava na mais sincera irreverência acrescentou:

– Tive o cuidado de atender o teu desejo, ou seja, que tenhamos uma única e socializada lápide.

Daguimá, surpreendida lembrou da Dinda: *feras enjauladas afagam as mãos do domador para atraí-los para dentro da jaula.* E, sorridente, movida de pavor, assentiu:

– Sem dúvidas! Onde algum poeta há de traduzir, em ardentes versos, o milagre da providência divina. Nele, a raposa das campinas convive, mansamente, ao lado do coelho das montanhas!

Clotilde repetia o gesto, acariciando com desvelo o colo criminoso do punhal venenoso de golpe único e fatal. Depois, apontou na direção de Daguimá, olhou para seu pescoço nu, como se olhasse para Suarez e resmungou:

– E que ninguém ouse, sem castigo, separar os corpos que foram frutos desta união, apesar de indesejada!

Baseado na teoria da utilidade – Clotilde retomou com arrogância – um ser, pode ser ou não útil à vida, ou seja, as necessidades, neste caso, são condicionadas, mas determinantes no seu nascimento, tu não precisava ter nascido.

Considerando o pensamento incompleto, empolgada, sem mirar a reação no rosto de Daguimá que se afastava de seu verdugo, pela divina proteção de uma vidraça transparente, que a miopia, em estado adiantado, não lhe permitiu notar.

Clotilde e sua arma causadora dos mais cruéis suplícios, viram-se enganadas e separadas de sua vítima. Daguimá sentiu-se salva, rompendo com a submissão e disse hesitante, porém despojada de temor

– Estou convicta que dentro de ti habita a maldade. Nas minhas convicções, a eternidade é sublime, mas vejo que sentes a necessidade de enxergar um pouquinho mais, o teu demônio de guarda é um torturador e te nega uma passagem sem angústia. Teremos mortes diferenciadas: eu, pronta e rápida, sem angústia, como queres, e tu terás uma passagem lenta, amarga pela tortura da dor. Como vejo, serás devorada como um cadáver vivo pelos vermes sedentos de podridão. Tu sofrerás...

– Daguimá... Daguimá... minha filha, tua tia estava só brincando, não me abandones, tenha piedade de meu sofrer – repetidamente bateu na vidraça que separava as duas mulheres – não me furtes de tua companhia, minha filha! – clamou com audaciosa malícia.

– Já tive a tua companhia em vida e nem por acidente desejo tê-la na morte. Não desejo que a prorrogação desta curta vida seja o único e real motivo para transigir com a liberdade e me submeter, pelo céu ou pelo inferno, a quem faz do egoísmo o seu único troféu.

Perante a solidez do portal de vidro, separando definitivamente as duas, Clotilde temeu ver ali, selado definitivamente, o seu destino e clamou:

– A escravidão, a quem desgraçadamente serviste em vida, não ficará esquecida. A dor da escravidão não passa. Ninguém a ocultará de quem conhece todos os labirintos por onde trilharam as mentes impuras... a falsidade e a mentira!

– Me disseste que "mais sabe um idiota do que é seu que um sábio do alheio".

– Dize minha filha, o que queres de mim?

– Por que continuas a ocultar a verdade a esta infeliz – reagiu Daguimá – não vês que foi sem escolha que segui os passos torpes de tua vida? E ainda desejas que te siga como uma idiota sem saber quem sou?

Do lado oposto, protegida pela vidraça, ela ouve o ditado da perversão humana:

– Que razão ainda há para ocultar-te toda a verdade!? Vem para meu lado e vê naquela câmara mortuária a face fria de Nadinho, aquele que por longo tempo te enganou!

Daguimá, com a mente descontrolada enquanto do lado oposto, Clotilde no seu desespero, lutava para desativar a trava hermética da vidraça.

– Abre a porta e vem beijar a face de teu verdadeiro pai. Aproveita e beija também a Júlia em molambos. Ali está a tua mãe reduzida a trapos.

Daguimá, ofegante olhou impiedosa como quem olha para o culpado do delito de Jesus.

–. Meu verdadeiro... Mãe? Céus! Pai... mãe...

Não houve lágrimas, apenas o rosto revestido por camadas de suor, no semblante a reflexão imediata, sinal evidente do desespero.

Enquanto Clotilde se lamentava, a decisão fatal acabava de ser tomada.

– Olhas, depois te lembras de não me negares teu ombro amigo para depositar as lágrimas que derramei pelo teu pai...

Daguimá estava encurralada. De um lado o desejo, do outro a lança traiçoeira e em impulso obcecado e único:

– Oh, traição maldita, zombeteira, covarde e fria! Infame, degradada no âmago do teu anuviado ser! Ficarei, por um instante, distante de meu pai, mas ficarás, para sempre, distante de mim, seja na vida seja na morte, pois já me tomaste a vida! Tu serás escrava solitária na vida e na morte! Sempre me fizeste parecer errada! Se fui errada foi por saber que fizeste da minha vida um dote para os teus propósitos! Para recuperar a fortuna que desprezastes e que hoje sabes estar nas minhas mãos.

Mesmo carregando a maldade no coração, Clotilde sentiu a dor alheia como o punhal a lhe rasgar o peito, rendeu-se, temporariamente, ajoelhada ao solo como uma devota acariciando o punhal apontando para a veia latejante, foram momentos tensos.

– Perdoa-me, imploro-te, nunca te neguei os meus abraços. Neste instante o que mais desejo é abandonar esta vida e seguir contigo para eternidade, ficarmos juntas com Nadinho. Se em todo o teu lamento houver uma única fagulha de perdão, creio que me perdoarás em nome do espírito que habita o infinito. Dá-me tua mão e deixa-me seguir contigo, eu imploro, nos perpetuaremos pelo laço do amor que nos une.

A barreira do portal reacendia a confiança em Daguimá e, sem atemorizar-se, desafiou sua mais tenebrosa rival:

– É certo que nos perpetuaremos – falou altiva – nos tornaremos lembradas, tu pela imperdoável traição a todos e eu pela negação última deste teu falso perdão!

Clotilde não se acostumava nas ações sem planejamento, perdia terreno. Separada pelo espaço, apelou para o fingimento.

– Se o amor é uma efêmera coroa, vivê-lo em vida é a efêmera glória. Que agora se calem as outras declaradas formas de fazer amor! Tu és a resignação, eu te declaro o meu mais puro objeto de amor!

– Mas que tudo seja dado como dito! Este é o implacável destino! Eu prefiro Nadinho como pai e Júlia, a louca, como mãe e companheira eterna nesta catacumba insólita. Ela, sim, merece escolher a desejada morte como refúgio da traição. Doída assim, para que serve a vida?

Daguimá foi se distanciando sorrateiramente da vidraça protetora para o desespero de Clotilde.

– Pois parte, ingrata – disse Clotilde, em vastos gritos – e leva contigo a certeza que encontrarás quem nos iludiu e partiu primeiro!

– E que a maldade não vença a esperança!

Tomando distância, Daguimá, agilíssima, seguia o caminho que a Dinda lhe havia ensinado, desvencilhando-se de Clotilde, em direção a Júlia. O corpo de Júlia, ainda caído no mármore como a Dinda ensinou, foi soerguida pelas mãos de um anjo, quem ela tanto, um dia, quis tocar. Júlia sorria amando como criança e balbuciava: oh meu anjo bom, deixa *mamãe, te pegar, deixa meu anjo mamãe te pegar no colo... corra, meu anjo....que o homem vem pegar... o homem vem pegar....!*

Sobre do vigia as duas mulheres, condenadas pela perversidade da vida, em fuga, corriam pelas ruas até atingiram portão da madeira e nele penetraram, galgando por escadas de areia e cimento os patamares, cada vez mais altos, dos andares da construção civil, o edifício da periferia que nele lhe prometeram *futura vida longa para todos nós...*

– Apressa-te – disse Daguimá a Júlia – que a ação da incompreensão ainda nos persegue. Solta o teu pulso e respira fundo, pois, é certo, que já temos motivos fartos para não nos separarmos como perversamente separadas fomos em nossas vidas!

– Estou pronta meu anjo.

O temporal rugindo, do outro lado o córrego, Escamandro e Simois transbordavam.

Dois corpos atados como se fossem um, sem reclamar o direito que os seres vivos têm à vida, soltaram-se flutuantes no ar da torre em construção. *Quanto falta para a liberdade*? E gargalharam enquanto estavam em liberdade, suspensas como beija-flor. Tinham sentido, mas não sabiam direção. As vogais se multiplicavam medindo as distâncias que as consoantes travavam e davam sonoridade ao caos.

Pooo... paaaaaaaaaaaaa...

No instante oportuno em que recolhia os pertences de Daguimá, Clotilde trocava, periodicamente, o lenço umedecido de lágrimas, enquanto repetia:

Na cama com inteligência uma mulher mata um homem mais fácil que um soldado mata um rei

Fim!

– A leitura foi feita com tal atenção que não houve uma única interrupção, como era de costume nas rodas de prosa. Tamykuyê

Esta crônica foi estudada cuidadosa entre Clô e Daguimá, elas lembraram cada palavra que disseram, os fatos minuciosos, reliam e corrigiam, inicialmente Dag não concordava, mas Clô se convenceu que somente botando todas as suas mágoas para fora viverá em paz. *Jornalista*

– Ô minha filha como mamãe se orgulha de você, tu és um gênio, como tu conseguiu reunir tanta coisa em um só texto – Cota

– Nossa mãe do céu, como isso me comoveu, é verdade Clô? – Rute.

– Meu Senhor do Bonfim..., é bonito, mas ao mesmo tempo é pesado, senti até câimbra, Clô tu era mal hei? – Adail

– Mas isso parece um conto – Enedina

– Mas não é – Júlia

– Minha querida irmã, como me orgulho de tu, como mulher, como ativista, como jornalismo, te amo maninha – Amélia

– Não chora, mana, não chora Clô, não chora Daguia, tudo já passou, somente esqueceu-se de dizer que quem imaginou o salto para o córrego foi a Dinda – Júlia

– Êta velha cheia de ardis – Amélia

E assim, Clotildes completou o seu projeto final.

A voz da periferia

E assim contou-se como nos foi contado o mais trágico dos acontecimentos ocorridos na periferia, ou seja, nas terras de Pery, dos amores e das desventuras das filhas de Pery.

Depois que muita gente bebeu sem permissão o vinho da infelicidade, a vida voltou a normalidade na Barra, mas não em Periperi, na Avenida Peixe e nos Alagados. Lá, ninguém se finge de esquecido que não foi somente a prece de Queixão a responsabilidade por fazer amargos os amores de Daguimá, a fêmea do corpo sedento, aquela que sem conhecer o seu passado, foi oprimida antes de nascer, mas sim a prepotência de todos que usurparam o território alheio; foi o olhar ganancioso do opressor, a ideologia que desrespeita as diferenças.

Daguimá e Júlia se reencontraram, como era o desejo delas, para surpresa de tantos.

Conta-se, na boca solta da periferia, esta última visão da tragédia: elas respiravam soltas no infinito e olharam de cima, no meio da multidão e viram dona Bilu, Tânia e seu Zezé, o marceneiro sacudindo um lenço branco. Viram o padeiro e o trocador em cenas obscenas. Viram o motorista e o vendedor de aipim. O farmacêutico com um avental roto e um par de óculos escuros. *Viram* o vigia aposto com o apito na boca. Viram o menino catarrento postado ao lado do professor de educação física com o dedo no nariz; o homem do gás, da luz, o fiscal e o feirante. Uma multidão coberta de temor se comprimindo para evitar o respingar de sangue quando os corpos caíssem, mas os corpos não caíram. Nem houve sangue derramado. O capelão da colina sagrada, vestindo túnica escarlate e um turbante negro segurava-se ao crucifixo, implorando, com voz trêmula, o fim desta infame derrocada. Do lado oposto viram os banqueiros apressados, forçando a chave do cofre.

Contam, ainda, que bem próximo da consumação, entre o abismo e o caos, Daguimá, aguçando o olhar sereno, viu, entre todas, a velha lavandeira, a sua prometida parteira, governanta, amiga e conselheira, acocorada soltando fumaça do cachimbo de louça resgatado do túmulo de Pery e fez sinal de *aprovado!*

Roda de prosa última.

– Boa tarde para todas presentes, aliás, todas estão presentes, e hoje três mulheres nos honram com suas presenças, elas são, dona Roxinha, viúva do índio Pery, Peryná sua filha, irmã do PeryPery, o nosso cronista, o filho de Pery; Domdom, irmã de Tamykuiê, minha sobrinha, portanto, e que eu não a conhecia. *Tuxawá*

– Perypery, é o verdadeiro nome dele? *Rosiclea*

– Eu não sabia... nem eu..., eu também não! – vozes

– E quem, entre nós sabia?! Para todas ele era o indiozinho, o filho do índio. – *Clotilde*

– Pois é, mas ele tem nome, o nome dele é Perypery Zomé! – *Roxinha.*

– Zomé é o nome de uma divindade do povo Payayá, assim como domdom que se chama Iãgûara e quer dizer estrela – *Tuxawá*

– Ele ainda está solteiro? *Jornalista – risos*

– Tá, mas já tem pretendente – *Daguimá*

– Dag, tu é uma leoa caçadora, mulher! – *Ruth*

– É que eu não gosto de passar fome! *Daguimá – intermináveis risos.*

– Parabéns Daguimá, você merece! – *Rosiclea*

– Me falaram que ele era virgem – Cota – *risos com zoadas*

– Não! não mais não – Daguimá – *mais zoada*

– Os dois se merecem, o par perfeito, a cara de um é o focinho do outro – *Cota.*

– Mas vai sair Casório? *Clotilde*

– Esperamos que sim, um casamento para perpetuar um povo! *Roxinha*

– Pois é irmãs, depois da brincadeira...! Estas mulheres vieram do território da Chapada, a terra de Sacambuasu, de Urubu Rey, das gameleiras, origem de algumas de nós, elas trazem histórias de suas vidas que valorizam e engrandecem os propósitos desta casa, que é o acolhimento, dar proteção, reconhecer os direitos de cada uma, viver bem. – *Tuxawá*

– Sejam bem-vindas irmãs. – *vozes*

– Roxinha, vocês podem se apresentar, a tarde é de vocês! *Tuxawá*

– Eu pouco sei falar e o que tenho para falar é pouco. -*Roxinha – risos*

– Preciso dizer que assim que Pery, meu marido, morreu, por um tempo moramos aqui, na cabana, com tia Naninha; descobri que minha menina estava grávida. Aumentou o desencanto, a vida não me servia mais. Tinha vergonha de minha família; falamos para tia Naninha que íamos trabalhar na pedreira, mas fomos mesmo foi atrás do homem que, dizendo-se namorado dela, levou minha filha para vender a um velho milionário que ele chamavam de 'espanhol'.

– *Meu deus....! lá* vem coisa...! *lá* vem é merda...! *pai do céu ...! valei--me santa Edwiges...! vozes*

– Mandaram esperar e nada do cafajeste, era um tal de Triana, seu Nadinho, mestre de obras, chamou um rapaz e mandou nos levar para uma casa bonita, e ficamos lá na casa bonita sem faltar nada.

– Ah, me lembro! Foi na casa de Arembepe! Eu vi a senhora lá um dia. *Ruth*

– Lá era o matadouro, e o tal do Triana é quem levava todo mundo para lá! – *Cota.*

– Pois é. Uma manhã bem cedinho, chegou um caminhão e mandaram a gente entrar, já com nossas coisinhas que tinha deixado na casa de tia Naninha dentro; nem despedimos dela. O caminhão saiu sem falarem para onde nos levavam. Só parou na cancela de uma terra que era dos mais antigos da família gameleira, e reconhecemos, era a "o poço preto" onde morava um parente chamado Urubu Rei.

– Esta história aí, ó... eu contei para vocês, lembram? – *Tamykuyê*

– *E como esquecer dela, Tamy!? Cota*

– Pois é, nos deram dinheiro, trem de cozinha e roupas, fardos de comidas para passar um ano e, que não saíssemos pra nada de lá. O rapaz disse que o terreno era nosso, mas não nos deu papel. Meses depois nasceu um *galegim dos zoi azul*, dizem até que parecia com o finado Urubu Rei.

O tempo passou sem ter notícia nem de Zomé, meu filho que focou por aqui; aí chegou o tal do Triana por lá dizendo que a fazenda era dele, e até mostrou um papel assinado.

– *Olha que canalha... canalha é pouco... canalha é pouco... sem dúvidas – vozes*

Armados de facão e uma espingarda velha, botamos o safado para correr.

Bem passou-se o tempo e agora recebemos uma carta de dona Daguimá, pedindo a mão de meu filho em casamento, *taqui* a carta, dizendo pra gente vim ver a escola de meu marido e... que você precisava conhecer o *minino*, e *agente* pensou: quem sabe tenha uma herança para receber do pai...! – *risos*.

– Que história é essa Presidenta? *Adail*.

– Pois é gente, preciso cuidar de meu priminho lindo – *Daguimá*

– Deixa Daguimá que eu explico! *Júlia*

– Diante de tudo que passei, imaginem se eu ia engolir sem cobrar caro por mais esta história de estupro, imaginem! Sendo ela índia, e minha parente; pior foi tomar decisão de reparação. Era uma infame história. E resolvemos radicalizar.

Como presidente do conselho de bens imóveis, estávamos a procura da regularização das documentações, todos os bens da antiga RESIAM fomos autorizadas a transferir para a Universidade de Pery, com a ajuda de Zomé, seu pescara, Clô e o cônsul, descobrimos muitos bens usurpados, entre estes um conjunto de cinquenta salas administrada por um banco; era o único bem em nome do Felipe Suarez; a justiça deu-nos a posse definitiva do bem. Ao confirmar a paternidade do menino, resolvemos propor ao conselho administrativo da UPERY transferir este conjunto de bens e valores para o menino e a mãe: *a renda gerada pelos imóveis primeiramente garanta os estudos do menino, e os imóveis passarão para a mãe como forma de reparação!*

– Mas é uma fortuna – *Jornalista*

– Fortuna é o que ele roubou do meu avô! – *Clotilde*

– Vamos botar em votação, agora irmã, a decisão está com vocês.– *Tuxawá*.

Este livro foi impresso em papel pólen bold 90g,
com a tipologia Minion Pro 12/13,8 em 2022